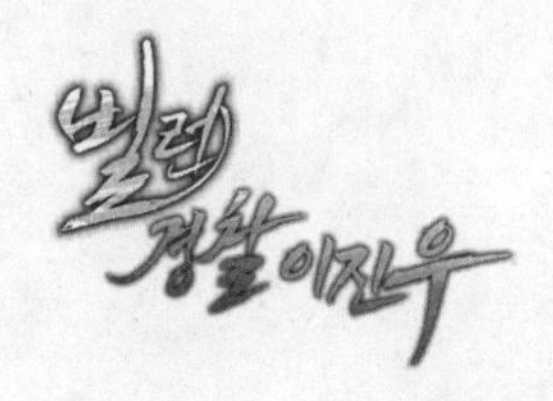
빌런
경찰 이진우

KB123788

빌런 경찰 이진우 2

2023년 9월 5일 초판 1쇄 인쇄
2023년 9월 8일 초판 1쇄 발행

지은이 이해날
발행인 강준규

기획 이기헌 왕소현 임동관 박경무 강민구 조익현
책임편집 최전경
마케팅지원 이원선

발행처 (주)로크미디어
출판등록 2003년 3월 24일
주소 서울시 마포구 마포대로 45 일진빌딩 6층
Tel (02)3273-5135 **Fax** (02)3273-5134
홈페이지 rokmedia.com **E-mail** rokmedia@empas.com

값 9,000원

ISBN 979-11-408-1352-0 (2권)
ISBN 979-11-408-1350-6 04810 (세트)

빌런 경찰 이진우
2
이해날 현대 판타지 장편소설
ROK MEDIA
로크미디어

이 소설에 등장하는 인물, 단체, 사건 등 모든 것은
실제와 아무런 관련이 없습니다.

CONTENTS

Chapter 1

'임현정?!'
임현정은 대한민국 사채 업계의 대부 강진식의 손녀.
임현정이 나타났다는 것은 강진식이 움직였다는 뜻이다.
그래서 이해할 수 없었다.
강진식은 경영에 관심이 없다.
오직 돈만 생각하는 노인네다.
게다가 백동하와는 나름 각별한 사이였다.
즉, 진백을 노릴 이유가 없다.
그리고…….
'외국계 사모펀드…….'
진백 엔터에 싸움을 건 곳은 외국계 사모펀드였다.

그런데, 강진식은 완벽한 국내파다.

서민의 등골을 빼먹으며 돈을 벌었지만, 외국계 금융과는 철저히 선을 그었었다.

외국 자본에 대한 경각심이 병적일 정도로 심각하기 때문이다.

강진식은 항상 이렇게 말했었다.

"외국 놈들이 우리나라의 미래를 생각할 것 같아?! 어떻게든, 훔치려 할 뿐이야! 그놈들을 믿다가는 다 뺏겨! 에이, 썩을 놈들."

그런 강진식이 외국계 사모펀드와 손잡고 진백 엔터를 공격하고 있다.

이상했다.

그냥 이상한 게 아니라 많이 이상했다.

꺼림칙한 기분이 가슴 한구석에서부터 밀려 들어왔다.

알 수 없는 조각이 널브러져 있는 느낌이었다.

하지만.

'됐다.'

진우는 고개를 저었다.

과거의 기억과 인연을 생각할 필요는 없다.

지금의 현상만 바라봐야 한다.

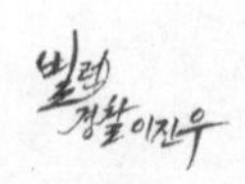

강진식은 진백 엔터를 노리고 있고 자신의 손녀 임현정을 정면에 내세웠다.

지금은 이것만 생각해야 한다.

그게 돈의 전쟁이다.

진우는 몸을 틀었다.

그리고 진백 엔터로 걸음을 옮겼다.

지금부터 그 모든 계획을 부숴 버릴 시간이다.

"……어쩐 일이시죠?"

진백 엔터, 대표실의 앞이었다.

김지원이 의문 가득한 눈빛으로 진우를 보고 있었다.

"첩자를 찾을 필요는 없다고 말씀드렸……."

진우가 김지원의 말을 잘랐다.

"대표님, 계시죠? 결과를 가져왔습니다."

"……네?"

"찾았다고요, 첩자."

김지원이 고개를 저었다.

"늦었습니다."

이미 기업사냥꾼의 이빨이 목덜미에 닿아 있었다.

첩자를 찾아봤자 그 이빨을 멈출 수는 없다.

하지만 진우는 그렇게 생각하지 않았다.

"해결할 수 있으니까, 문이나 열어 주세요."

김지원이 물끄러미 진우를 바라봤다.

"해결할 수 있다?"

"네."

진백 엔터는 바람 앞의 촛불 같은 상황이다.

백서연은 모든 지분을 그룹에 넘기고 진백 엔터를 떠나려 한다.

그래서 지푸라기를 잡는 심정으로 진우의 이야기를 들어 봐도 괜찮다고 생각했다.

어쨌거나 진우는 적대적 M&A를 예견한 사람이었다.

"기다려 주십시오. 대표님은 잠깐 내려가셨습니다."

김지원이 휴대폰을 꺼냈다.

그리고 백서연에게 전화를 걸었다.

–저기…… 나 지금 바쁘거든?

"이진우 씨가 첩자를 찾았다고 합니다."

–됐다고 했잖아. 이제는 필요 없는 일이야.

"그리고…… 해결할 수 있는 방법이 있다고 합니다."

–……해결?

잠시 후, 진우는 진백 엔터의 대표 이사실에서 백서연과 마주 앉았다.

백서연이 찻잔을 손에 쥐며 물었다.

"해결 방법이 있다고요?"

"네."

진우가 휴대폰을 테이블에 내려 뒀다.

"첩자가 일식집에서 나오는 사진입니다."

백서연의 시선이 휴대폰 화면으로 틀어졌다.

화면에는 박이한이 보였다.

백서연이 고개를 갸웃거렸다.

"……박이한 부장?"

백서연은 믿을 수 없다는 표정을 짓고 있었다.

백서연이 처음 이곳의 대표에 앉았을 때부터 박이한 부장은 오른팔을 자처하고 나섰었다.

연예계를 잘 모르는 백서연에게 이것저것 도움을 주고 충성을 다하는 것처럼 보였었다.

그런데 첩자라니…….

"화, 확실해요?!"

진우는 대답 대신 사진을 넘겼다.

그리고 손가락으로 휴대폰을 툭 건들며 말을 이었다.

"이 아가씨가 기업사냥꾼입니다."

휴대폰 화면에 보이는 사람, 강진식의 손녀 임현정이었다.

백서연은 단번에 그 얼굴을 알아봤다.

"이 아가씨의 할아버지가 외국계 사모펀드에 돈을 대 주고 있었습니다."

"……!"

"그동안 이 아가씨의 할아버지를 알아보느라 보고가 늦었습니다."

진우의 말에 백서연의 눈빛이 흔들렸다.

'임현정?! 강진식?!'

혼란은 잠깐이었다.

백서연이 손으로 책상을 '쾅!' 치며 몸을 일으키며 김지원을 향해 외쳤다.

"차 대기시켜! 경기도 광주로 갈 거야!"

심상치 않은 목소리에 김지원이 다급히 사무실을 벗어났다.

순간, 진우가 백서연을 향해 입을 열었다.

"도와드릴까요? 도와드릴 수 있을 것 같은데요."

백서연은 천천히 진우를 뜯어봤다.

진우는 적대적 M&A를 예견했으며 회사의 실력자들도 찾지 못한 강진식과 임현정까지 찾아냈다.

함께한다면, 도움이 될 수도 있을 것 같았다.

"그래요. 같이 가요."

그날 저녁, 경기도 광주였다.

북한강이 한눈에 보이는 대저택.

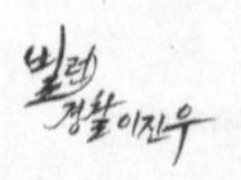

그곳에서 백서연을 맞이한 것은 강진식이었다.

강진식은 아무 일도 없었다는 듯 반가운 미소를 그렸다.

"아이고…… 어쩐 일이야? 백 회장 장례식 이후로 처음이지?"

백서연 역시 가식적인 인사를 입에 담았다.

"죄송해요. 먼저 인사를 드렸어야 했는데……."

"회사 일 하느라 바쁜데, 뭘 인사를 해? 괜찮아."

그렇게 자택의 응접실로 향할 때였다.

강진식의 시선이 백서연의 뒤에 선 진우에게로 향했다.

"그런데 저 사람은 누군가?"

백서연은 잠시 머뭇거렸다.

경찰을 데리고 왔다고 말할 수가 없었다.

게다가 순경이라고 하면 강진식이 크게 비웃을 거다.

"……저희 회사 직원이에요."

"직원?"

"네."

진우가 강진식을 향해 가볍게 고개를 숙였다.

그런데 그때, 진우의 머릿속에 능력이 펼쳐졌다.

그것은 흑백의 영상, 과거를 보여 주는 것이었다.

고급스러운 한정식집.

그곳에 강진식이 앉아 있었다.

강진식이 느릿한 시선으로 앞을 바라봤다.

그런데, 앞에 앉은 사람은 진우도 알고 있는 얼굴이었다.

바로 조학주였다.

조학주가 강진식의 잔에 술을 채우며 입을 열고 있었다.

"적대적 M&A를 부탁드립니다."

"조 실장, 난 경영에는 관심이 없어요."

"타깃은 진백 엔터입니다."

그 말에 강진식의 행동이 멎었다.

술잔을 손에 든 채, 얼어붙은 것처럼 조학주를 바라보고 있었다.

"진백 엔터? 거기에는 서연이가 있잖아요?"

강진식의 당황한 목소리에 조학주가 빙긋이 미소를 그렸다.

"자금만 대십시오. 나머지는 제가 돕겠습니다."

"……!"

"어르신의 목표도 이룰 수 있을 겁니다."

능력은 강진식의 혼란스러운 눈빛과 함께 끝이 났다.

그리고 진우의 눈동자 역시 능력 속에서 본 강진식과 똑같이 혼란으로 가득해졌다.

조학주가 M&A를 부추겼다.

이해할 수 없었다.

하지만 그 혼란은 짧았다.

'욕심.'

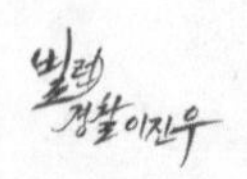

예전부터 백서연은 욕심이 많았다.

회장이 되고 싶다는 욕망을 감추지 않았다.

회장이 되기 위해 오빠들은 물론이고 조학주마저 제치려 했을 수 있다.

'가능성은 높아.'

피는 물보다 진하다.

하지만 돈 냄새는 피 냄새보다 고약한 법이다.

돈 앞에 형제나 가족은 없다.

법정에 가면 단돈 천만 원 때문에 가족의 연을 끊는 사람들이 가득하다.

그런데 진백을 차지한다는 것은 단돈 천만 원이 아니라 수십조의 돈을 거머쥘 수 있는 기회였고 정치권의 힘을 얻을 수 있는 싸움이었다.

진우의 입가에 스산한 미소가 걸렸다.

백동하가 사라진 그 집안이 행복할 거라고 생각했었다.

하지만 아니었다.

그들은 불행으로 치닫고 있다.

그리고 진우는 불행이 만들어 낼 균열을 이용할 거다.

생각을 이어 가고 있을 때, 강진식이 끌끌 웃기 시작했다.

"우리 집에 직원까지 데려왔다?"

"실례일까요?"

"단순히 인사를 하러 온 건 아닌가 보군."

본론을 말하라는 뜻이다.

멍석이 깔린 거다.

백서연은 망설이지 않았다.

응접실의 소파에 앉으며 건조한 목소리를 내뱉은 거다.

"진백 엔터의 주식을 전부 처분할 거예요."

주식을 처분한다는 말에 강진식의 표정이 변했다.

하지만 백서연은 계속해서 말을 이었다.

"적대적 M&A의 시도가 있어요. 그래서 쌈짓돈까지 꺼내서 방어했는데, 이제는 안 하려고요."

강진식은 바보가 아니다.

백서연이 적대적 M&A의 뒷배에 누가 있는지 알아냈다는 것을 직감했다.

그게 아니고서야 자신을 앞에 두고 이런 말을 지껄이고 있을 이유가 없기 때문이다.

"자네……."

강진식의 미간이 찌푸려지는 것과 동시에 진우가 나섰다.

"계속하신다면, 어르신은 빈손으로 떠나실 겁니다."

강진식이 황당한 눈빛으로 진우를 바라봤다.

"빈손?"

"네, 손해만 본다는 거죠."

강진식이 껄껄 웃었다.

표정은 인자했지만 목소리는 살벌했다.

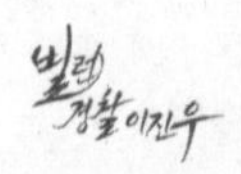

"건방져……. 이런 자리에서 일개 직원은 조용히 있어야 하는 거야."

하지만 진우는 멈추지 않았다.

"건방진 김에 한 말씀 드리죠. 증권거래법에 따르면 공시를 할 때, 특별관계자를 포함하게 되어 있습니다."

"……!"

"그런데, 어르신의 성함은 없었습니다."

증권거래법 제21조에 나와 있는 내용이다.

진우의 말대로 강진식은 특별관계자에 포함되어 있지 않다. 애초에 조학주의 부탁으로 시작된 투자였기 때문이다.

강진식은 그림자 속에 숨어 있었고 진우는 그 약점을 놓치지 않았다.

"금감원에 공시 위반 조사를 신청하겠습니다."

강진식의 눈동자가 순간이지만 흔들렸다.

진우는 그 찰나를 놓치지 않았다.

"어르신이 가진 주식에 대한 매각명령이 떨어질 겁니다. 우리에게도 그만큼의 힘은 있거든요."

강진식이 어처구니없다는 표정을 지었다.

하지만 진우의 말은 계속됐다.

"그사이 백서연 대표가 지분을 매각하면, 주가는 폭락할 겁니다. 어르신은 회사를 얻을 수도 없고 돈도 잃겠죠. 그러니까, 얻는 것 없이 떠나는 겁니다."

강진식은 어떤 말도 하지 않았다.

소파의 팔걸이를 손바닥으로 툭툭 치며 진우를 노려볼 뿐이었다.

그러다가 무거운 목소리로 물었다.

"너 누구야?"

"일개 직원입니다."

강진식이 크게 웃었다.

"자네, 내가 누군지 아는가?"

"알고 있습니다."

"그런데 이렇게까지 까분다고?"

말 한 마디로 진우를 죽일 수도 있다는 협박이었다.

하지만 진우는 물러서지 않았다.

"결정하시죠. 끝까지 가서 빈손으로 나올지, 아니면 손 떼고 개평이라도 받아 갈지."

백서연은 눈살을 찌푸렸다.

여기서 멈춰야 한다.

더 이상 강진식을 몰아붙여서는 안 된다.

구석에 몰린 쥐는 고양이를 물 수도 있다.

하물며 강진식은 쥐가 아니다.

궁지에 몰리면 어떤 일이 벌어질지 예측할 수 없다.

그리고 그 순간, 강진식이 소파의 팔걸이를 '쾅!' 내리쳤다.

"건방진!"

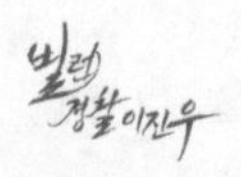

백서연의 표정이 일그러졌다.

결국 강진식이 분노했기 때문이다.

최악의 상황, 결과는 돌이킬 수 없는 강을 향해 질주하기 시작했다.

백서연이 다급히 진우를 향해 시선을 틀었다.

그리고 진우를 말리기 위해 입을 열려고 했다.

하지만 강진식의 호통이 더 빨랐다.

"백서연 대표!"

"네, 어르신."

"자네 옆에 물건이 있는 줄은 몰랐어."

"……네?"

분명 화를 낼 타이밍이었다.

그런데, 물건이라니…….

백서연이 눈을 깜빡였다.

강진식의 목소리가 이어졌다.

"저 친구, 자네 아비 백동하 회장을 보는 것 같아. 협박에 능해. 사람을 가지고 놀 줄 알아."

"그게 무슨……?"

"내가 가진 진백 엔터의 지분, 정리를 시작하지."

"네?"

"왜 그렇게 놀라? 내가 진백 엔터에서 손 떼길 바라는 게 아니었나?"

백서연은 이 상황을 이해할 수가 없었다.

하지만 일단 허리를 굽혔다.

"가, 감사합니다."

강진식의 시선이 진우에게로 향했다.

"자네, 이름이 뭔가?"

"이진우입니다."

"진우……."

"네."

"오늘 일은 자네에게 투자하는 거야."

"감사합니다."

진우는 조용히 미소를 그렸다.

강진식, 사채업으로 시작한 악독한 노인네다.

백발의 악마라 불리던 때도 있었다.

하지만 진우에게는 때때로 막걸리를 함께하던 좋은 친구였다.

'조만간 다시 봅시다, 막걸리라도 한잔하면서.'

잠시 후, 진우와 백서연은 차를 타고 강진식의 자택을 빠져나오는 중이었다.

"오늘 수고했어요."

백서연의 표정은 밝았다.

아니, 들떠 있다는 말이 더 어울렸다.

적대적 M&A가 수월하게 끝났기 때문이다.

백서연은 진백의 회장에 앉는 꿈을 포기하지 않을 수 있게 됐다.

"데려다줄게요. 서안시로 가면 될까요?"

"아뇨. 송파구로 가겠습니다."

"송파구?"

"네. 약속이 있어서요."

백서연이 다리를 외로 꼬며 진우에게 시선을 틀었다.

"그건 그렇고, 보답을 어떻게 해야 할까요? 돈? 아니면……."

"박이한은 제가 잡겠습니다. 그게 제 요구입니다."

"박이한에게 무슨 죄가 있다고?"

"그건 제가 알아서 하겠습니다. 털어서 먼지 안 나는 인간은 없죠."

박이한의 죄는 회사의 내부 정보를 강진식에게 넘겼다는 것.

그 죄를 알리려면, 강진식을 물고 늘어져야 한다.

하지만 그럴 수는 없다.

강진식과의 관계는 잘 해결됐다.

그리고 강진식이란 인물은 적으로 두면 피곤한 존재다.

그래서 진백 엔터가 박이한에게 할 수 있는 것은 기껏해야 자르는 거다.

그럼, 놈은 직장을 잃는 게 전부다.

그렇게 놔둘 수는 없다.

그런 더러운 놈은 끝까지 이용해 먹어야 한다.

그리고 진우는 생각했다.

박이한을 통해 백서연과 인연을 이어 가겠다고.

하지만 백서연은 진우의 계획을 모른다.

대수롭지 않게 여기고 있었다.

"뭐가 됐든 실적에 도움이 되겠네요?"

"그렇겠죠."

"그런데, 강남에서 일어날 일을 서안시 경찰이 해결할 수 있나?"

"그것도 제가 알아서 할 일이고요."

"그래요, 그럼. 그래도 그것만으로 끝내면 안 되겠죠. 보상으로 1억을 드릴게요. 이 정도면 될까요?"

안 받을 이유는 없다.

"괜찮네요."

"그럼, 김지원 비서를 통해서 연락드릴게요."

그렇게 송파구에 도착했다.

진우가 멀어지는 차량의 뒷모습을 바라보며 쓴웃음을 지었다.

'아쉽네…….'

일은 잘 해결됐지만 아쉬운 게 있었다.

'더 벌 수 있었는데…….'

진우는 적대적 M&A를 통해 자산을 불리고 있었다.

오명훈이 공격적인 투자를 이어 가고 있었던 거다.

하지만 그 일은 오늘로서 끝이다.

오명훈이 얼마를 벌었는지 듣지는 못했지만 만족할 만한 금액은 아닐 거다.

'됐다.'

아쉬워할 필요는 없다.

얻은 것이 크다.

진우는 조학주의 계획에 돌덩이를 집어 던졌다.

그들 사이에 분란이 일어나고 있다는 것을 알게 됐다.

지금은 이 정도로 만족해야 한다.

그렇게 생각했는데…….

"끝내라고?!"

시장의 족발 가게였다.

오명훈이 눈을 동그랗게 뜨고 소주잔을 거칠게 내려 두며 말을 이었다.

"왜?! 무슨 일인데?!"

"적대적 M&A가 끝났어요."

"……끝났다고?"

"기업사냥꾼은 내일부터 탈출을 시작할 거예요. 그러니까, 쪽박 차기 전에 빨리 정리하는 게 낫겠죠?"

오명훈이 불만스러운 표정을 지었다.

"하…… 목표로 했던 금액까지 한참 남았는데……."

"그래서, 얼마 버셨어요?"

"1억 조금 넘었다."

"……네?! 1억?!"

2천만 원으로 시작했다.

아무리 정보를 알고 있었다고 해도 단기간에 1억이라니.

"초단타로 매수 매도를 반복했지. 떨어지면 사고, 오르면 팔고. 목표가 2억이었는데…… 에이."

오명훈은 소주를 연속으로 마시며 아쉬운 목소리를 이어갔다.

하지만 진우는 아쉽지 않았다.

애초에 목표가 1억이었다.

진우가 오명훈을 보며 흐뭇한 표정을 지었다.

'장하다.'

오명훈에게 주식을 가르쳐 준 것은 진우였다.

이렇게 성장하다니, 역시 실력만큼은 확실했다.

진우가 오명훈의 잔에 술을 채우며 입을 열었다.

"고생하셨어요. 그리고 아쉬워하지 마세요. 목표한 금액 2억은 채워질 거니까요."

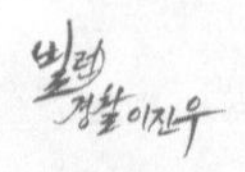

"응?"

"백서연이 고맙다면서 1억을 준대요."

"정말?!"

"네. 일은 잘 풀렸고 이제 제 일만 마무리하면 되겠네요."

이제 박이한을 처단하면 된다.

진우가 술잔을 채우며 오명훈을 바라봤다.

"실력 좋고 신용 괜찮은 흥신소를 구할 수 있을까요?"

"……흥신소?"

"있나요?"

"있기는 하지. 그런데, 왜?"

"여자의 뒤꽁무니를 밟아야 할 일이 있거든요."

진우는 휴대폰을 손에 들고 진백 엔터의 홈페이지에 접속했다.

그리고 그곳에서 '시연'이란 이름의 가수를 찾아 오명훈의 앞에 내려 뒀다.

"이 사람입니다."

시연, 박이한이 성상납을 요구했던 그 가수였다.

며칠 후.

그동안 진우는 백서연을 만나 1억을 받았고 그 돈을 다시 오명훈에게 건넸다.

"이 돈도 투자하라는 거지?"

"네, 일단은 방어적으로 해 주세요."

오명훈은 투자를 이어 갔다.

그리고 진우의 부탁에 따라 흥신소를 통해 '시연'이란 가수의 뒤도 밟고 있었다.

하지만 특별한 일은 아직 없었다.

진우는 평소대로 생활했고 오늘은 야간 근무를 하고 있었다.

"오늘만 같았으면 좋겠다. 오늘처럼만."

서안시의 밤은 개판이다.

취객들의 싸움과 무전취식, 음주운전…….

하지만 오늘은 조용하다.

별다른 일 없이 지나가고 있었다.

진우와 김재혁 경사는 우범지대에 차를 세워 놓고 대기하는 중이었다.

"야, 그때 그 여자는 누구냐?"

"네?"

"파출소 앞에 찾아왔던 여자. 진짜 예쁘던데."

김지원을 말하는 거다.

진우가 피식 웃으며 대답했다.

"그냥 아는 사람이에요."

"여자 친구는 아니고?"

"네."

"그럼 나 소개시켜 줄……."

김재혁 경사의 헛소리를 듣고 있을 때였다.

진우의 휴대폰이 짧게 진동하며 오명훈에게서 메시지가 왔다는 것을 알렸다.

-시연이라는 가수가 서안시 SA호텔에 들어가고 있다는데?

드디어 박이한이 움직였다.

능력을 통해 본 일이 시작되는 거다.

그 미래에서 시연이라는 가수의 마지막이 어땠는지는 모른다.

박이한의 협박에 굴복해서 처참한 밤을 보냈는지.

아니면 가수의 꿈을 포기하고 호텔을 벗어났는지.

하지만 그것은 중요하지 않다.

지금부터 미래는 바뀔 거다.

진우가 재빨리 오명훈에게 메시지를 보냈다.

-계속해서 지켜봐 주세요.

그리고 김재혁 경사에게 시선을 틀었다.

"가시죠."

"소개팅을 주선해 준다고?!"

"아뇨."

진우가 액셀을 꽉 밟았다.

차량의 엔진이 굉음을 울렸고 김재혁 경사가 다급히 안전벨트를 맸다.

"속도 줄여! 속도 줄이라고!"

당연하지만 진우는 그 말을 듣지 않았다.

더 강하게 액셀을 밟았고 차량은 무서운 속도로 도심을 질주했다.

그사이에도 진우의 휴대폰에는 계속해서 오명훈의 메시지가 쌓이고 있었다.

ㅡ들어간 방은 1805호. 예약자는 박이한.

ㅡ박이한은 이미 와 있는 것 같고.

ㅡ뭐지? 뺨 때리는 소리가 들린다는데?

ㅡ잠깐만…… 뭔가 이상해. 돼지같이 생긴 아저씨가 또 그 방으로 들어갔대.

그리고 '끼이이이익!' 순찰차가 호텔 앞에 멈춰 섰다.

진우가 다급히 내렸다.

"야, 이 새끼야! 무슨 일인지는 알고 들어가자!"

김재혁 경사가 뒤따라 내리며 물었다.

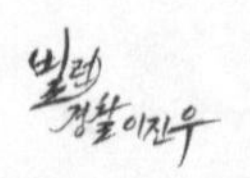

하지만 설명할 시간은 없다.

지금은 엿같은 일부터 막아야 한다.

진우는 엘리베이터에 올랐고 18층을 눌렀다.

그 시각, 1805호.

그곳에 박이한과 시의원 강민종이 서 있었다.

"죄송합니다. 상품에 스크래치가 났네요."

박이한의 말에 강민종 의원의 시선이 옆으로 틀어졌다.

그곳에 시연이라는 무명가수가 눈물을 뚝뚝 흘리며 주저앉아 있었다.

가수의 뺨은 붉다 못해 검었다.

박이한에게 몇 대나 뺨을 맞아서다.

그런데 강민종 의원이 기분 좋게 웃었다.

"아, 괜찮아. 난 이런 것도 좋아해. 자극적이잖아?"

끌끌 웃는 그 목소리가 음산했다.

가수는 자신도 모르게 어깨를 떨었다.

강민종 의원이 의자를 끌어다 앉은 뒤 박이한을 향해 시선을 틀었다.

"박이한 부장. 아니, 이제 박이한 대표라고 해야 하나?"

박이한은 적대적 M&A가 끝났다는 것을 아직 모르고 있었다.

강진식은 박이한 같은 잔챙이에게 그런 것을 알릴 정도로 친절한 사람이 아니었다.

"아이고, 아직 대표는 아닙니다."

"조금 있으면 대표가 될 수도 있다고 했잖아?"

"그건 그렇죠."

강민종 의원이 끌끌 웃었다.

"미리 축하해."

"감사합니다."

"내가 도와줄 일은?"

"지금처럼 우리 무명 애들의 행사나 챙겨 주시면 되는 거죠."

박이한에게 지방 행사는 노다지였다.

무명가수 몇 명을 세워 놓고 수억을 챙길 수 있어서다.

물론 그 돈은 가수에게 돌아가지 않는다.

대부분은 박이한의 주머니로 들어간다.

강민종 의원이 기분 좋게 고개를 끄덕였다.

"그건 내가 약속할 수 있지."

이제 박이한이 할 일은 끝났다.

박이한이 재킷을 손에 들며 강민종 의원에게 허리를 굽혔다.

"그럼, 좋은 시간 되십시오."

그리고 강민종 의원의 더러운 손길이 가수의 어깨에 걸쳐졌다.

"매력적이야. 흐흐."

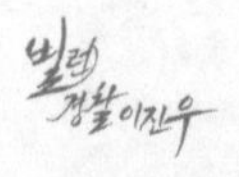

그때였다.

초인종이 울리며 모두의 시선이 문으로 틀어졌다.

박이한이 문으로 다가섰다.

“누구세요?”

밖에서 낯선 목소리가 들려왔다.

“호텔 직원인데요. 룸서비스가 있어서요.”

“룸서비스?”

“네.”

“됐으니까, 그냥 가세요.”

“받으셔야 하는데요.”

“됐어요.”

순간, ‘꽝! 꽝!’ 하는 소리와 함께 문이 흔들렸다.

동시에 험악한 목소리가 밖에서부터 들려왔다.

“이진우! 이 미친 새끼야! 뭐 하는 짓이야?! 그만해! 그만하라고!”

박이한의 미간이 찌푸려졌다.

심상치 않은 일이 벌어지는 게 분명했다.

‘꽝! 꽝! 꽝!’ 소리가 이어졌다.

꽈지직! 부서지는 소리와 함께 문이 스르륵 열렸다.

그 앞에 보인 것은 경찰 두 명이었다.

바로 진우와 김재혁 경사였다.

박이한이 고개를 갸웃거리며 진우와 김재혁 경사를 번갈

아 봤다.

"경찰? 무슨 일이죠?"

순간, 진우는 박이한의 멱살을 콱 움켜잡았다.

그리고 벽으로 거세게 밀치며 건조한 목소리를 내뱉었다.

"박이한 씨, 성매매 알선으로 체포합니다. 당신은 묵비권을……."

"성매매요?!"

"성상납이라고 하면 알아듣기 편하시려나?"

"뭐 하는 놈들이야?!"

강민종 의원이 손바닥으로 테이블을 세차게 내리찍으며 몸을 일으켰다.

그 눈빛이 진우에게 쏘아졌다.

"어디 소속이야?!"

"곡언 파출소입니다."

강민종 의원이 피식 웃으며 담배를 손에 쥐었다.

"너희가 요즘 시끄러운 곡언 파출소구나?"

"……?!"

"그래, 내가 성상납을 받았다?"

"네."

강민종 의원의 시선이 가수에게로 향했다.

"네가 말해 봐. 내가 너한테 쓸데없는 짓을 하려고 했나?"

가수는 대답하지 못했다.

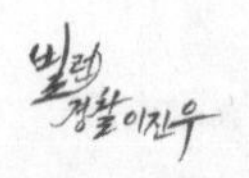

박이한의 눈치를 보고 있어서다.

가수가 입을 다물고 있자 강민종 의원이 껄껄 웃으며 말을 이었다.

"이봐, 순경. 우린 아무 일도 없었어. 그러니까, 그냥 가."

"……!"

"지금이라도 조용히 떠나면, 호텔 문을 부순 것과 성매매라고 지랄하며 나한테 모욕을 준 것은 다 봐줄 테니까……."

그때 지금껏 멍하니 상황을 파악하던 김재혁 경사의 목소리가 살벌하게 울렸다.

"씨발, 오랜만에 핏대 서게 만드네……."

"……!"

"어이, 변태 같은 아저씨, 딸 같은 여자 얼굴에 멍들었고, 블라우스 단추는 뜯겼고. 꼬라지 보면 뻔한데, 끝까지 오리발을 내밀어?"

강민종 의원의 얼굴이 일그러졌다.

"뭐? 변태? 감히, 내가 누군 줄 알고!"

"누군지는 관심 없고 일단 가서 얘기합시다. 차근차근 대화하다 보면, 진실이 뭔지 알겠지."

"요즘 경찰은 증거도 없고 증언도 없는데, 사람을 죄인 취급하나?! 내가 너희 경찰서장하고 어떤 사이인 줄 알아?!"

강민종 의원이 김재혁 경사를 향해 다가가며 계속 말했다.

"너희가 할 수 있는 것은 어떤 것도 없어."

강민종 의원은 자신 있었다.

이곳은 서안시다.

경찰의 관계자는 물론이고 이 지역의 국회의원과도 친하다.

그리고 말했던 것처럼 증거도 증언도 없다.

"시끄럽게 만들지 말고 그냥 가라."

강민종 의원의 목소리가 낮게 흐를 때였다.

가수의 목소리가 비명처럼 터져 나왔다.

"서, 성폭행하려고 했어요! 행사를 준다면서, 2천만 원을 준다면서, 저를……."

하지만 가수의 말은 이어질 수 없었다.

박이한이 가수의 말을 빠르게 막아선 거다.

"거짓말하지 마! 내가 의원님하고 행사 얘기한다고 하니까, 네가 멋대로 온 거잖아! 스스로 뺨을 때리고 협박하면서 행사에 써 달라고 지랄했잖아!"

"……!"

"그래, 법정으로 가자! 변호사를 선임해서 누가 억울한지 가려 보자!"

가수가 멈칫거렸다.

박이한은 진백 엔터의 부장이며 회사의 대표에게 신뢰를 받고 있는 사람이다.

즉, 진백이 움직일 거다.

그럼 무명가수인 그녀가 법정 싸움에서 이기는 것은 어려운 일이다.

그리고 여성이다. 이런 일로 언론에 오르내리면, 피해는 오로지 그녀 혼자 받는다.

"오랜만에 참신한 개소리를 들어 보네."

김재혁 경사가 주먹을 꽉 쥐며 강민종 의원을 향해 저벅저벅 걸어갔다.

그 서늘한 목소리가 이어졌다.

"일단 가서 얘기합시다. 너희가 뭔 짓을 했는지, 가서 까발려 보자고."

그런데 진우가 김재혁 경사의 앞을 막아섰다.

"김재혁 경사님."

김재혁 경사가 차갑게 말했다.

"뒈지고 싶지 않으면 비켜라."

"곧 끝날 겁니다."

"저 새끼, 하는 말 못 들었어? 호락호락 잡혀갈 새끼 같아?"

"네, 잡혀갈 겁니다."

김재혁 경사의 눈에 의문이 솟을 때다.

차가운 여성의 목소리가 들려왔다.

"늦었나요?"

모든 시선이 그곳을 향해 틀어졌다.

부서진 문 사이로 또각또각 하이힐 소리가 들려오고 있었다.

들어온 것은 김지원이었다.

그 뒤에는 김지원과 함께 온 검은 양복의 사내들이 가득했다.

"……기, 김지원 비서?"

박이한이 주춤주춤 뒤로 물러섰다.

김지원이 나타났다는 것은 백서연이 이 사실을 알고 있다는 거다.

박이한의 얼굴은 볼 수 없을 정도로 처참했다.

하지만 김지원은 그런 박이한을 조금도 신경 쓰지 않았다.

조용히 진우를 바라보며 입을 열었다.

"대표님께서 전했습니다, 이것도 미리 알려 줘서 고맙다고."

그때, 강민종 의원이 날카롭게 입을 열었다.

"당신은 누구야?! 뭔데, 잘 알지도 못하면서 나서고 있어?!"

박이한의 시선이 빠르게 강민종 의원을 향해 틀어졌다.

"의, 의원님!"

"박이한 부장! 지금 이게 무슨 개같은 상황이야?! 저 여자는 누구고?!"

"배, 백서연 대표님의 비서입니다."

"……백서연?!"

상상하지도 못한 이름에 강민종 의원이 눈을 깜빡이고 있을 때, 박이한은 김지원을 향해 간절한 목소리로 입을 열었다.

"기, 김지원 비서…… 뭔가 오해가 있는 것 같은데……."

"오해는 없습니다."

"김 비서!"

"대표님은 적대적 M&A의 첩자가 박이한 부장이란 것을 알고 계셨습니다."

김지원의 목소리는 사무적이었다.

어떤 감정도 느껴지지 않았다.

하지만 박이한에게 그 목소리가 사형선고처럼 느껴졌다.

박이한의 얼굴이 심각할 정도로 굳어졌다.

김지원의 목소리가 계속됐다.

"꼬리가 길면 밟히는 법입니다."

"……!"

"그리고 우리 회사에서 이런 식의 성상납이 용납될 수 없다는 것, 모르셨습니까?"

강민종 의원이 다급히 나섰다.

"저, 저기…… 성상납은 없었어요! 정말이에요!"

김지원의 시선이 강민종을 향했다.

강민종이 계속해서 말을 이었다.

"그리고 나 대한당에서 꽤 영향력이 있는 사람이에요! 그러니까 백서연 대표님도……."

순간, 김지원의 입가에 서늘한 미소가 흘렀다.

"시 의원 따위가 백서연 대표님을 협박하려 해?"

강민종은 소름이 끼치는 것을 느꼈다.

어떤 말도 할 수 없었다.

자신도 모르게 다리를 덜덜 떨고 있을 뿐이었다.

그리고 김지원이 진우에게 서류를 건넸다.

"이진우 순경님의 연락을 받고 회사의 무명 여가수들과 상담했습니다. 이 서류는 그 가수들의 증언입니다. 박이한은 여가수들에게 성상납을 요구했고 서안시의 행사에 참여시켰습니다. 무명가수들이라 특별한 스케줄이 없기에 그 사실은 회사에서 알지 못했습니다. 그리고 그 성상납의 대상은 시의원 강민종이었습니다."

"……."

"증언이 필요하다면 우리 가수들이 나설 겁니다. 다만 피해자들의 보호를 위해 우리는 언론 보도를 최소화하려 합니다."

박이한과 강민종 의원은 고개를 숙였다.

피해자들의 증언이 나왔다.

바로 앞에는 뺨에 멍이 든 가수도 보인다.

그리고 그 뒤에는 진백의 백서연이 있다.

빠져나올 수 없다.

이제는 죗값을 치러야 한다.

진우가 서류를 받아 들며 대답했다.

"피해자의 보호라……. 그렇게 하세요."

"이해해 주셔서 감사합니다."

"하지만 저 인간들의 얼굴은 전국에 박아야겠습니다."

"그러죠."

"그리고 이 문값은 진백에서 보상해 주세요. 저기 여가수

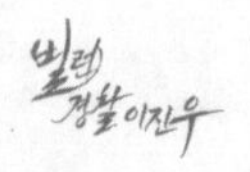

를 구하려고 부순 거니까요."

김지원이 부서진 문을 바라보며 대답했다.

"알겠습니다."

아침 해가 뜰 무렵이었다.

박이한과 강민종을 경찰서에 넘긴 김재혁 경사가 파출소로 돌아왔다.

모든 사람의 시선이 김재혁 경사에게 집중됐다.

시의원이 잡혔다는 말에 긴급히 출근한 파출소장도 마찬가지였다.

"어떻게 됐어?!"

"뭐…… 시끄럽죠."

"그게 끝이야?"

김재혁 경사가 어깨를 으쓱거렸다.

"넘기고 바로 왔어요. 제가 아는 게 뭐 있겠어요?"

"……그건 그렇지."

파출소장이 초조한 표정으로 서성였다.

"불똥이 튈까? 아니면 조용히 넘어갈까?"

시의원이 잡혔다.

그것도 곡언 파출소에서 잡았다.

가뜩이나 곡언 파출소는 윗선에 찍힌 상황이다.

파출소장은 이번 일로 또 다른 압박이 들어올 수도 있다고 생각했다.

그때 김재혁 경사가 진우의 팔을 툭 쳤다.

"올라와."

진우는 김재혁 경사와 함께 옥상으로 향했다.

김재혁 경사가 담배를 입에 물며 입을 열었다.

"질문 좀 하자. 먼저 성상납, 어떻게 알게 됐어?"

진우는 느닷없이 움직였고 거침없이 호텔로 향했다.

그때까지 김재혁 경사는 아무것도 모르고 있었다.

진우가 난간에 팔을 기대며 준비해 둔 답변을 전했다.

"안테나가 알려 줬습니다."

"……안테나? 네게 안테나가 있어?"

진우는 파출소 경찰이다.

정보를 알려 주는 안테나가 필요하지 않다.

진우가 슬쩍 웃었다.

"뭐, 그렇게 됐네요."

"그렇다 치고. 그럼 그 여자가 진백 엔터 대표의 비서라고? 어떻게 알게 된 사람이야?"

"MC 정근이 그 회사 소속이었거든요. 그놈 잡을 때 알게 됐어요."

"그렇다 해도 그런 여자가 너하고 연락을 한다고?"

김재혁 경사가 꼬치꼬치 캐묻기 시작했다.

진우는 말을 돌려야 할 필요성을 느꼈다.

"그런데, 그 인간들은 어떻게 됐어요? 정말 그냥 넘기고 온 거예요?"

"시의원이 잡혀 왔는데, 어쩌겠냐? 경찰서가 뒤집혔다. 시장님에 국회의원까지 달려왔고 서장님과 여청계는 난리 났고. 쉬쉬하자고 지랄들 하는데 진백 엔터에서 보도 자료 뿌리면, 끝이지."

시장과 국회의원 그리고 경찰서장은 지금의 사건을 조용히 끝내기 위해 애쓰고 있었다.

같은 대한당 라인이기 때문이다.

국회의원은 경찰서장을 향해 말하고 있었다.

"이 사건이 알려지면 안 돼. 언론에서 냄새 못 맡게 해! 시의원 하나 관리 못하냐며 당 대표님이 분노할 거야."

시장도 마찬가지였다.

"우리가 다음 공천을 못 받을 수도 있어!"

서장은 한숨을 내뱉었다.

"현행범으로 잡혀 왔고 피해자가 있어서 덮을 수는 없어요. 하지만 말씀하신 것처럼 최대한 조용히 진행하겠습니다."

하지만 그런 노력은 한순간에 물거품이 됐다.

기사가 올라온 거다.

서안시 시의원, 시의 행사를 대가로 무명가수들을 대상으로 성상납을 받아!

노래를 부르고 싶은 무명가수, 그것을 이용한 시의원!

진백 엔터 백서연 대표, "이런 악습은 근절되어야 한다."

서안시는 난리가 났다.

기자들이 몰려왔고 대한당 당 대표가 직접 나서서 사과까지 했다.

곡언 파출소도 마찬가지였다.

기자들이 들어섰다.

"이진우 순경님?! 은밀하게 이뤄지는 성상납의 현장을 어떻게 찾게 된 겁니까?!"

"소문을 들었고, 그 진실을 확인하기 위해 조용히 수사를 진행해 왔습니다."

"혼자 수사를 하셨다고요?"

"보고를 하기에는 진실의 실체가 희미했거든요."

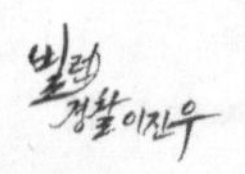

"그럼, 파출소 업무를 보면서 수사도 했다는 겁니까?"

"네."

진우가 인터뷰하는 모습을 보며 김재혁 경사가 피식 웃었다.

"저 새끼, 인터뷰 스킬이 갈수록 늘어나는 것 같지?"

박 순경이 인정한다는 듯 고개를 끄덕였다.

"몇 번 해 봤다고 이제는 여유로운 것 같은데요?"

그리고 진우의 얼굴 위로 플래시가 터졌다.

진우의 인터뷰는 곧바로 기사로 작성되어 세상에 퍼졌다.

물론 대부분의 사람들은 경찰의 인터뷰를 보지 않는다.

시의원의 비리 기사를 클릭하며 쌍욕을 퍼붓고 있다.

하지만 진우의 기사에도 몇 개의 댓글이 달렸다.

–미쳤네……. 음주 단속 같은 거 하면서 수사도 했다는 거잖아.

ㄴ예전에도 뭐 해결한 경찰 아니었나?

ㄴ살인 사건 잡은 사람임.

ㄴ대박, 대박! 왜 저런 경찰이 계속 파출소에 있지? 강력팀 가야 하는 거 아니냐?

ㄴ순경인데, 왜 저래? ㄷㄷㄷ

ㄴ저런 순경 많아지면, 대한민국 깨끗해짐?

ㄴ응, 깨끗해짐.

그 시각, 진백 엔터.

백서연의 앞에는 김지원이 서 있었다.

“모든 언론에서 진백 엔터의 이름을 지웠습니다. 그리고 분위기를 보면, 민국당을 지지하는 사람들이 정치적으로 접근하고 있어서 우리 쪽 이름이 새어 나갈 일은 없을 것 같습니다.”

“고생했어.”

김지원은 보고를 마친 후, 자리를 떠났다.

하지만 백서연은 똑같이, 미동 없이 책상에 앉아 있었다.

백서연이 중얼거렸다.

“이진우…… 적대적 M&A를 예견했어. 그리고 이번에도…….”

백서연은 진우와 했던 대화를 떠올리고 있었다.

진우는 말했었다.

“박이한은 제가 잡겠습니다. 그게 제 요구입니다.”

“박이한에게 무슨 죄가 있다고?”

“그건 제가 알아서 하겠습니다. 털어서 먼지 안 나는 인간은 없죠.”

“그런데, 강남에서 일어날 일을 서안시 경찰이 해결할 수 있나?”

“그것도 제가 알아서 할 일이고요.”

기억을 끝낸 백서연이 눈을 가늘게 떴다.

그것을 종합해 보면, 진우는 박이한이 저지르는 모든 일을 알고 있었다는 거다.

"파출소 순경에게 그런 정보력이 있다고? 우리도 모르던 일을?"

말도 안 된다.

하지만 그 말도 안 되는 일이 현실로 벌어지고 있다.

순간 백서연의 머릿속에 강진식이 한 말이 스쳤다.

"저 친구, 자네 아비 백동하 회장을 보는 것 같아. 협박에 능해. 사람을 가지고 놀 줄 알아."

강진식은 백동하와 오랜 시간 함께했던 사람이다.

누구보다 백동하를 인정하고 있다.

그런 사람이 진우와 백동하를 비교했다.

당시에는 단순한 칭찬인 줄 알았는데…….

"……잠깐만."

백서연의 눈이 찌푸려졌다.

"설마?"

백서연의 머릿속에서 말도 안 되는 의심이 솟고 있었다.

어쩌면 진우가 백동하의 숨겨 놓은 자식일 수도 있다고.

그러고 보니, 말투도 비슷하다.

그날 밤이었다.

"이진우 순경은 소문의 진위를 파악하기 위해 은밀하고 조용히 수사를 진행했다. 서안시 곡언 파출소의 업무는 쉴 틈이 없었지만, 개인의 시간을 빼서 사건의 진실로 향한 거다."

현지가 어머니에게 진우의 기사를 읽어 주고 있었다.

"엄마, 오빠 스타야. 스타. 순경이 시의원도 잡았다고 난리야!"

현지는 이어서 몇 개 안 달린 댓글도 죄다 읽었다.

어머니는 흐뭇한 표정으로 진우를 바라봤다.

하지만 눈에는 걱정의 빛이 스치고 있었다.

"정치인을 잡았는데, 괜찮아? 그쪽에서 너한테 뭐라 안 해?"

"네, 아직까지는 조용하네요. 별일 없을 거예요. 걱정하지 마세요."

하지만 어머니의 걱정은 금방 현실이 됐다.

비번을 끝내고 출근한 날이었다.

파출소장이 진우를 찾았다.

"이진우!"

"네."

파출소장이 자신의 방을 턱짓했다.

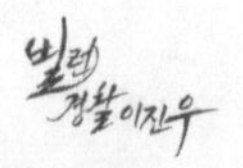

"국회의원이 와 있어. 들어가서 아무 소리 하지 말고 있어. 그냥, 몰랐다고만 해."

"……?"

"내가 같이 들어갈 거니까, 걱정하지 말고."

진우는 파출소장과 함께 방으로 들어갔다.

그곳에 국회의원이 보였다.

장지훈, 초선의원이었다.

장지훈 의원이 거만한 자세로 진우를 보며 물었다.

"그쪽이 이진우 순경?"

파출소장이 진우의 앞에 섰다.

"의원님, 이진우 순경은 정치나 이런 쪽에는 관심이 없습니다. 그냥, 그런 일이 있다는 것을 우연히 알게 됐고 수사를 하는 과정에서……."

장지훈 의원이 손을 살짝 들며 파출소장의 말을 막았다.

그리고 진우를 향해 시선을 틀었다.

"난 소장한테 질문한 게 아니야."

"……?!"

"이진우 순경, 정말 정치적인 이유 없이 행동했나? 민국당의 사주를 받은 게 아니고?"

장지훈 의원은 당 대표에게 불려가 박살 났다는 말이 어울릴 정도로 깨졌다.

그래서 그 화풀이를 하기 위해 이곳에 온 거다.

장지훈 의원은 테이블에 휴대폰을 내려 뒀다.

"호텔에서 당시의 상황이 찍힌 CCTV 영상을 가져왔지."

진우가 문을 부수고 들어가는 장면이었다.

"영장이 있었나? 아니면, 신고를 받았나? 확인해 봤지만, 그날 경찰에 그런 신고는 들어오지 않았어. 그리고 그 호텔은 곡언 파출소의 관할도 아니야. 그런데 이진우 순경은 어떻게 알았을까?"

"……."

"정치권의 도움이 있었겠지. 언제나 우리의 문제를 찾고 있는 민국당의 도움이 있었을 거야. 그게 아니면 자네의 행동은 납득이 안 돼."

"……."

"이진우 순경, 자네는 정치경찰이야. 난 이 문제를 정식으로 문제 삼을 거야."

진우가 헛웃음을 지으며 장지훈 의원을 바라봤다.

한 번이었나? 먼발치에서 봤던 게 기억난다.

진우가 백동하였던 시절, 눈도 못 마주치며 굽실거렸던 인간.

그런 놈이 거물인 척 무게를 잡는 게 웃기기만 했다.

장지훈 의원의 목소리가 이어졌다.

"무릎부터 꿇어. 죄송하다고 빌어. 그럼, 봐줄 수도 있어."

진우가 한숨을 내뱉었다.

한 발, 한 발 장지훈 의원을 향해 다가섰다.

그리고 천천히 허리를 굽혔다.

동시에 장지훈 의원이 버럭 소리를 질렀다.

“허리를 숙이라는 게 아니야! 무릎을 꿇어!”

그런데, 그때다.

허리를 굽힌 진우가 장지훈 의원의 귓가에 속삭였다.

“의원님, 제가 정치경찰은 아닌데요. 아는 것은 있어요.”

진우의 음산한 속삭임에 장지훈 의원의 얼굴이 일그러졌다.

하지만 장지훈 의원은 입을 열 수 없었다.

이어진 진우의 말.

“막 당선됐을 때, 진백 호텔에서 돈 받았었죠? 그게 2억이었나?”

“……!”

“그게 끝이 아니라 성접대도 있었다고 들었는데…….”

국회의원에 당선된 사람에게 돈을 주고 약점을 만들어 놓는 것, 조학주의 뱀 같은 방식이었다.

그리고 그것은 조학주와 진백의 고위직만 알고 있는 사실이었다. 진우 같은 일개 순경이 알 수 없다.

장지훈 의원의 부릅뜬 눈이 진우를 향했다.

하지만 진우의 말은 끝나지 않았다.

“여자의 발바닥을 좋아하신다고 들었는데요. 그런 것을 왜 좋아하는지는 모르겠지만, 저는 취향을 존중합니다.”

진우가 다시 허리를 세웠다.

장지훈 의원은 멍한 눈으로 진우를 보고 있었다.

저런 것을 어떻게 알고 있는지, 이해할 수 없었던 거다.

진우가 빙긋이 미소를 그리며 입을 열었다.

이번에는 파출소장도 들을 수 있는 큰 목소리였다.

"오해를 하셨으면 죄송합니다. 하지만 저는 정치적으로 행동한 게 아닙니다. 정치권에 아는 사람도 없고요."

"……."

"호텔의 문을 부순 것은 어린 순경이 의욕적으로 행동하다가 뜻하지 않게 일어난 작은 사고라고 생각해 주시면 감사하겠습니다."

진우의 말투는 매우 정중하며 예의 바르다.

하지만 장지훈 의원에게는 협박처럼 들려왔다.

'그냥 넘어가지 않으면, 알고 있는 모든 것을 폭로하겠다는 것인가?!'

그리고 장지훈 의원은 진우가 어디까지 알고 있는지 짐작할 수가 없었다.

어쩌면 자신의 치부가 담긴 영상이나 사진을 진우가 갖고 있을 수도 있다.

그게 아니라면, 저렇게 당당할 수 없다.

'안 돼.'

장지훈 의원은 진우에 대한 어떤 정보도 없다.

지금은 물러서야 할 때다.

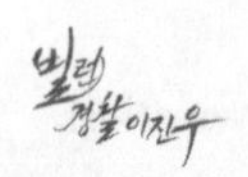

장지훈 의원은 느릿하게 고개를 끄덕였다.

"……그래, 이번에는 그냥 넘어가지. 하지만, 다음부터 조심해."

장지훈 의원은 그 말을 끝으로 파출소를 떠났다.

파출소장이 인사를 하기 위해 장지훈 의원의 뒤를 쫓았다.

오성민 팀장은 그 뒷모습을 보며 황당한 표정으로 고개를 갸웃거렸다.

"저 인간이 약을 먹었나? 오늘따라 고분고분하게 떠나네?"

"진심이 통한 거죠."

진우가 장지훈 의원을 보며 웃을 때였다.

머릿속에 능력이 펼쳐졌다.

파출소였다.

김재혁 경사가 험악한 표정으로 오성민 팀장 앞에 서 있었다.

"말이 됩니까?! 경찰이 출근하다가 뺑소니를 당했는데, 그걸 못 찾는 게요?!"

대한민국은 사방이 CCTV고 블랙박스다.

그래서 뺑소니 검거율은 98%를 넘어선다.

앞에는 오성민 팀장이 있었다.

오성민 팀장이 입술을 씹었다.

"나도 잡고 싶다! 나도! 진우 이 새끼가 병원에 누워 있는 거 보면, 나도 미치겠다고!"

"씨발! 식물인간이라잖아요! 말리지 마세요! 그 뺑소니 새끼를 잡으면 죽여 버릴 겁니다!"

김재혁 경사가 쓰레기통을 발로 차며 능력이 끝났다.

장면은 연기처럼 사라졌다.

장지훈 의원을 보며 낄낄 웃고 있는 오성민 팀장이 보였다.

하지만 진우는 웃을 수 없었다.

능력에서 본 미래, 뺑소니를 당하는 당사자가 진우였기 때문이다.

"스톱!"

순찰을 돌 때였다.

"새끼야, 정신 안 차려?! 사고 날 뻔했잖아!"

진우는 신호를 못 봤고 다가오던 트럭과 사고가 날 뻔했다.

김재혁 경사가 인상을 구겼다.

"오늘따라 왜 그래?!"

진우가 김재혁 경사를 바라봤다.

"오늘 운전은 경사님이 하시죠?"

"뭐?"

"아까 국회의원한테 갈굼을 받았더니, 집중이 안 되네요."

"건방진 새끼. 비켜!"

김재혁 경사는 툴툴거리면서도 운전대를 잡아 줬다.

그리고 순찰을 돌며 김재혁 경사가 말했다.

"국회의원한테 갈굼당하는 것 정도는 훈장으로 생각해. 네가 잘하고 있다는 거야."

위로를 해 주고 있었지만, 진우의 고민은 국회의원 따위가 아니었다.

진우의 시선이 창밖으로 틀어졌다.

그리고 파출소에서 봤던 능력을 떠올렸다.

출근하다가 뺑소니 교통사고를 당했고 식물인간이 된다.

조학주와 진백을 상대하기 위해 달려가던 모든 것이 허무할 정도로 끝나는 거다.

진우가 골치 아픈 표정으로 관자놀이를 꾹꾹 눌렀다.

'상관없어. 오히려 다행이라고 생각하자.'

다가올 미래를 봤으면, 그 미래를 바꾸면 되는 거다.

문제가 생길 것을 뻔히 아는데, 피하지 못하는 것은 바보와 같다.

지금부터 긍정적으로 생각해야 한다.

부정적으로 생각하면 될 것도 안 된다.

'사고는 언제였지?'

사고의 시기를 알 수 있다면, 피할 수 있다.

하지만 오성민 팀장과 김재혁 경사의 대화에서 그런 내용은 없었다.

'잠깐.'

아니, 있었다. 벽에 걸린 달력.

파출소는 일일 달력을 사용하고 있다.

진우는 그 날짜를 떠올리기 위해 애를 썼다. 그리고 떠올렸다.

'잠깐만, 내일?!'

사고는 내일 난다.

진우가 슬쩍 웃었다.

'내일만 넘기면 되겠네.'

순찰을 마치고 돌아왔을 때였다.

진우가 박 순경 앞에 섰다.

"내일 하루만 쉬고 싶습니다."

"응? 이번에도 갑자기?"

"네."

"왜?"

그때 파출소장이 나오며 진우의 어깨를 툭툭 쳤다.

"그래, 오늘 욕본 거 잊고 내일 하루 푹 쉬어."

파출소장의 말에 박 순경은 군말 없이 고개를 끄덕였다.

다음 날, 진우는 하루 종일 집에 있었다.

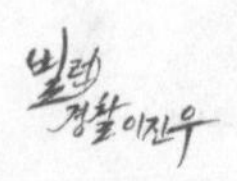

운동도 하지 않았고 뒹굴뒹굴 시간을 보냈다.

백동하에서 진우가 된 이후, 이렇게 휴식을 취한 것은 처음이었다.

그리고 저녁이 됐다.

당연히 뺑소니 사고는 일어나지 않았고 진우는 여전히 방에 누워 있었다.

그런데 그때, 진우의 머릿속에서 또 능력이 펼쳐졌다.

이번에도 파출소였다.

김재혁 경사가 험악한 표정으로 오성민 팀장 앞에 서 있었고.

"말이 됩니까?! 경찰이 출근하다가 뺑소니를 당했는데, 그걸 못 찾는 게요?!"

"나도 잡고 싶다! 나도! 진우 이 새끼가 병원에 누워 있는 걸 보면, 나도 미치겠다고!"

"씨발! 식물인간이라잖아요! 말리지 마세요! 그 뺑소니 새끼를 잡으면 죽여 버릴 겁니다!"

김재혁 경사가 쓰레기통을 발로 차며 능력이 끝났다.

진우의 얼굴은 처참하게 변해 있었다.

미래를 바꿨다고 생각했다.

그런데, 아니었다.

파출소의 일일 달력은 또 내일을 가리키고 있었다.

진우가 얼굴을 쓸어내리며 책상에 앉았다.

출근을 또 미루기는 어렵다.

이제는 가야 한다.

그리고 걱정만 하는 것은 바보다.

문제가 있으면 해결하기 위해 발버둥을 쳐야 한다.

그게 진우가 사는 방식이었다.

진우는 노트북을 펼치고 집에서부터 파출소까지의 길을 검색했다.

그리고 뺑소니가 일어날 만한 골목을 살폈다.

'골목은 위험해.'

버스 정류장까지 가장 빠른 길은 빌라촌의 골목을 지나는 거다.

하지만 골목에는 인적이 드문 곳이 많다.

뺑소니에는 최적의 위치다.

진우는 멀더라도 큰길을 이용하기로 했다.

그럼 뺑소니의 위험은 사라질 거다.

'문제는…….'

진짜 문제는 뺑소니 교통사고가 아니다.

사고가 난다는 그 자체가 위험하다.

'뺑소니를 피하더라도 교통사고가 난다면?'

〈데스티네이션〉이란 영화가 있다.

죽음을 피했지만 또 다른 죽음의 위기가 다가온다는 내용이다.

진우가 본 미래 역시 사고를 피해도 또 다른 사고가 다가올 수 있다.

'횡단보도는 건너지 말자.'

찻길을 건널 때 횡단보도가 아닌 전철역의 지하 차도를 이용하기로 했다.

그리고 버스나 택시도 탈 수 없다.

조금 멀더라도 전철을 이용하고 오랜 시간 걸어야 한다.

출근길이 길어지겠지만, 사고를 피하는 게 우선이다.

다음 날, 진우는 가방을 어깨에 걸치고 현관 앞에 섰다.

지나치게 이른 시간이었다.

"오빠? 벌써 가게?"

막 잠에서 깬 현지가 눈을 비비며 물었다.

"일찍 가서 일해야지."

"역시, 히어로 경찰! 멋져."

현지는 엄지를 척 내밀고 있었다.

반쯤 놀리는 말투였다.

진우가 픽 웃으며 손을 저었다.

"됐다."

"멋져, 멋져!"

진우는 집을 벗어났다.

그런데, 그렇게 아파트를 벗어나던 진우가 멈칫거렸다.

오늘따라 피부에 달라붙는 공기가 서늘하게 느껴지고 있었다.

도로를 오가는 모든 차량이 진우를 향해 달려들 것처럼 보였기 때문이다.

진우가 한숨을 내뱉으며 걸음을 옮겼다.

그리고 주변의 모든 것을 살피며 계속해서 이동했다.

다행스럽게도 파출소에 도착할 때까지 사고는 없었다.

하지만 안심하기는 일렀다.

출근길은 끝났지만 사고는 언제든 일어날 수 있다.

진우는 하루 종일 긴장의 끈을 놓지 않았다.

그렇게 다시 집에 온 뒤에야 안심할 수 있었다.

'피곤하네.'

그런데, 능력이 또 펼쳐졌다.

이번에도 교통사고.

일일 달력은 또 '내일'이다.

진우의 턱에 힘이 꽉 들어갔다.

'해보자는 거지?'

잠깐 짜증이 났지만 운명에 무릎 꿇을 생각은 없었다.

해볼 때까지 한다.

진우는 그렇게 생각하며 입술을 씹었다.
그리고 다시 노트북을 펼친 후 지도를 검색했다.
내일은 오늘과 다른 길로 가야 한다.
더 멀리…….

일주일 후.
퇴근한 진우는 재킷을 벗어 둔 뒤, 책상에 앉았다.
오늘도 사고 없이 보냈다.
하지만 오늘만 무사할 뿐이다.
진우는 일주일 동안 뺑소니에 시달리는 중이었다.
능력을 통해 본 미래는 계속해서 똑같은 사고를 알리고 있었다.
그 미래에서 바뀌는 것은 단 하나, 매일같이 변하는 일일 달력의 날짜였다.
"미치겠네."
진우가 중얼거리며 고개를 저었다.
그런데, 오늘은 미래가 안 보였다.
씻은 뒤 방에 누울 때까지 어떤 것도 나타나지 않았다.
그러니까 더 불안했다.
미래가 안 보인다는 게, 빌어먹을 운명을 피한 것인지 아니면 다른 이유가 있는 것인지 알 수 없었기 때문이다.

어쩌면 더 비극적인 일이 있을 수도 있다는 생각이 꼬리에 꼬리를 물고 이어졌다.

진우가 헛웃음을 내뱉었다.

"이래서 사람이 미치는구나. 정신병 걸리기에 딱 좋아."

다음 날.

뺑소니 사고의 미래를 보지는 못했지만 먼 길을 돌아 파출소로 향했다.

순찰 준비를 하는데, 장지훈 의원의 보좌관이 파출소장을 찾아왔다.

보좌관의 손에는 음료수가 가득했다.

"의원님께서 우리 경찰 분들이 엄청 고생하신다면서 이 음료를 전해 주고 오라 하셨습니다."

파출소장이 너털웃음을 터뜨렸다.

"아이고~ 고생은요. 다 똑같죠. 하하."

진우가 슬쩍 보좌관을 바라봤다.

지난번, 장지훈 의원은 도망치듯 떠났었다.

그런데 왜 뜬금없이 보좌관을 보냈는지 이해할 수 없었다.

그 순간, 진우의 머릿속에 능력이 펼쳐졌다.

이번엔 흑백, 과거를 보여 주고 있었다.

어두운 룸살롱.

그곳에 장지훈 의원이 혼자 앉아 있었다.

장지훈 의원은 누군가와 전화를 하고 있었다.

"정말, 그냥 순경이다? 아무것도 없다? 알았어."

장지훈 의원이 통화를 종료하며 껄껄 웃었다.

"하룻강아지 새끼가 어디서 주워들은 것으로 협박을 하고 있어?!"

장지훈 의원이 담배를 입에 물었다.

잿빛 연기가 공간을 채울 때, 담뱃재를 툭툭 털며 중얼거렸다.

"그런 입 가벼운 놈을 가만히 놔둘 수는 없어. 다른 곳에서 떠들었다가 진백에 그 이야기가 들어가기라도 하면……."

장지훈 의원이 담배를 비벼 끌 때였다.

문이 열리고 보좌관이 들어왔다.

"의원님, 부르셨습니까?"

"앉아."

보좌관이 장지훈 의원의 맞은편에 마주 앉았다.

장지훈 의원이 보좌관의 잔에 술을 채우며 말했다.

"이유는 묻지 말고 일 하나만 하자."

"일이요?"

"위험한 일."

보좌관이 장지훈 의원을 빤히 바라봤다.

장지훈 의원이 묵직한 목소리를 내뱉었다.

“이진우라는 경찰이 있어.”

“네?”

“그놈이 경찰 생활을 못하게 병신으로 만들어. 은밀히. 그리고 조용히.”

능력이 끝났다.

진우의 눈에 파출소장과 악수하는 보좌관이 보였다.

그놈의 시선이 진우에게 틀어졌다.

“이진우 순경님이시죠?”

진우가 느릿하게 고개를 끄덕였다.

“네, 이진우입니다.”

보좌관이 진우의 앞으로 다가와 악수를 권했다.

“장지훈 의원님의 보좌관 박우현이라고 합니다.”

박우현은 사람 좋은 미소를 그리고 있었다.

그 표정은 가면을 쓴 것처럼 완벽했지만 진우에게 그 미소는 끔찍하게 느껴졌다.

알고 있어서다.

지난 일주일, 뺑소니 교통사고로 위협했던 사람이 바로 보좌관 박우현이다.

그런 놈이 진우의 앞에서 착한 척 웃고 있었다.

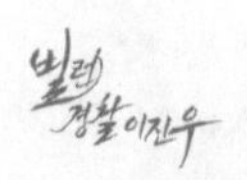

하지만 진우의 표정에서는 어떤 감정도 드러나지 않았다.
악수를 끝내고 박우현과 이런저런 대화를 이어 갔다.
그리고 박우현이 흘리듯 말을 내뱉었다.
"경찰 분들은 이 시간에 출근하시는구나……."
그 말을 끝으로 박우현은 몸을 틀었다.
그 순간, 진우의 입가에 서늘한 미소가 걸렸다.
'……이 시간에 출근?'
가볍게 지나칠 수 있는 말이었지만, 진우는 그 한 마디로 모든 것을 파악했다.
박우현이 아침부터 파출소에 온 이유.
그것은 진우의 동선을 다시 한번 확인하기 위해서다.
박우현은 그동안 뺑소니를 일으키기 위해 갖은 노력을 했을 거다.
하지만 진우는 번번이 빠져나갔다.
박우현은 자신의 계획에 잘못된 것이 있는지 확인하기 위해 이곳을 찾은 거다.
그리고 박우현이 진우에게 뺑소니를 일으키려는 이유 역시 예상됐다.
바로 장지훈 의원의 지시를 받은 거다.
진우는 가볍게 장지훈 의원의 비리를 말했었다.
장지훈 의원은 그것을 협박처럼 느꼈고, 진우를 제거해야겠다고 생각했을 거다.

'미친 인간들이네…….'

그 순간, 진우의 머릿속에 미래를 보여 주는 능력이 펼쳐졌다.

어두운 골목.

박우현과 어떤 남성이 마주 보고 있었다.

박우현이 그 남성에게 담배를 건네며 입을 열었다.

"오늘 파출소에 다녀왔어. 이진우는 버스가 아니라 전철을 이용하고 있었고, 운동을 하는지 조금 멀리 걷고 있었어."

"……."

"뺑소니는 이제 멈춰. 쉽게 일으키기 어려워."

"그럼……."

"계획을 바꿔야겠어. 조금 위험하더라도……."

능력이 끝나는 것과 동시에 진우의 미간이 찌푸려졌다.

박우현은 뺑소니를 포기하며 다른 범죄를 계획하고 있었다.

문제는…….

'……계획을 바꿔?'

능력으로 본 것은 그게 끝이었다.

어떤 범죄를 계획하고 있는지 알려 주지 않았다.

진우는 얼굴을 쓸어내렸다.

뺑소니를 피하는 것도 피곤했다.

이제는 알 수 없는 사고를 피해 다녀야 한다.

'짜증 나네.'

당장이라도 박우현의 멱살을 잡고 저 얼굴을 박살 내고 싶었다.

하지만 이성적으로 생각해야 했다.

박우현은 국회의원의 보좌관이며 지시받고 움직이는 장기짝일 뿐이다.

그리고 증거는 어디에도 없다.

저 얼굴에 주먹을 꽂으면, 진우만 엿 되는 거다.

진우가 한숨을 내뱉으며 빠져나가는 박우현의 뒷모습을 바라봤다.

그날 오후.

진우는 파출소에서 멀지 않은 가게를 드나들며 CCTV를 확인하고 있었다.

"자전거 도둑을 찾는 중입니다. 협조 좀 부탁드립니다."

이 한 마디면, 가게 주인들은 순순히 CCTV를 보여 줬다.

물론 진우는 자전거 도둑을 찾는 게 아니었다.

능력에서 봤던 것, 박우현과 함께 있던 남자를 찾고 있었다.

지난 일주일간 놈은 진우의 주변을 맴돌았을 거다.

즉, 어딘가에는 찍혀 있을 게 분명하다.
진우는 그놈의 흔적을 찾고 있었다.
그리고 화장품 가게에 들어갔을 때다.
드디어 도로변에 주차하고 담배를 피우는 놈을 찾았다.
좋은 CCTV를 사용하는지, 얼굴이 선명하게 보였다.
진우는 휴대폰으로 영상을 넘겨받고 다시 순찰차로 돌아왔다.
김재혁 경사가 인상을 구기며 진우를 쏘아봤다.
“왜? 또 뭔데? 도대체 또 뭘 계획하고 있어서 CCTV를 확인하고 있어?!”
“자전거 도둑 찾는다니까요.”
“신고 들어온 거 없잖아?”
“초등학생한테 직접 신고받았습니다.”
“미친놈.”
김재혁 경사는 더 뭐라 하지 않았다.
지난번, 보육원 사건을 기억하고 있어서다.
김재혁 경사는 진우가 아이들에게 친절한 사람이라고 생각하고 있었다.
“기다리고 있어. 나도 잠깐 화장실 좀 다녀올게.”
김재혁 경사가 차에서 내렸다.
진우는 김재혁 경사를 기다리며 남자의 사진을 양아치에게 보냈다.

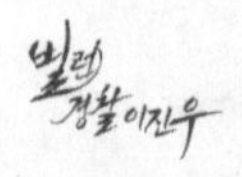

안테나 역할을 하는 그 양아치였다.

끼리끼리 어울리는 법이다.

진우는 양아치가 그 남자를 찾아내길 바라고 있었는데, 그 양아치에게서 전화가 걸려 왔다.

–형님! 사진 봤는데요. 그 아저씨는 왜 찾아요?

"왜? 아는 사람이야?"

–이 동네 술집에서 음료수 배달하는 아저씨예요.

"……음료수?"

–이 아저씨가 나쁜 짓을 했다면, 주차 위반밖에 없을걸요. 진짜 좋은 아저씨거든요.

"확실해?"

–네. 그 아저씨 맞아요.

"음료수를 배달한다고?!"

착실하게 사는 사람이다.

그런 사람이 박우현 보좌관의 사주를 받아 뺑소니를 내려고 했다니, 생뚱맞았다.

–이번에는 형님이 잘못 짚은 거 같은데요?

"됐고. 동선이나 파악해서 연락 줘."

그날 밤이었다.

가로등이 희미하게 비추는 주택가의 골목에 박우현과 한 남자가 서 있었다.

건조한 목소리로 대화를 이어 가던 박우현은 담배 연기를 내뱉으며 말을 이었다.

"……조금 위험하더라도 직접적으로 해결하는 게 좋겠어."

"직접적이라면……."

"칼로 찌르거나 옥상 같은 곳에서 밀거나."

남자가 다급히 고개를 저었다.

"보좌관님, 그렇게까지는……."

하지만 남자의 목소리는 이어질 수 없었다.

박우현 보좌관이 그 말을 끊은 거다.

"뺑소니와 칼이 뭐가 다르지? 손에 피 묻히는 것은 싫다는 건가?"

"……!"

"너 원래 칼 쓰던 놈이었잖아?"

"보, 보좌관님!"

"돈이 필요하잖아? 네 자식을 죽일 생각인가?!"

남자가 입술을 씹으며 고개를 숙였다.

박우현이 남자의 팔을 부드럽게 쓸어내리며 계속 말했다.

"걱정하지 마. CCTV도 없고 사람도 없는 최적의 장소를 찾아 줄 거야. 넌 그냥 눈 딱 감고 죽이기만 하면 돼."

그때였다.

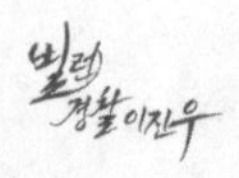

끌끌 웃는 소리가 박우현의 귓가를 때렸다.

그리고 골목의 끝에서 목소리가 이어졌다.

"쓰레기네, 쓰레기야. 아주 개쓰레기야!"

박우현의 시선이 빠르게 그곳으로 향했다.

어둠 속에서 누군가가 걸어 나오고 있었다.

바로 진우였다.

진우의 얼굴을 확인한 박우현의 눈이 부릅떠졌다.

"……이진우 순경?"

"아이고~ 보좌관님. 아침에 뵙고 또 뵙게 됐습니다."

"여, 여기는 어쩐 일로?"

"우리가 해결할 일이 있는 것 같아서요."

"……해결?"

진우가 휴대폰을 흔들었다.

"지금 그쪽의 대화를 동영상으로 남겼습니다."

박우현의 얼굴이 굳어졌다.

진우가 모든 것을 알고 나타났다는 것을 알게 된 거다.

그사이 진우는 박우현의 앞에 섰다.

진우가 휴대폰을 품에 넣으며 박우현을 바라봤다.

"동영상을 어떻게 사용할지는 나중에 생각하고 일단은 닥치고 처맞읍시다."

"……뭐요?"

"맞자고요."

박우현의 얼굴은 낮과 달랐다.

세상 착한 사람인 것처럼 연기하던 미소는 어디에도 없었다. 눈빛에서부터 살벌한 살기가 느껴진다.

박우현이 낮게 웃으며 남자를 돌아봤다.

“CCTV도 없고 사람도 없는 최적의 장소. 찾았어. 바로 여기야.”

박우현이 손가락으로 진우를 가리키며 계속해서 지시를 이어 갔다.

“당장 죽여. 저 휴대폰부터 뺏고.”

그런데, 남자는 움직이지 않았다.

그러자 진우의 웃음소리가 다시 울렸다.

“보좌관님, 그만하세요. 이제 저 아저씨는 보좌관님 말은 안 들어요. 내가 저 아저씨 아들 병원비를 싹 다 계산해 줬거든요.”

“……뭐?!”

남자는 깡패였다.

조직 간의 싸움에서 살인을 저질렀고 2년 전에 출소했다.

남자는 과거를 반성하며 바른 삶을 살기로 마음먹었다.

어느새 초등학생이 된 아들에게 떳떳한 아빠가 되고 싶어서다.

가난했지만 행복했다.

그런데, 아들이 병에 걸렸고 수술비가 필요하게 됐다.

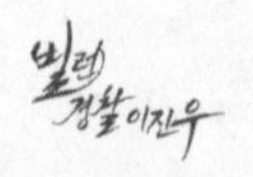

하지만 가난한 형편에 수술비는 없었다.

다시 깡패로 돌아가야 하나 고민하고 있을 때, 접근한 게 박우현이었다.

병원비는 물론이고 충분한 보상도 해 줄 테니, 일 하나만 해 주면 안 되냐고.

다시 깡패 짓을 할 필요는 없고 딱 하나만 해 주면 된다고.

진우의 목소리가 이어졌다.

"난 이 아저씨가 병원비 때문에 걱정하길래, 엄청 큰돈인 줄 알았는데⋯⋯ 천만 원이 뭡니까? 그런 돈으로 사람을 협박하고 그러면, 안 돼요."

박우현의 시선이 빠르게 남자에게로 향했다.

"뭐 하는 짓이야?!"

박우현은 핏발이 선 눈으로 남자를 노려봤다.

남자가 배신했다고 생각한 거다.

"뺑소니도 네가 알려 줬지?! 그래서 멀쩡히 피해 다닌 거지?!"

박우현의 거친 목소리가 울릴 때였다.

진우가 박우현의 어깨를 가볍게 잡았다.

"나 스스로 알아낸 것이니까, 이 아저씨를 탓할 필요는 없고요. 배에 힘 꽉 주세요."

그 말이 마지막이었다.

박우현의 복부에 진우의 주먹이 제대로 꽂혀 들어갔다.

콰직!

박우현은 숨을 쉴 수 없는 고통을 느끼며 허리를 굽혀야 했다.

"꺼어억!"

고통의 소리가 들려왔지만 진우는 멈추지 않았다.

박우현의 머리채를 움켜쥐고 한 대, 두 대, 세 대, 계속해서 주먹을 꽂아 넣었다.

하지만 얼굴만은 때리지 않았다.

복부와 허벅지, 팔 등 옷을 입으면 티가 나지 않는 곳만 골라 때렸다.

"그만, 그만!"

박우현이 필사적으로 외쳤지만 진우는 봐주지 않았다.

일주일 동안 뺑소니에 시달리며 정신병에 걸릴 뻔했다.

그에 대한 앙갚음은 해야 한다.

콰직!

잠시 후, 박우현은 가로등 밑에 주저앉아 헐떡거리며 겁먹은 눈으로 진우를 보고 있었다.

진우는 그의 앞에 앉았다.

박우현이 흠칫거렸다.

진우가 또 때릴 거라고 생각한 거다.

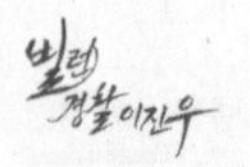

하지만 진우는 때리지 않았다.

박우현의 입에 담배를 물리며 입을 열었다.

"앞으로 날 노릴 생각은 하지 마세요. 장지훈 의원이 계속 지시를 내리면, 알아서 핑계를 대시고요. 그런 낌새가 보이거나 나에게 어떤 문제가 생기는 즉시 방금 그 동영상은 세상에 뿌려질 겁니다."

"……."

"대답을 듣고 싶은데요."

박우현은 빠르게 고개를 끄덕였다.

그리고 간절한 눈빛으로 진우를 바라봤다.

"그, 그렇게만 하면…… 그 동영상은 안전한 거지?"

"네, 안전할 겁니다. 그리고 앞으로 친하게 지냅시다."

"치, 친하게?"

"네. '친하게'."

진우는 음산하게 웃었다.

그 미소에 박우현은 소름이 돋는 것을 느꼈다.

친하게 지내자는 그 말이 자신을 영원히 이용해 먹겠다는 뜻으로 들렸기 때문이다.

그리고 그 예상은 사실이었다.

진우는 박우현을 철저히 이용하려 한다.

골수까지 뽑아먹을 생각이다.

물론 처음부터 이런 계획은 아니었다.

장지훈 의원과 박우현을 부숴 버릴 생각이었다.

하지만 그건 단순한 화풀이다.

남는 게 없다.

천만 원이나 썼는데, 단순 폭행으로 끝내는 것은 멍청한 짓이다.

그래서 진우는 박우현을 이용해 정치인과 엮일 기회를 만들기로 계획했다.

생각을 마친 진우가 고개를 숙이고 서 있는 남자를 바라봤다.

"아저씨도 친하게 지내요."

"네? 네……."

남자는 병원비를 받으며 진우를 돕기로 했다.

남자가 속해 있던 깡패 조직의 정보를 알려 주기로 한 거다.

물론, 진우에게 깡패 조직의 정보는 당장 필요 없다.

남자는 서울의 깡패였고 서안시의 경찰이 그곳을 소탕하기는 어렵다.

하지만 진우는 또 한 번 빌드업의 가능성을 열어 두고 있었다.

Chapter 2

박우현과의 일을 끝내고 집에 돌아온 진우는 책상에 앉아 노트북을 펼치고 메일을 확인했다.

오명훈은 투자한 것을 정리해서 진우에게 보내 주고 있었다.

그것은 매일같이 일어나는 루틴이었다.

진우는 메일을 확인한 후 오명훈과 통화했다.

휴대폰 너머에서 오명훈의 툴툴대는 목소리가 들려왔다.

—이래서야 티끌 모아 티끌이야.

적대적 M&A가 끝난 후, 오명훈은 2억으로 투자를 이어 가고 있었다.

조금씩 자산은 불어나고 있지만 오명훈의 말대로다.

티끌 모아 티끌.

이런 식으로 투자해서는 절대 진백에 다가설 수 없다.

-조금 더 공격적으로 접근해 볼까?

"아뇨. 눈에 띄는 종목이 없잖아요. 지금은 방어적으로 하시죠."

급할수록 느긋하게 접근해야 한다.

급히 행동하면, 일을 망칠 뿐이다.

"저도 요즘은 바쁘지 않으니까, 한번 찾아볼게요."

진우가 투자에 전념했다면, 지금보다 훨씬 나은 상황을 만들었을 거다.

하지만 진우는 투자에 전념할 수 없었다.

단순히 돈만 많아서는 조학주와 진백을 상대할 수 없기 때문이다.

돈만 있는 놈은 권력에 이용만 당하는 게 세상의 이치다.

즉, 그에 따른 권력의 힘도 필요하다.

진우는 경찰에서 권력을 손에 쥘 계획을 준비해야 했다.

그렇게 오명훈과의 통화를 종료했을 때였다.

노크 소리가 들리고 현지가 들어왔다.

"나 방금 혜림이 언니 만났어."

"윤혜림? 여청계 수사팀 팀장 윤혜림 경위?"

"응, 혜림이 언니."

독서실에서 집에 오는 길이었는데, 윤혜림이 뜬금없이 찾아왔다고 한다.

진우가 고개를 갸웃거렸다.

"걔가 왜?"

"오빠가 진짜 기억상실이냐고 물어보던데?"

윤혜림은 경찰들에게도 물어봤던 것 같다.

하지만 그 말을 믿을 수 없었는지 현지에게도 찾아간 거다.

"그래서 솔직히 말해 줬지. 뇌사상태까지 왔었고 그 후유증으로 기억상실이 온 것 같다고."

진우가 다리를 외로 꼬며 물었다.

"어땠어?"

"그런 건 드라마에서나 봤다고 놀라던데?"

"아니, 그거 말고. 너에 대한 윤혜림의 태도."

진우와 윤혜림은 어릴 적 친구였다고 했다.

꽤 친했던 것 같은데, 지난번 만난 윤혜림의 눈빛은 적대적이었다.

그래서 현지에게 어떤 태도를 취했는지 궁금했다.

"똑같은 거 같았는데……. 어릴 때처럼 친절했고 착했고 그리고 예뻤고."

"차갑지는 않았고?"

"응. 집 앞의 아이스크림 가게에도 같이 갔어. 나중에 또 보자고 전화번호도 받았고."

"그럼, 나한테만 차갑다?"

현지가 손을 저었다.

"난 몰라. 오빠에 대한 걸 물어보러 왔으니까, 대답한 게 전부야. 그리고 오빠한테 전했으면 끝난 거지?"

현지는 공부를 해야 한다며 진우의 방을 빠져나갔다.

진우가 닫힌 문을 바라보다가 고개를 저었다.

"뭐…… 상관이 있나?"

윤혜림은 원래의 이진우가 가졌던 인연이다.

지금의 진우와는 어떤 상관도 없다.

그리고 지금은 돈을 벌기 위한 투자처를 찾아야 했다.

박우현 보좌관을 통해 권력과의 인연도 준비해야 한다.

윤혜림에게 신경 쓰고 있을 시간은 없다.

그런데, 다음 날이었다.

출근했는데, 김재혁 경사가 파출소 앞에 서 있었다.

"손님 왔다."

"네?"

"윤혜림 경위."

김재혁 경사가 손가락으로 파출소를 가리키며 말을 이었다.

"시의원 잡았던 거 있잖아? 그거 물어보러 왔는데, 내가 대답할 수 있는 게 있어야지."

"……물어볼 게 있나요?"

어떻게 잡았는지에 대한 것은 이미 보고했고 시의원 역시 모든 죄를 인정했다.

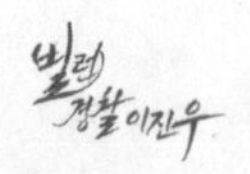

파출소까지 와서 물어볼 것은 없다.

그런데.

"이진우 순경, 잠깐 얘기 좀 하죠."

파출소 문이 열리고 윤혜림이 나오고 있었다.

김재혁 경사가 손가락으로 옥상을 가리키며 말했다.

"이쪽은 보는 눈 많으니까, 옥상 가서 얘기해."

진우가 고개를 끄덕이며 윤혜림을 바라봤다.

"올라가죠."

잠시 후, 진우와 윤혜림은 옥상에 있었다.

진우가 난간에 등을 기대고 윤혜림을 바라봤다.

윤혜림의 눈빛은 여전히 차갑고 적대적이다.

지난번과 달라진 것은 단 하나, 당시에는 반말을 썼는데 지금은 존댓말을 한다는 거다.

진우가 입을 열었다.

"질문이 있다면서요?"

"먼저…… 어제 현지한테도 물어봤는데, 정말 기억상실?"

"네."

"나도 기억 못하고?"

"그쪽뿐만 아니라 가족도 기억 못했어요."

"기억상실이라……. 편하네."

윤혜림의 말에 진우가 고개를 저었다.

"저기, 나를 왜 적대적으로 보는지는 모르겠는데요. 기억하는 게 없으니까, 찾아온 이유나 말하세요."

윤혜림이 머리를 쓸어 넘기며 고개를 끄덕였다.

"좋아요. 처음 본 사람으로 생각할게요."

"그럼 고맙고요."

"질문이 있어 왔어요. 시의원, 어떻게 잡았죠? 김재혁 경사에게 물어봤더니, 이진우 순경이 혼자 한 일이라 자신은 잘 모른다고 하던데요."

당연히 김재혁 경사는 잘 모른다.

능력을 통해 미래를 봤고 흥신소를 이용해 때를 기다렸기 때문이다.

그 일은 진우 혼자 북 치고 장구 치며 난리를 친 일이었다. 하지만 그런 답변을 할 수는 없다.

"보고했던 게 끝이에요. 우연히 소문을 들었고 그걸 수사했을 뿐이죠."

"그게 끝? 다른 것은 없었고요?"

"솔직히 말하면, 안테나를 좀 박아 뒀습니다."

"안테나?"

"내 밥그릇이라 더 말할 수는 없고요."

"그럼, 공조는 가능하죠?"

"……공조?"

서안 경찰서 여청계에 최근 골치 아픈 사건이 있었다.

"외국인들이 조직적으로 성매매를 하고 있다는 첩보를 들었어요. 하지만 아무리 파헤쳐도 그뿐이에요."

"그러니까, 더 이상의 진전은 없고 지푸라기를 잡는 심정으로 날 찾아왔다?"

"네."

진우가 피식 웃으며 손을 휘휘 저었다.

"미안한데요. 파출소 순경은 음주단속 하느라 바빠서 그런 일을 할 수 없어요."

진우가 윤혜림의 옆을 떠나려 할 때였다.

김재혁 경사의 목소리가 들렸다.

"바빠도 해야 한다."

진우가 눈을 찌푸리며 김재혁 경사를 바라봤다.

김재혁 경사가 진우의 앞에 서며 말을 이었다.

"방금 서에서 협조 공문이 왔고 소장님이 허락했다. 그럼, 해야지."

"……경사님도 같이하는 거죠?"

"바빠 죽겠는데, 나까지 빼 주겠냐? 너 혼자 해야지."

"제 의견은 없나요?"

"응, 없어."

파출소장은 경찰서의 공문에 적극적으로 협조했다.

곡언 파출소가 경찰서장에게 찍힌 상황이기 때문이다.

고분고분 말을 듣는 모습도 보여 줘야 한다고 생각한 거다.

그 덕에 진우만 고생하게 생겼다.

그때, 윤혜림이 가방에서 서류 봉투를 꺼내 진우에게 건네며 말했다.

"읽어 보세요. 지금까지 수사한 자료예요. 내일부터 시작할 거니까, 준비해 주시고요."

윤혜림은 그 말을 남긴 채 옥상을 떠났다.

윤혜림의 목소리와 행동은 처음부터 끝까지 차가웠다.

김재혁 경사가 진우의 어깨를 가볍게 토닥였다.

"저런 사건에 들어가면, 퇴근 못 하는 거 알지? 속옷이랑 양말 많이 챙겨야 해."

"퇴근을 못 해요?"

"어, 못 해. 그러니까, 고생해라."

김재혁 경사의 낄낄거리는 웃음소리를 들으며 진우는 한숨을 내뱉었다.

투자처를 찾으려던 계획이 흔들렸다.

박우현을 통해 정치권과 인연을 맺으려는 계획 역시 나중으로 미뤄야 한다.

'에이…… 그냥 경찰을 때려치워? 뭐 이렇게 도움이 안 돼?'

진우는 인상을 구기며 손에 든 서류 봉투를 펼쳤다.

그리고 내용을 살피던 그 순간이다.

머릿속에 미래를 보는 능력이 펼쳐졌다.

담배 연기로 가득한 공간.

모두가 벌건 눈으로 화투패를 바라보는 곳.

불법도박장, 일명 하우스였다.

"쎄륙!"

"장삥!"

그곳에 진우가 앉아 있었다.

옆에서 패를 돌리던 남자가 피식 웃으며 진우에게 시선을 틀었다.

"오늘 많이 잃었죠? 속상하시겠네요."

"조금 속상하네요."

"그 마음 풀 수 있는 방법, 알려 줄까요? 문방한테 얘기하면 외국인과 만날 수 있어요. 속상한 마음이 한 방에 풀립니다. 흐흐."

문방은 도박장 용어로, 망을 보는 사람을 뜻한다.

진우가 천천히 남자를 바라봤다.

남자가 악수를 권하며 입을 열었다.

"디지털단지에서 작은 회사를 운영하는 박광준이라고 합니다. 종종 봐요. 난 그쪽 같은 관상을 좋아하거든요."

박광준의 웃음소리를 끝으로 머릿속에 펼쳐진 장면이 사라졌다.

그리고 진우의 입가에도 미소가 걸렸다.

'외국인?'

만약 지금 본 것이 윤혜림이 쫓는 사건과 연관이 있다면, 이 일은 예상외로 빨리 끝날 수도 있을 거다.

그날 밤, 진우는 퇴근하며 오명훈에게 전화를 걸었다.

―박광준?

"네, 디지털단지에서 작은 사업을 한다는데요."

―네가 찾은 투자처야?

"그건 아직 모르겠고요."

―그래? 한번 찾아볼게.

오명훈의 연락은 빨랐다.

집에 도착해서 샤워를 하고 나왔는데, 부재중 통화가 와 있던 거다.

진우는 곧장 오명훈에게 전화를 걸었다.

―소버AI라는 회사를 운영하는 놈이야.

소버AI, 코스닥에 상장되어 있으며 이름처럼 인공지능을 연구하는 곳이었다.

―그런데 회사 사정이 안 좋아. 대표가 도박에 미쳐서 하우스까지 드나든다는 소문이 있어. 대표가 그 지랄을 하는 곳이면, 아무리 기술이 좋아도 투자로는 별로야.

"대표가 하우스를 드나든다고요?"

–어.

"그 하우스를 알아봐 주실 수 있을까요?"

–왜? 잡아서 네 실적 올리게?

"겸사겸사요."

–오케이. 알아봐 줄게. 시간이 좀 걸릴 수도 있는데, 괜찮지?

"네."

오명훈은 지난번 이용했던 흥신소를 통해 박광준을 감시할 것이다.

그리고 놈이 도박장에 가는 순간 진우에게 연락할 거다.

이제 진우는 그 연락을 기다리면 된다.

그리고 다음 날이었다.

진우는 곡언 파출소가 아닌 서안 경찰서로 출근했다.

당연하지만 진우를 향한 형사과 경찰들의 시선은 곱지 않았다.

진우가 형사과의 어느 팀장을 잡았었고, 보육원 사건에서는 또 다른 팀장의 얼굴에 먹칠을 한 적도 있었기 때문이다.

"재가 그 배신자지?"

경찰로서 범죄자를 잡았는데, 배신자 소리를 들어야 했다.

"와…… 눈은 깔고 들어올 줄 알았는데, 당당하네?"

진우는 그들의 말을 뒤로하고 윤혜림의 팀과 함께 회의실로 향했다.

물론 윤혜림의 팀원도 진우를 고운 시선으로 보지 않았다.

그들에게도 진우는 같은 경찰을 잡은 배신자였고 서안시를 시끄럽게 만드는 망나니였다.

그들의 시선을 받고 있자니, 차라리 윤혜림의 차가운 눈빛이 낫다고 생각될 정도였다.

"그럼, 시작할게요."

윤혜림이 모든 사람의 앞에 섰다.

레이저포인터로 모니터를 가리키며 간단한 브리핑을 하려 했다.

그런데, 한 경찰이 손을 들었다.

"팀장님, 곡언 파출소의 순경은 여기에 왜 있나요?"

"어제 말씀드렸잖아요. 공조수사를 하겠다고요."

"운 좋게 몇 명 잡았다고 수사에 참여시키면, 오히려 방해될 수도 있어요."

윤혜림은 경찰대를 졸업해서 경위 계급장을 달고 있다.

그러나 계급은 높지만 경력으로는 이곳의 경찰들에게 한참 떨어진다.

그래서 그런지 무시당하는 것 같았다.

그 경찰의 시선이 진우에게로 향했다.

"이 순경, 솔직히 말해 봐. 시의원 어떻게 잡았어?"

또 똑같은 질문이었다.

이제는 대답할 필요성도 느껴지지 않는다.

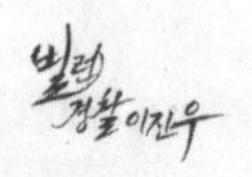

그러자 경찰이 계속 물었다.

“파출소 순경이 안테나를 데리고 있다는 게 말이 돼? 형사였던 적도 없잖아?”

진우가 피식 웃었다.

“재밌네요.”

“재밌어?”

“유치해서, 정말 재밌네. 다 큰 사람들이 이런 식으로 신경전을 벌이나?”

그렇게 말하는 진우의 목소리는 건방졌다.

오는 말이 곱지 않은데, 가는 말이 고울 필요는 없다고 생각해서다.

“너 이 새끼, 누구 밑에 있어?! 김재혁이야?!”

“됐고요. 내기 한번 하죠, 누가 빨리 잡아내는지.”

윤혜림의 목소리가 높아졌다.

“그만!”

진우와 그 경찰의 목소리가 멈췄다.

모든 사람의 시선이 윤혜림에게로 향했다.

윤혜림이 진우와 그 경찰을 번갈아 쏘아봤다.

“우리는 말싸움하려고 모인 게 아니에요. 외국인 성매매 조직을 잡기 위해 모인 거예요. 그러니까…….”

하지만 윤혜림은 힘없는 팀장이었다.

그 말을 그 경찰이 뚝 잘랐다.

"그러니까, 순경이 있으면 방해가 된다는 겁니다."

"……!"

"팀장님, 잘 몰라서 그러신 것 같은데요. 이런 성매매는 지역 경찰과 관계있을 가능성이 커요. 작전 다 짰는데, 파출소 순경이 저쪽에 우리 계획을 넘겨 봐요. 그냥 끝이에요, 끝."

진우를 성매매 조직과 연관된 비리 경찰로 매도하고 있었다.

"무슨 뜻인지 모르겠습니까?! 이진우 순경은 안테나를 통해 성범죄를 잡았다고 했어요! 그쪽 애들하고 샤바샤바하고 있지 않으면 불가능한 일이라고요!"

"……!"

"이런 놈은 수사를 함께할 게 아니라 수사를 받아야 할 대상이라고요!"

더 들어 주기도 어려웠다.

진우가 피식 웃으며 자리에서 일어섰다.

"제가 여기에 있을 필요는 없을 것 같은데요?"

"이진우 순경!"

"협조가 필요한 겁니까? 아니면, 범죄조직을 소탕하길 바라는 겁니까?"

"……네?"

"뭐가 됐든 소탕하면 되는 거잖아요? 결정적 단서를 찾아올게요."

그 경찰이 어이없다는 듯 웃었다.

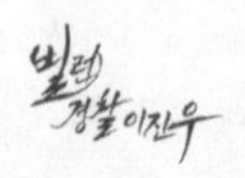

"와…… 막 나간다고는 들었는데, 진짜 막 나가네? 처음 봤다, 처음 봤어."

진우의 시선이 그 경찰에게 틀어졌다.

이름은 성무택.

계급은 경사.

김재혁 경사보다 선배다.

"성무택 경사님, 아직 대답 못 들었는데요?"

"하! 뭐? 무슨 대답?"

"물었잖아요, 내기할 건지."

성무택 경사가 몸을 일으켰다.

그리고 진우를 노려보며 입을 열었다.

"그래, 하자. 넌 뭘 걸 거야?"

"제가 못 잡으면, 근무 이탈이나 성매매 조직과 손잡았다…… 뭐 그런 거로 감찰에 넘기세요."

"……뭐?"

"지금부터 저는 혼자 움직이겠습니다."

황당한 말에 윤혜림이 빠르게 고개를 저었다.

"이진우 순경! 지휘는 내가 합니다!"

"걱정하지 마세요. 경위님께 보고는 할 거니까요."

"이진우 순경!"

진우는 여전히 성무택 경사를 보고 있었다.

또렷이 노려보며 입을 열었다.

"저는 감찰을 걸었고, 성무택 경사님은 뭘 걸겠습니까?"

"이거 진짜 개념 빠진 새끼네……."

진우가 손을 휘휘 저었다.

"말 길게 하지 마시고요. 나를 성매매 조직과 쎄쎄쎄 하는 놈으로 매도했다면, 경사님도 거는 게 있어야죠."

성무택 경사가 입술을 씹었다.

뭘 걸어야 할지 떠오르지 않아서다.

진우는 감찰을 받겠다고 했다.

하지만 성무택 경사는 이런 말싸움으로 그런 것까지 걸고 싶지는 않았다.

진우가 성무택 경사를 향해 말을 이었다.

"난 감찰을 걸었지만, 경사님은 가볍게 갑시다. 내가 먼저 결정적 단서를 가져오면, 피켓 들고 경찰서와 모든 지구대 그리고 파출소를 한 바퀴 도세요."

"……피켓?"

"'건방지게 행동해서 죄송합니다.' 이렇게 적어서요."

성무택 경사는 이성의 끈이 끊어지는 것을 느꼈다.

"이런 미친 새끼가!"

성무택 경사가 진우에게 달려들었다.

다른 경찰들이 성무택 경사를 말리며 진우에게 외쳤다.

"이진우 순경! 그만해!"

하지만 진우는 그 자리를 피하지 않았다.

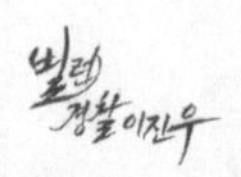

성무택 경사의 눈을 똑바로 바라보며 입을 열었다.

"대답은?"

"그래, 하자! 하자고!"

대답이 들려왔다.

진우의 시선이 윤혜림에게로 향했다.

"그럼, 저는 말씀드린 대로 단독 행동하겠습니다~."

"이진우 순경!"

윤혜림이 외쳤지만, 진우는 이미 회의실을 빠져나가고 있었다.

"무택이 형한테, 그랬다?"

잠시 후, 진우는 곡언 파출소 근처에서 김재혁 경사를 만나고 있었다.

아무래도 김재혁 경사와 성무택이 잘 아는 사이 같아서다.

성무택이 김재혁 경사에게 전화를 걸어 자신에게 유리한 얘기만 한다면, 깨지는 것은 진우다.

그래서 먼저 보고를 했고.

"저를 성범죄 조직과 연관 있는 것처럼 말해서, 순간 욱했어요."

물론, 진우는 욱하지 않았다.

끝까지 이성적이었다.

진우가 경찰서에서 난리를 친 이유는 따로 있었다.

개인 시간을 얻기 위해 일부러 그런 거다.

진우는 오명훈과 투자처를 고민해야 했고 박우현 보좌관을 통해 이 지역 정치 역학 관계를 살펴봐야 했다.

성무택 경사는 진우의 그런 계획에 멍석을 깔아 줬을 뿐이다.

김재혁 경사가 담배 연기를 내뱉으며 말했다.

"아이고…… 미친놈. 뭐, 나도 그 인간이 마음에 안 드는 것은 똑같으니까 됐다."

"마음에 안 드세요?"

"그 인간은……. 아니다. 됐다. 어쨌든, 난 신경 쓰지 마."

"네."

"그런데 뒷일은 감당할 수 있는 거지?"

"……네?"

"큰소리 뻥뻥 치고 나왔으면, 방법이 있다는 거 아냐?"

진우는 대답 대신 조용히 미소만 그렸다.

다른 사람에게 알려 줄 수 없지만, 방법은 있다.

"그럼, 가 볼게요."

진우는 김재혁 경사와 헤어지며 근처 PC방을 찾았다.

수사를 한다는 것은 파출소 근무와 또 달랐다.

그중에 사복을 입고 일할 수 있다는 것이 진우에게는 가장 마음에 들었다.

PC방에도 당당히 들어갈 수 있다.

진우는 오명훈의 연락을 기다리며 소버AI를 검색했다.

소버AI는 능력을 통해 본 미래에서 박광준이란 놈이 대표로 있는 곳.

시가총액 약 900억.

박광준이 31%의 지분을 소유하고 있다.

재무제표는 엉망이다.

다른 대표가 있을 때는 꽤 괜찮은 성장을 보여 주고 있었는데, 박광준이 대표에 올라선 이후로는 말 그대로 개잡주가 됐다.

생각해 보면, 하우스에 드나들 정도로 도박에 빠진 놈이 제대로 된 경영을 한다는 것부터가 말이 안 된다.

오명훈에게서 연락이 온 것은 이틀 뒤였다.

–박광준이 도박장에 간 것 같아.

"주소, 찍어 주세요."

곧 메시지로 주소가 도착했다.

진우는 바로 그 주소를 인터넷에 검색해 봤다.

'보드게임방?'

놈이 들어간 곳은 보드게임방.

도박 조직이 단속을 피하기 위해 하우스를 보드게임방으로 위장해 둔 것이었다.

진우가 몸을 일으키며 양아치에게 전화를 걸었다.

"보자."

세상은 어두웠지만 서안시 유흥가의 밤은 화려했다.
그곳의 골목에서 진우는 양아치를 만났다.
진우가 양아치에게 휴대폰 화면을 보여 줬다.
화면에는 보드게임방이 보였다.
"여기 알지?"
양아치의 얼굴이 굳어졌다.
"……여기는 왜요?"
"표정 보니까, 뭐 하는 곳인지 알고 있나 보네?"
"그러니까, 왜요?"
"돈 좀 따려는 거지."
양아치가 고개를 저었다.
"형님, 제가 다른 것은 다 하겠는데요. 여기는 안 돼요."
"왜?"
양아치가 한숨을 내뱉으며 설명했다.
"서안시에는 4개의 깡패 조직이 있거든요."
"그런데?"
"여기는 외국인 조직폭력배가 운영하는 곳이에요."
서안시에는 공단이 있다.

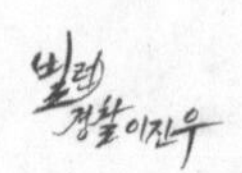

자연스레 외국인 노동자와 불법체류자가 많았고 외국인 노동자로 위장한 범죄조직원도 존재했다.

양아치가 계속해서 말을 이었다.

"얘들은 진짜 건들면 안 돼요. 살인을 저질러도 자기 나라로 튀면 된다고 생각하는 애들이에요. 지문도 등록이 안 되어 있어서 증거도 안 남아요. 그런데 형님은 얘들 조직을 박살 내겠다는 거잖아요? 만약 형님이 저한테 안테나 꽂았다는 소문이 돌면, 저는 진짜 죽어요."

"걱정하지 마. 내가 살려 줄게."

"형님, 농담할 게 아니라니까요."

"이번 일이 끝나면, 정보비로 천만 원도 줄게."

양아치가 미간을 찡그렸다.

"제가 천만 원에 흔들릴 사람으로 보입니까?!"

"어, 보여."

양아치는 진우에게 걸린 후로 불법적인 일을 하지 않고 있다. 그저 유흥업소의 삐끼로 먹고사는 중이다.

당연히 돈이 부족할 수밖에 없다.

하지만 양아치는 거부했다.

"제가 천만 원에 목숨 걸 것 같아요?"

진우가 양아치의 어깨에 팔을 두르며 말했다.

"네 이름 안 나오게 잘할 테니까, 걱정하지 마라."

"……!"

"넌 딱 하나만 말해 주면 되는 거야. 도박장에 들어가려면 어떻게 해야 해?"

보드게임방으로 위장하고 있지만, 보안은 철저할 거다.

확인된 손님이 아니면 들여보내지 않을 게 분명하다.

그래서 진우가 양아치를 찾아온 거다.

양아치는 망설였다.

진우가 그런 양아치의 어깨를 가볍게 토닥이며 말을 이었다.

"2천만 원."

"……!"

"더 이상은 안 돼. 그러니까, 이제 말해. 그러지 않으면, 들어가서 네가 보냈다고 말한다."

"저 진짜 죽어요!"

"내가 죽여 줄까?"

"형님!"

"그래, 살아야지. 그러니까, 살고 싶으면 말하라고."

양아치는 진우를 보며 울 것 같은 표정으로 대답했다.

"……복덕방에서 소개했다고 하세요."

"혹시나 해서 하나만 더 물어보자. 외국인 성매매 조직도 알고 있어? 혹시 걔들이 같이 운영하나?"

"형님…… 저는 조폭이 아니에요. 그런 게 있다는 것만 알고 있어요. 잘은 몰라요."

양아치에게 더 알아낼 수 있는 것은 없는 것 같다.

진우가 빙긋이 미소를 그린 뒤, 양아치를 떠났다.

그리고 현금인출기에서 500만 원을 찾은 뒤, 보드게임방 앞으로 갔다.

서성이는 놈들이 보였다.

딱 봐도 문방, 경찰의 단속을 감시하는 놈들이다.

진우가 그 앞으로 다가갔다.

"복덕방에서 소개받았는데요."

놈들은 진우를 위아래로 훑었다.

진우는 어리다.

사복을 입고 있으면, 대학생으로 보이기도 한다.

절대 경찰로는 생각될 수 없는 얼굴이었다.

한 놈이 피식 웃으며 입을 열었다.

"복덕방 누구?"

'……누구?'

양아치에게 여기까지는 듣지 못했다.

그렇다고 양아치의 이름을 댈 수는 없다.

잠깐 고민하던 진우가 대답했다.

"소개해 준 복덕방이 외국인이라, 이름이 기억 안 나요."

"……외국인?"

"네. 화투를 좋아한다니까, 재밌게 하는 곳이 있다고 말해 주던데요."

"하…… 씨발. 설치지 마라니까, 설치고 앉아 있네."

외국인이란 말에 놈들의 의심이 풀렸다.

한 놈이 턱짓하며 말했다.

"따라와요."

진우가 놈의 뒤를 쫓았다.

그러면서 놈들을 살폈다.

어눌한 말투는 한국인이 아니다.

양아치의 말처럼 외국인으로 구성되어 있는 것 같다.

그렇게 계단을 올랐고 3층에 있는 보드게임방 앞에 섰다.

진우는 그 모든 것을 머릿속에 담았다.

출입구는 세 곳. 엘리베이터는 없다.

그리고 보드게임방의 입구는 영업이 끝난 것처럼 닫혀 있었다.

놈이 게임방 앞에 서서 노크를 일곱 번 했다.

그러자 문이 열렸다.

"손님 왔어요."

놈의 역할은 그게 끝이었다.

진우는 자신을 매니저라고 소개한 놈을 따라 안으로 들어갔다.

담배 연기가 자욱하다.

여기저기서 화투를 쳐 대고 있다.

"어린 사장님은 어떤 종목을 좋아하세요?"

진우는 잠시 능력에서 본 것을 떠올렸다.

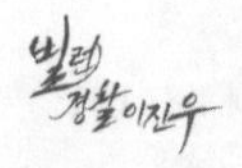

그 안에서 진우는 섰다를 하고 있었다.

"섰다요."

"섰다, 좋죠~. 룰을 설명드리면, 여기는 두 장 섰다고요. 족보는 장땡이 최고고……."

매니저의 설명을 들으며 진우는 한 테이블 앞에 섰다.

"여기 사장님들이 점잖으니까, 여기서 하세요."

진우의 시선이 한 남자에게로 향했다.

능력 속에서 봤던 그 박광준이었다.

진우의 머릿속에 박광준이 했던 말이 스쳤다.

"문방한테 얘기하면 외국인과 만날 수 있어요. 속상한 마음이 한 방에 풀립니다. 흐흐."

진우는 박광준의 옆에 앉으며 슬쩍 웃었다.

'반갑다, 광준아.'

박광준을 통하면, 외국인과 연결될 수 있는 문방을 알아낼 수 있다. 진우는 지금부터 박광준을 이용해 외국인 성매매 조직의 단서를 찾아낼 거다.

"에이, 씨발. 타짜들만 모였나."

박광준이 화투패를 집어 던졌다.

박광준은 오늘 잃기만 했기에 짜증이 나는 것은 당연했다.

박광준이 담배를 입에 물며 힐끗 옆에 앉은 사람을 봤다.

“불 있어요?”

“아, 네.”

라이터를 건네받은 박광준이 불을 붙이며 물었다.

“어려 보이는데? 몇 살?”

옆 사람은 진우였다.

진우가 어깨를 으쓱거렸다.

“도박에 연식이 필요한가요? 돈 잃어 주면 친구고 형제죠.”

박광준이 인정한다는 듯 고개를 끄덕였다.

“그렇죠. 여자 친구보다 돈 잃어 주는 호구가 더 사랑스러운 법이지. 내 돈 따는 놈은 개새끼고.”

박광준은 손뼉을 짝 치며 말을 이었다.

“자, 개새끼들! 어서 패 돌립시다.”

그렇게 새벽 3시, 도박장의 영업시간이 끝나 갔다.

도박장에 있던 사람들이 하나둘씩 사라졌다.

박광준이 진우를 힐끗 보며 물었다.

“오늘 많이 잃었죠? 속상하시겠네요.”

“조금 속상하네요.”

박광준은 오늘 이백 정도 잃었고 진우는 사백 가까이 손해를 봤다.

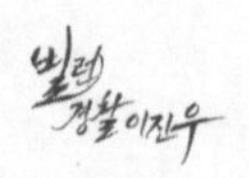

하지만 진우는 상관하지 않았다.

애초에 잃을 생각으로 이곳에 왔다.

그래서 딸 수 있는 순간에도 일부러 패를 덮었었다.

그 사실을 모르는 박광준은 웃고 있었다.

진우 역시 슬쩍 웃었다.

능력을 통해 봤던 미래와 똑같은 상황이 벌어지고 있었다.

그럼 이제는 진우가 원하는 이야기가 나올 차례다.

"그 마음 풀 수 있는 방법 알려 줄까요? 문방한테 얘기하면 외국인과 만날 수 있어요. 속상한 마음이 한 방에 풀립니다. 흐흐."

진우의 시선이 박광준에게로 틀어졌다.

박광준이 악수를 권하며 말을 이었다.

"디지털단지에서 작은 회사를 운영하는 박광준이라고 합니다. 종종 봐요. 난 그쪽 같은 관상을 좋아하거든요."

진우가 많이 잃어서 좋아하는 거다.

박광준은 진우를 호구로 생각하고 있었다.

진우가 박광준과 악수하며 물었다.

"외국인을 소개해 주는 문방은 누구예요?"

"아닌 척하더니, 관심 있었구나? 건물 앞에 빨간색 티셔츠 입은 새끼 있어요. 그 새끼한테 만 원 찔러주면 알아서 해 줄 겁니다."

박광준이 몸을 일으키며 말을 이었다.

"내가 월요일하고 수요일에 여길 들르거든요. 나중에 볼 수 있으면 또 봅시다."

박광준이 떠나자 진우도 그 자리를 벗어났다.

이제 빨간 옷을 입은 문방을 만나 이 도박장과 외국인 성매매 조직을 박살 내면 된다.

진우는 도박장을 벗어났다.

빨간색 옷을 입은 놈을 찾는 것은 어렵지 않았다.

놈은 입구 바로 앞에 서서 담배를 피우고 있었다.

진우가 놈에게 5만 원을 건네며 말했다.

"팁."

"……?"

"스트레스가 쌓여서."

놈이 히죽이며 돈을 받아 챙겼다.

도박장에서 나온 손님이라 어떤 의심도 하지 않고 있었다.

"가시죠."

진우는 앞장서는 놈을 쫓아 유흥가를 걸었다.

새벽 3시가 지나가고 있었지만 노래방이나 룸살롱은 아직도 불이 켜진 곳이 많았다.

진우가 이곳저곳을 보고 있으니, 놈이 입을 열었다.

"형님, 저런 곳보다는 이쪽이 더 좋아요. 저쪽은 비싸기만 하고 뭐 없어요."

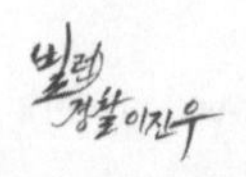

"지금 가는 곳은 얼마야?"

"25만 원부터 스케일대로 있으니까 고르시면 됩니다. 흐흐."

"경찰 오고 그런 거 아니지?"

"에헤이~ 여기는 도박장 손님을 위한 서비스로 운영되는 곳이에요. 도박장 손님만 받고요. 가 보시면, 압니다. 경찰은 절대 못 찾아요. 그리고 아시죠, 한국 경찰들 돈 좋아하는 거? 돈만 주면, 다 눈감아 줍니다."

예상대로 같은 조직이었다.

그렇게 앞장서던 놈이 한 건물의 지하실로 내려갔다.

그리고 보일러실이라 적힌 문 앞에 서더니, 휴대폰을 꺼내 귀에 댔다.

"고객님 오셨어요. 문 열어요~."

문이 열리며 내부의 모습이 드러났다.

겉으로 보기에는 완벽한 보일러실이었는데, 내부는 달랐다.

복도를 따라 즐비한 방.

이러니까, 윤혜림과 경찰들이 꼬리도 밟지 못했던 거다.

보일러실을 의심하기란 쉽지 않은 일이었다.

"그럼, 형님! 나중에 또 뵙겠습니다!"

빨간 티셔츠는 진우를 웨이터에게 넘긴 후, 자리를 떠났다.

진우는 웨이터에게 안내를 받으며 안으로 들어갔다.

인테리어는 별것 없었다.

여인숙 또는 민박집이 생각될 정도로 그저 가득한 방.

경찰이 냄새를 맡으면, 언제든 도망갈 준비가 되어 있는 것처럼 느껴졌다.

그리고 진우는 확신했다.

이곳을 습격해 봤자 몸통은 잡을 수 없다.

이곳에서 일하는 꼬리만 잡힐 뿐이다.

진우는 주변을 확인하며 웨이터와 함께 복도를 걸었다.

“원하시면 술도 드실 수 있는데, 갖다드릴까요? 양주, 맥주, 소주 다 있거든요.”

그때 ‘지이이잉’ 진우의 휴대폰이 울렸다.

“네, 형님. 네? 판이 벌어졌다고요?”

진우에게 전화를 건 사람은 김재혁 경사였다.

오늘 김재혁 경사는 야간 근무였고 진우는 도박장을 벗어나기 전에 김재혁 경사에게 메시지를 보냈었다.

-10분 후에 연락 좀 주세요.

그래서 김재혁 경사가 전화한 거다.

그리고 ‘판이 벌어졌다고요?’라는 진우의 말에 김재혁 경사는 무슨 일이 있다는 것을 눈치챘다.

-그래. 큰 판이 벌어졌다. 빨리 안 오고 뭐 해?

진우가 김재혁 경사와 통화를 종료하며 난처한 표정으로 웨이터를 바라봤다.

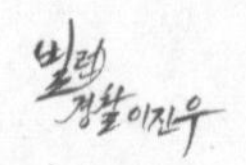

"아…… 어쩌지? 또 판이 벌어졌다는데."

진우는 웨이터의 주머니에 5만 원을 쑤셔 넣으며 말을 이었다.

"야, 미안하다. 내가 휴식보다는 쪼는 맛이 우선인 사람이라……. 다음에 올게."

"아이고~ 도박꾼에게는 도박이 가장 중요하죠. 다녀오세요."

"다음에 올 때도 아까 그 문방한테 말해야 하나?"

"아뇨. 직접 연락 주세요. 보증된 분들은 바로 전화하셔도 됩니다."

웨이터가 진우에게 명함을 건넸다.

명함은 평범하게 일반 음식점으로 되어 있었다.

"전화하셔서 갈비탕 예약해 달라고 하시면 됩니다."

"갈비탕?"

"그게 접니다. 흐흐."

웨이터의 얼굴을 가만히 보니까, 표현하기는 어려운데 갈비탕처럼 생겼다.

진우가 피식 웃으며 그곳을 벗어났다.

그리고 밖으로 나와 김재혁 경사에게 전화를 걸었다.

-야, 무슨 일이야?!

"찾았어요."

-뭘?!

"성매매 장소요. 그런데…… 윤혜림 경위한테 연락해서

당장 단속하기에는 무리가 있네요."

진우는 안에서 봤던 것을 김재혁 경사에게 전했다.

김재혁 경사가 혀를 내둘렀다.

-보일러실?! 햐…… 진짜 각 잡고 지랄하는 새끼들이네. 그런 것은 잠복하면서 기다려야 해.

김재혁 경사는 친절하게 설명을 이어 갔다.

-중간 보스 정도 되는 새끼가 나타날 때까지 기다렸다가, 그 새끼를 잡아서 치고 올라가면…….

하지만 김재혁 경사의 말을 계속 듣고 있을 수 없었다.

낯선 목소리가 들린 거다.

"어? 경찰 아저씨네?"

어눌한 말투, 외국인이었다.

진우는 일단 통화를 종료했다.

그리고 목소리를 향해 천천히 시선을 틀었다.

덩치가 곰처럼 거대한 놈 세 명이 진우의 뒤에 서 있었다.

한 놈이 진우의 앞으로 저벅저벅 다가서며 말을 이었다.

"아저씨, 여긴 어쩐 일이야?"

놈이 담배를 입에 물고 낄낄 웃고 있었다.

어쩐지 진우를 아는 눈치였다.

그놈이 담배 연기를 내뱉으며 계속 말했다.

"몸은 괜찮으시고?"

진우가 고개를 갸웃거렸다.

놈이 진우의 몸을 살피며 계속 말했다.

"그때 교통사고 심하게 나서 뒈졌다고 생각했는데, 다행이네."

그 말에 다른 깡패들이 크게 웃기 시작했다.

"사장님, 그게 이 사람이었어요?! 사장님이 무서워서 도망쳤던 경찰?!"

"크핫핫핫!"

아...... 이놈이 누구인지 이제야 알겠다.

진우는 깡패가 무서워서 도망치다가 교통사고를 당했다고 했다.

이놈이 그놈이었던 거다.

"앞으로는 사람 봐 가면서 덤비세요. 그러다가 진짜 죽어."

놈이 아랫사람을 대하듯 진우의 어깨를 두들겼다.

그리고 몸을 틀어 진우의 곁을 떠났다.

놈들의 뒷모습을 보던 진우는 어이없다는 듯 고개를 저었다.

'어처구니가 없네......'

외국인이 대한민국에서 대한민국 경찰을 무시하고 있다.

그런데 그 외국인은 진우를 쪽팔린 경찰로 만들었던 깡패이기도 했다.

두 다리 뻗고 자려면 저놈을 가만 놔둘 수 없다.

진우가 놈들의 앞으로 저벅저벅 걸어갔다.

그런데 놈들이 향하는 곳이 그 보일러실이었다.

진우의 입가에 스산한 미소가 걸렸다.

놈들은 방금 분명 '사장님'이라고 말했다.

적어도 김재혁 경사가 말했던 중간 보스는 된다는 거다.

진우는 품에서 휴대폰을 꺼냈다.

그 시각, 서안시 중심가의 오피스텔 앞.

그곳에 검은색 승합차가 세워져 있었고 그 안에 윤혜림과 여청계 경찰들이 잠복근무를 하고 있었다.

진우에게 시비를 걸었던 성무택 경사가 창밖을 보며 입을 열었다.

"분명히 걔들인데, 그림자가 안 밟히네……."

오피스텔로 외국인 여성들이 들어가는 게 보였다.

성매매를 하는 여성들이다.

하지만 성매매의 현장은 찾을 수 없다.

그 뒤를 쫓아도 번번이 여성들의 모습을 놓칠 뿐이다.

"땅으로 꺼지는 걸까, 하늘로 솟는 걸까?"

성무택 경사가 다른 경찰을 향해 시선을 틀었다.

"저기는 그냥 숙소로 사용하는 것 같지?"

"네."

"그럼, 어디서 장사하는 거야?"

그때, 윤혜림의 휴대폰이 진동했다.

발신번호가 진우였다.

윤혜림이 입술을 씹으며 휴대폰을 귀에 댔다.

"도대체 뭘 하고 다니는 거죠?! 보고는 하겠다고 했잖아요!"

성무택 경사가 윤혜림이 통화하는 모습을 지켜보며 피식 웃었다.

"파출소 순경이 뭘 하겠어요. 수사 경험이라도 있으면 모르겠는데, 그런 것도 없잖아요? 팀장님이 괜한 기대를 한 겁니다."

그 말이 윤혜림을 더 짜증 나게 만들었다.

"이진우 순경, 이 수사의 지휘는 제가 하는 겁니다. 그러니까 당장 이쪽으로……."

그런데 그 순간, 윤혜림이 뒷말을 줄이며 눈을 깜빡였다.

그 표정이 이상했나보다.

지켜보던 성무택 경사가 물었다.

"왜요? 사고 쳤답니까?!"

윤혜림의 눈동자가 천천히 성무택 경사를 향했다.

"찾았대요."

"네?"

"성매매, 현장을 찾았대요!"

성무택 경사가 이해 못 하겠다는 표정을 지었다.

말도 안 된다.

성무택 경사와 여청계가 몇 달 동안 쫓아다니며 찾아낸 곳이 겨우 이 오피스텔이다.

그런데 며칠 만에 현장을 찾아냈다니…….

"……저, 정말이요?!"

하지만 윤혜림은 성무택 경사의 질문에 답하지 않았다.

지금은 진우와 통화를 해야 했다.

휴대폰 너머에서는 진우의 목소리가 들려오고 있었다.

-중간 두목 정도로 보이는 놈이 안으로 들어갔어요. 지금 현장을 잡지 않으면, 꼬리만 잡힙니다.

"……네?"

-상황 보니까, 금방 나올 것 같은데, 나올 수 없게 시간 끌고 있을 테니까, 빨리 오세요.

"자, 잠깐만요. 위험해요. 일단 거기서 대기……."

통화가 뚝 끊겼다.

윤혜림이 다급한 얼굴로 경찰들을 바라봤다.

"다, 당장 유흥가로 가세요! 당장!"

진우가 휴대폰을 품에 넣으며 앞을 바라봤다.

그리고 다시 보일러실로 향했다.

물론, 진우 혼자 들어가는 것은 위험하다.

하지만 이 앞에서 들었던 놈들의 말이 진우를 움직이게 만들었다.

"사장님이 이곳을 둘러본 후 5분 뒤에 그쪽으로 출발하실 거니까, 준비하고 있어."

윤혜림이 올 때까지 놈을 잡아 둬야 한다.

여기서 놈을 놓치면 기회가 또 언제 올지 모른다.

'들어간 놈이 셋, 웨이터까지 하면 많아야 열 명…….'

그 정도면 충분히 시간을 끌 수 있을 것 같았다.

진우가 보일러실 앞에 서서 받은 명함에 적힌 전화번호를 눌렀다.

곧 웨이터의 목소리가 들렸다.

"방금 도박하러 갔던 사람인데, 갈비탕 좀 먹자."

-게임 안 하시고요?

"들어 보니까, 판이 약하더라고."

-그래요? 잠시만요~.

웨이터의 목소리는 들떠 있었다.

진우가 5만 원이나 팁을 준 사람이기 때문이다.

곧 문이 열렸다.

웨이터가 웃으며 진우에게 말했다.

"하루에 두 번이나 문 열어 드렸는데, 팁이라도 챙겨 주셔야 하는 거 아닙니까?"

"팁? 아까 줬잖아?"

"원래 도박하시는 분들이 통이 크시던데요. 흐흐."

웨이터가 손바닥을 비비자 진우는 지갑을 꺼냈다.

웨이터는 또 팁을 받을 수 있다는 생각에 기대로 가득한 표정을 지었다.

그런데 진우가 웨이터의 눈앞에 내민 것은 팁이 아닌 경찰 신분증이었다.

웨이터가 눈을 깜빡이고 있자, 진우가 낮은 목소리로 입을 열었다.

"경찰."

"……네?"

"너희 전부 엿 된 거야."

경찰이 성매매 현장에 왔으면 긴장을 해야 한다.

그런데, 웨이터는 긴장하지 않았다.

오히려 비웃고 있었다.

"내가 경찰이라고 하면, 쫄 줄 알았어? 아니면, 공짜로 뭣 좀 해 보려고?"

"……뭐?"

진우가 황당한 표정을 짓자 웨이터가 손짓했다.

"오케이, 오케이……. 알았어요. 일단 들어와요."

진우가 안으로 들어가며 입을 열었다.

"잘못 생각하는 것 같은데, 형이 뭘 하려는 게 아니야. 내가 요즘 실적이 부족하거든. 그러니까, 여기가 내 실적이 되어 줬으면 좋겠어."

"경찰 아저씨, 여기는 한국 법이 안 통하는 곳이야. 여기서 죽으면 눈깔부터 오장육부까지 아저씨의 모든 것이 해외여행을 하게 될 거야. 그러니까, 좋게 끝냅시다."

"좋게?"

"100만 원 줄게. 받고 가세요."

웨이터가 품에서 봉투를 꺼내 진우의 손에 올렸다.

진우의 시선이 봉투로 틀어졌다.

웨이터가 계속 말했다.

"한국 사람들 돈 좋아하잖아요? 상부상조합시다."

진우는 그저 천천히 웨이터의 얼굴을 뜯어볼 뿐이었다.

이제야 알겠다.

웨이터 역시 대한민국 사람이 아니었다.

진우가 봉투를 툭 떨어뜨리며 입을 열었다.

"외국인 새끼가 경찰을 협박하고 있었네?"

"협박이 아니라 상부상조라니까?"

"됐고. 일단 너부터 성매매 위반으로 체포하니까, 묵비권을……."

웨이터가 손에 무전기를 쥐었다.

"짭새 떴어요~."

동시에 검은 양복을 입은 놈들이 우르르 나타났다.

약 스무 명.

그 많은 눈동자가 진우를 죽일 것처럼 노려보고 있었다.

진우가 피식 웃었다.

"와…… 너희 다 어디에 숨어 있다가 나타났어? 아까는 없었잖아?"

많아 봤자 열 명일 줄 알았다.

그런데, 잘못된 생각이었다.

아무리 진우라 해도 스무 명은 힘들다.

총이라도 있다면 협박이라도 할 수 있겠지만, 아쉽게도 안 가지고 왔다.

이제는 대화를 이어 가며 윤혜림의 팀이 도착하기를 기다려야 한다.

그렇게 생각하는 중이었는데, 그놈이 나타났다.

"뭐야? 여기까지 쫓아오셨어?"

진우를 쪽팔린 경찰로 만든 그 깡패, 사장이라 불리던 놈이었다.

곰 같은 덩치가 위협적인 사장이 진우를 보며 크게 웃었다.

"왜? 복수라도 하려고?"

사장은 느긋했다.

진우가 경찰이었지만 완벽할 정도로 깔보고 있었다.

그 거만한 목소리가 이어졌다.

"봐주는 것도 여기까지야. 3초 줄게. 바닥에 떨어진 봉투 들고 그냥 꺼져."

그 말을 끝으로 사장이 숫자를 세기 시작했다.

"하나…… 둘!"

진우가 손을 툭툭 털었다.

대화로 시간을 끌어 보려 했는데, 안 되겠다.

이제는 몸으로 대화를 할 시간이다.

진우가 주먹을 쥐며 놈들을 바라봤다.

"어쩌나? 난 안 봐줄 건데."

사장이 손가락으로 진우를 가리키며 귀찮은 듯 말했다.

"뭐 하고 있어?!"

검은 양복들이 진우를 향해 달려들었다.

그나마 다행인 것은 놈들의 손에 칼이 없다는 거다.

놈들은 오늘 이곳에서 회식을 즐기고 있었다.

아무리 깡패라 해도 회식 자리에 칼을 들고 오지는 않는다.

그렇게 싸움이 시작됐다.

"개새끼!"

"죽여!"

콰직! 퍽! 꽈지직!

거친 욕설과 둔탁한 소리.

각 방문이 살짝 열리며 남자들이 얼굴을 내밀었다.

밖의 상황을 알아보기 위해서다.

"……무슨 일 있어요?"

"아뇨! 아무 일도 아니니까, 들어가 있어요!"

웨이터들이 손님들의 얼굴을 방 안으로 쑤셔 넣었다.

그사이 진우는 복도를 달리고 있었다.

"잡아! 저 새끼 잡으라고!"

깡패들이 목청이 터져라 외치는 것을 들으며 진우는 빠르게 좌우를 살폈다.

처음 이곳에 왔을 때, 봐 뒀던 길이 있다.

다른 곳보다 좁은 복도.

그곳을 찾은 진우가 그 안으로 들어갔다.

쩌억!

빠르게 돌아선 진우의 주먹이 무방비 상태의 상대 얼굴에 그대로 꽂혔다.

놈이 휘청거리며 주저앉았고 진우의 뒤를 쫓던 깡패들이 주춤거렸다.

진우가 손을 까딱거리며 입을 열었다.

"들어와."

진우는 일부러 이 좁은 복도를 선택했다.

공간이 좁으면 진우를 향해 달려드는 상대의 숫자가 줄어든다.

즉, 한 번에 한 놈 또는 두 놈만 상대하면 되는 거다.

꽝! 꽝! 콰직!

진우는 상대의 급소만 골라서 가격했다.

눈과 인중, 그리고 명치.

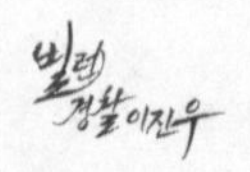

그렇게 진우가 놈들과 싸울 때였다.

사장이 느긋하게 담배를 입에 물며 옆으로 시선을 틀었다.

그곳에는 사장의 최측근 두 명이 있었다.

"경찰이 냄새를 맡은 것 같으니까 이곳 장사는 접는다. 다음 장소로 이사해."

"네."

"그리고 저 새끼 잡으면, 손님들부터 보내고 계집애들부터 옮겨. 손님들은 다음에도 와야 하니까, 적당히 보상해 줄 수 있도록 하고."

사장은 진우에게 관심이 없었다.

성매매 여성들을 다른 곳으로 옮기고 앞으로 장사를 어떻게 할지에 대해서만 생각하고 있었다.

사장에게 진우는 겁 많고 한심한 인간일 뿐이었다.

게다가 진우는 혼자다.

예상 밖으로 잘 싸우고 있지만, 스무 명의 깡패들을 진우 혼자 힘으로 어떻게 할 수는 없다고 생각했다.

그리고 그 예상은 맞았다.

진우의 체력은 빠르게 떨어지고 있었다.

호흡이 거칠어졌고 굵은 땀이 뺨을 타고 흘러내렸다.

퍽!

그리고 진우가 상대의 주먹에 맞았다.

진우가 비틀대자 깡패는 사정없이 주먹을 휘두르기 시작

했다.

퍽! 퍽! 퍽!

진우의 몸이 흔들렸다.

쓰러지지 않으려고 안간힘을 쓰는 것처럼 보였다.

"새끼야, 이제 그만 뒈져!"

깡패의 동작이 컸다.

진우는 그 틈을 놓치지 않았다.

놈의 팔을 잡아채서 그대로 꺾어 버린 거다.

콰드드득!

뼈가 으스러지는 소리가 사방에 울렸다.

"끄아아악!"

하지만 진우의 싸움은 끝나지 않았다.

아직도 복도에는 시커먼 먹구름처럼 검은 양복의 사내들이 가득했다.

또다시 주먹이 날아왔다.

피하려 했지만 진우는 지쳐 있었다.

뻐억!

진우의 얼굴이 홱 돌아갔다.

하지만 진우는 반사적으로 상대의 손목을 잡고 비틀었다.

이번에도 뼈가 어긋나는 소리가 공간을 울렸다.

까득!

"끼아아악!"

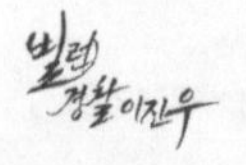

놈이 비명을 지르며 바닥을 데굴데굴 굴렀다.

진우가 놈의 얼굴을 강하게 걷어찼다.

쩌어억!

그렇게 또 한 놈이 끝났다.

진우가 이마에 흐르는 피를 닦아 내며 앞을 바라봤다.

"이제 열 명쯤 남았나?"

깡패들이 흠칫 놀라며 멈칫거렸다.

피에 젖은 진우는 악귀 같았고 죽어도 싸우는 좀비처럼 보였다.

깡패들은 질렸다는 표정으로 진우를 보고 있었다.

진우가 다가서자 뒤로 물러서기까지 했다.

그 모습을 보던 사장이 어이없다는 듯 입을 열었다.

"지랄한다, 지랄해. 저 새끼 하나를 못 잡아?!"

깡패들의 시선이 사장에게로 틀어졌다.

사장이 자신의 옆에 있는 최측근 두 명을 보며 턱짓했다.

"빨리 끝내. 저 새끼 잡고 이사해야 하니까."

"네."

최측근 두 명이 고개를 숙였다.

그리고 진우가 있는 곳을 향해 저벅저벅 다가섰다.

두 놈의 덩치는 거대하다.

곰 같은 사장에게 절대 밀리지 않는다.

기세 역시 마찬가지다.

나름 싸움에 자신이 있다는 느낌이 강하게 들었다.

게다가 품에서 뽑아 든 것은 칼이었다.

진우는 고개를 저었다.

"칼은 반칙 아니냐?"

"싸움판에 반칙이 어디 있어?"

"나도 총 꺼낸다."

물론 총은 없다.

혹시나 하는 마음에 협박한 거다.

물론 통하지 않았다.

"말로 하지 말고 꺼내서 쏴 봐. 총에 한번 맞아 보고 싶었는데, 오늘 그 소원을 이룰 수 있겠네."

진우는 힐끗 입구를 봤다.

'왜 이렇게 안 와?'

진우는 윤혜림과 여청계 수사팀을 기다리고 있었다.

그런데, 아직도 도착하지 않았다.

그럼 도망치는 게 지금 상황에서는 가장 옳은 선택이다.

저 많은 인간들을 상대로, 그것도 칼 든 놈이 둘이나 있는데 싸우는 것은 객기다.

진우는 슬쩍 웃은 후, 달리기 시작했다.

깡패들의 눈에 힘이 들어갔다.

"저 새끼가!"

"야, 저 새끼 튄다! 문부터 막아!"

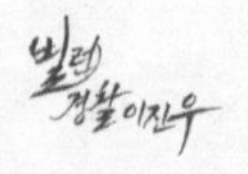

깡패들이 눈치챘다.

칼을 가진 놈 하나가 다섯 명을 끌고 입구로 향했다.

그들이 입구를 막아섰고 진우가 미간을 찌푸렸다.

'젠장.'

그때였다.

꽈아아앙!

문이 부서지는 소리가 들려왔다.

꽝! 꽝! 꽈아앙!

모든 사람의 시선이 문으로 향했고 진우는 윤혜림과 여청계가 왔다고 생각했다.

그런데, 문 너머로 나타난 것은 해머를 들고 있는 김재혁 경사였다.

김재혁 경사가 해머로 철문을 부수고 들어온 거다.

게다가 그 뒤로 오성민 팀장도 보였다.

오성민 팀장은 각목을 손에 쥔 채 느긋하게 그 뒤를 쫓아 들어오고 있었다.

김재혁 경사가 천천히 깡패들을 둘러보다가 칼 든 놈을 봤다.

김재혁 경사가 어이없다는 듯 입을 열었다.

"얼씨구, 칼까지 들고 있어?"

그 말에 놈이 눈을 찌푸렸다.

김재혁 경사의 시선이 진우에게로 향했다.

"진우야, 찔렸냐?"

"아뇨. 몇 대 맞았습니다."

"그래? 다행이네. 맞은 것은 몇 대야?"

"그건 잘 모르겠어요."

김재혁 경사가 머리를 쓸어 넘겼다.

"이 쓰레기 같은 새끼들이 내 새끼를 때려?"

순간, 칼 든 놈이 김재혁 경사의 복부를 찔렀다.

"죽어!"

그런데 김재혁 경사가 웃었다.

"방검복 입었다, 이 새끼야."

꽈아아앙!

김재혁 경사가 날뛰기 시작했다.

휘두르는 주먹에 깡패들이 붕붕 날아갔다.

사방으로 튕기고 벽에 처박혔다.

진우도 멍하니 지켜볼 정도였다.

'저게 인간이야?'

도저히 인간으로 보이지 않았다.

풀어놓은 멧돼지였고 그저 한 마리의 짐승이었다.

그리고 오성민 팀장도 무시무시했다.

각목을 들고 깡패의 머리를 뚝배기 깨듯 가격하고 있었다.

콰직! 콰직! 콰직!

깡패들은 순식간에 쓰러졌다.

"씨발……."

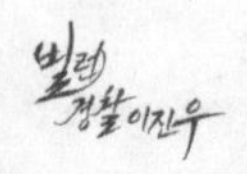

사장이 입술을 씹었다.

어디서부터 잘못됐는지, 경찰이 어떻게 이곳을 찾았는지, 그 어떤 것도 정리되지 않았다.

하지만 분명한 것은 있었다.

저 멧돼지 같은 인간의 등장으로 싸움판의 결과는 안 봐도 뻔하다는 것이었다.

단 두 명에게 이곳이 박살 나는 거다.

'저 두 새끼는 언젠가 반드시 죽인다.'

사장이 그렇게 생각하며 황급히 몸을 돌렸다.

지금은 이곳을 떠나야 한다.

사장이라도 살아남아야 조직을 이어 갈 수 있고, 돈을 벌어야 조직원들의 뒷바라지를 할 수 있다.

그런데, 누군가 사장의 어깨를 콱 잡았다.

고개를 돌려 보니, 진우가 보였다.

"어디 가?"

"놔라."

"놓을 거였다면 안 잡았지."

그 말과 동시에 진우의 주먹이 사장의 얼굴에 처박혔다.

이놈 때문에 쪽팔린 경찰 취급을 받았던 것을 생각하면 이대로 보낼 수는 없다.

꽈자작!

끼이이익!

승합차가 멈춰 섰다.

윤혜림이 다급히 내리며 건물 안으로 뛰어 들어갔다.

그 뒤를 여청계 수사팀이 따랐다.

그들이 찾은 곳은 지하로 들어가는 계단, 그 앞에 보이는 보일러실이었다.

"저기예요!"

윤혜림의 말에 여청계 수사팀의 경찰들이 긴장된 표정을 지었다.

이 성매매 조직은 외국계다. 대한민국 경찰을 우습게 알며, 어떤 폭력 사태가 발생할지 예상하기도 힘들었다.

성무택 경사가 경찰들을 보며 속삭였다.

"총을 사용할 수도 있으니까, 각오해."

경찰들이 고개를 끄덕였고 성무택 경사부터 안으로 진입했다.

"경찰이다! 모두……."

그런데, 성무택 경사의 강한 목소리는 거기서 뚝 끊겼다.

마치 태풍이 휩쓸고 지나간 것 같다.

아니, 전쟁터라 해도 믿겠다.

사방은 피가 흥건했고 테이블 등은 처참하게 부서져 있었다.

그리고 깡패들이 처참한 모습으로 바닥에 널브러져 있는 게 보였다.

마지막으로 한쪽 벽에는 여자들과 성매수를 한 남자들이 붙어 서 있었다.

그때, 성무택 경사의 귀에 진우의 목소리가 들려왔다.

"늦었네요?"

성무택 경사가 멍한 눈으로 진우를 바라봤다.

진우가 슬쩍 웃으며 말을 이었다.

"내기는 잊지 않으셨죠?"

그리고 낄낄거리는 웃음소리가 성무택 경사의 귀에 들려왔다. 김재혁 경사였다.

"무택이 형, 진우하고 누가 먼저 결정적 단서를 찾아낼지 내기했다면서요?"

"어?"

"졌으니까, 약속은 지켜야죠."

"그, 그렇지……."

성무택 경사는 진우와 내기를 했다.

그리고 졌다.

이제는 진우가 했던 말을 따라야 한다.

'건방지게 행동해서 죄송합니다.'라는 문구가 적힌 피켓을 들고 경찰서와 지구대, 파출소를 돌아야 하는 거다.

하지만 성무택 경사에게 중요한 것은 그게 아니었다.

"어, 어떻게 된 거야?! 재혁이 넌 여기에 왜 있어?"

"왜 있긴요. 경찰이니까 있지."

"잠깐……. 여기 쓰러진 애들이 깡패인 건 맞아?"

오성민 팀장이 쓰러져 있는 사장을 손가락으로 가리키며 답했다.

"저쪽에 기절한 애가 사장이라니까, 재한테 물어봐라."

성무택 경사의 시선이 오성민 팀장의 손가락을 좇았다.

그곳에 사장이 보였다.

얼마나 많이 맞았는지, 트럭에 치인 것처럼 몰골이 끔찍했다.

성무택 경사가 자신도 모르게 눈을 찌푸릴 정도였다.

"주, 죽은 거 아니에요?"

"다행스럽게도 숨은 잘 쉬더라."

"재혁이가 팼어요? 저 새끼는 지금도 앞뒤 생각 안 하고 사람을 패고 있습니까?!"

사장을 때린 것은 김재혁 경사가 아니라 진우다.

말리지 않았다면, 저 사장은 죽을 수도 있었다.

하지만 그 말을 성무택 경사에게 할 수는 없었다.

"무슨 생각 하는지는 알겠는데, 과잉진압 아니다."

"네?! 이게 과잉진압이 아니라고요? 딱 봐도, 죽이려고 때린 건데요?!"

"재들 칼 들고 있었어. 우리는 살기 위해 발악한 거고. 이해했지?"

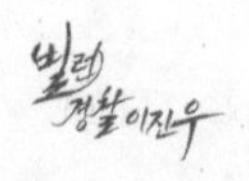

오성민 팀장이 바닥에 나뒹구는 칼을 발로 툭 쳤다.

시퍼런 칼날이 성무택 경사의 눈에 들어왔다.

성무택 경사가 고개를 끄덕이자 오성민 팀장이 말을 이었다.

"이해했으면, 정리해야지?"

"아, 네."

성무택 경사의 시선이 여청계 경찰들에게로 향했다.

"서에 전화해서 지원 요청하고 구급차도 불러!"

경찰들은 빠르게 움직이기 시작했다. 남자들과 여자들의 신원을 확인하고 깡패들의 손목에 수갑을 채웠다.

그사이 오성민 팀장은 윤혜림에게 다가갔다.

"윤 팀장. 우리가 할 일은 끝난 것 같으니까, 이진우 순경은 다시 파출소로 출근하면 되는 거지?"

"……네?"

"이진우 순경이 취조할 때도 필요한 건 아니잖아?"

"그, 그렇죠."

윤혜림이 대답했다.

오성민 팀장이 진우를 향해 몸을 틀었다.

"진우야, 파출소로 가자."

진우가 눈을 깜빡였다.

"잠깐만요. 파출소로요?"

퇴근시켜 줄 거라 생각했다. 그런데 파출소로 가자니.

"야…… 우리 팀은 오늘 야간이야. 근무시간 안 끝난 거

몰라? 너 없어서 내가 재혁이랑 순찰 도느라 얼마나 피곤했는지 알아? 네가 있어야 내가 편하잖아. 그치?"

"저 지금 다쳤는데요?"

진우의 이마와 코에서는 피가 흐르고 있었다.

김재혁 경사가 끌끌 웃었다.

"파출소에 밴드 많아. 내가 밴드 붙여 줄게."

악마다. 악마가 여기에 있다.

김재혁 경사가 진우의 어깨에 팔을 두르며 크게 외쳤다.

"가자~!"

그때, 윤혜림이 진우의 앞으로 다가왔다.

"자, 잠깐만요! 묻고 싶은 게 있어요. 어떻게 알았죠? 이번에도 그 안테나?"

김재혁 경사가 진우의 어깨를 툭 쳤다.

"나가 있을 테니까, 얘기하고 나와."

진우가 윤혜림을 향했다.

그리고 최대한 간략히, 거짓말과 진실을 섞어서 입을 열었다.

유흥가를 수사했고 외국인이 드나드는 도박장을 찾았다는 것.

뭔가 이상해서 접근했더니, 이곳과 연관된 조직이더라.

도박장 애들은 다 퇴근했으니까, 저 깡패들을 취조해서 알아내면 될 거다.

그렇게 모든 말을 전했는데, 윤혜림이 눈을 찌푸렸다.

"그뿐?"

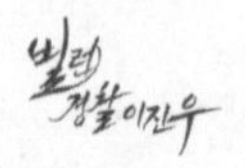

"뭘 기대했는지는 모르겠는데요. 이게 전부예요."

"정말?"

"네, 정말이요. 그럼, 갑니다."

진우는 윤혜림을 떠나 오성민 팀장과 김재혁 경사의 곁으로 다가갔다.

김재혁 경사가 진우의 팔을 가볍게 만지며 입을 열었다.

"팔뚝 가는 거 봐. 이러니까 쪽팔리게 몇 명 되지도 않는 깡패 새끼들한테 처맞고 있지. 앞으로 운동 좀 해라, 운동."

이런 말을 들을 정도로 진우는 약하지 않다.

그리고 그동안 꾸준히 운동해서 팔뚝도 많이 굵어졌다.

하지만 진우는 김재혁 경사가 싸우는 모습을 봤다.

육식동물 같던 모습.

피를 원하는 악마 같은 눈빛.

그런 인간이 하는 말이니까, 묘하게 수긍이 된다.

"네, 운동할게요. 그런데 팀장님도 꽤 잘 싸우시던데요?"

김재혁 경사가 피식 웃었다.

"야. 오성민 팀장님, 검도 선수 출신이야. 세계대회에서도 몇 번이나 1등 했었어."

각목을 손에 들고 깡패들을 두들겨 패던 모습은 검도 선수 출신이라 가능했던 거다.

"강력팀에 있을 때는 깡패들 대갈통 깨는 게 특기였어."

"팀장님도 강력팀에 있었어요?"

오성민 팀장이 고개를 저었다.

"옛날 얘기다, 옛날 얘기. 지금은 교통 단속하는 것도 힘들어."

그렇게 세 사람은 도란도란 대화하며 아수라장이 된 현장을 떠나갔다.

그 모습을, 윤혜림이 가만히 지켜보고 있었다.

그중에서도 특히 진우의 뒷모습을 뚫어져라 바라보던 윤혜림은 낮은 한숨을 내뱉었다.

그리고 몸을 틀더니, 경찰들을 향해 말했다.

"도박장이 있대요. 확인해 봐야 하니까, 두 분은 이쪽으로 오세요."

한편, 진우와 두 사람은 밖으로 나와 골목에 있는 순찰차 앞에 섰다.

진우가 순찰차에 오르려 하자 오성민 팀장이 손을 저었다.

"진짜 파출소 가서 근무하려고 했어?"

"네?"

"됐어. 퇴근해."

"아까는 가자면서요?"

김재혁 경사가 담배를 입에 물며 말했다.

"새끼야. 우리가 너 안 데리고 갔으면, 경찰서 애들이랑 밤샜을걸. 싸움하고 밤까지 새 봐라. 골병든다. 그러니까, 집에 가서 발 씻고 자."

오성민 팀장과 김재혁 경사의 목소리는 퉁명스러웠다.

하지만 그 속에 담긴 감정은 따듯했다.

진우가 슬쩍 웃었다.

조금 전, 악마라고 생각했던 게 조금은 미안해졌다.

-외국인 폭력조직이 늘고 있습니다. 서안시에서는 불법체류자로 구성된 외국인 조직이 불법도박장과 성매매업소를 운영하며…….

다음 날, 오후였다.

뉴스에서는 서안시의 사건을 대대적으로 알리고 있었다.

놈들이 운영하던 도박장과 성매매업소 앞은 기자들로 가득했다.

그리고 경찰서에서는 윤혜림이 서류를 손에 들고 서장실로 향하는 복도를 걷고 있었다.

여청과 과장이 윤혜림의 옆에 섰다.

"진짜 그렇게 보고할 거야?"

"네."

"너 이진우 순경 싫어하지 않았어? 걔 이름이 나올 때마다 인상 썼었잖아?"

"싫어하는 것과 일은 다르죠. 공과 사는 확실히 해야 한다고 배웠습니다."

윤혜림은 과장을 뒤로하고 서장실로 들어갔다.

그리고 어제 있었던 일을 보고하기 시작했다.

그 마지막은.

"이진우 순경이 이 사건을 해결했습니다."

서장의 시선이 윤혜림에게로 향했다.

"……이진우?"

당연하지만 서장은 진우의 이름을 알고 있었다. 최근에 일어난 모든 사건의 중심에 진우가 있는 것처럼 느껴질 정도였다.

서장이 턱을 매만졌다.

"이번에도 이진우다?"

"이진우 순경이 아니었다면 이렇게 빠른 시간에 외국인 조직을 소탕하지 못했을 겁니다. 여청계 수사팀이 몇 달 동안 흔적도 찾지 못한 것을 단 며칠 만에 찾아냈고 소탕까지 했습니다."

서장이 고개를 끄덕였다.

"알았어. 가 봐."

윤혜림은 자리를 떠났다.

서장실에는 서장만 남았다.

서장의 입가에 조용한 미소가 걸렸다.

"이진우라……."

마음 같아서는 진급이라도 시켜 주고 싶다.

파출소 순경이 이런저런 사건을 다 해결하고 있는데, 안 예쁜 게 이상한 거다.

하지만 지금은 어렵다.

진우는 시장과 정치인에게 찍혀 있다.

서장도 그들의 눈치를 보느라 곡언 파출소와 진우를 괴롭히는 중이었다.

"언젠가는 빛을 볼 수 있겠지."

서장이 중얼거리며 의자에 등을 파묻었다.

그런데, 진우를 떠올리는 서장의 눈빛이 또렷했다.

"언젠가는……."

"에이 씨……."

그 시각, 진우는 피곤한 몸을 이끌고 도박장에 와 있었다.

성무택 경사가 이것저것 묻기 위해 진우를 불러낸 거다.

오늘은 하루 종일 휴식만 취하려고 했는데, 성무택 경사는 진우의 계획을 망가뜨렸다.

"그러니까, 넌 장부나 고객 명단이 어디에 있는지 모른다?"

“제가 어떻게 알아요? 저는 저기 테이블에 앉아서 화투 친 게 전부예요.”

성무택 경사가 짜증 난다는 듯 머리를 벅벅 긁었다.

“하…… 고객 명단이 없을 리가 없잖아.”

“어딘가는 있겠죠.”

성무택 경사가 눈을 반짝이며 진우를 바라봤다.

“이왕 도와줬으니까 이것도 좀 찾아 주면 안 되냐?”

“……네?”

“너 잘 찾는다고 소문났잖아. 어제 성매매업소도 찾았고, 저번에는 보육원에서 어린애 유골도 찾았고, 그 전에는 곡언산에서 유흥업소 여직원 시신도 찾았고. 그리고 또…….”

“저는 모릅니다~.”

진우는 손을 흔들며 도박장의 건물을 떠났다.

그리고 건물의 반대편에 있는 전봇대에 등을 기대고 도박장을 바라봤다.

혹시라도 능력이 펼쳐져서 없어졌다는 장부의 흔적을 찾을 수 있지 않을까 기대한 거다.

물론 진우의 입장에서 장부를 꼭 찾아야 할 이유는 없다.

하지만, 이왕이면 깔끔하게 끝내는 것이 기분 좋을 거다.

물론, 능력은 나타나지 않았다.

이 빌어먹을 능력은 아직도 어떻게 사용하는지 모르겠다.

그때, 누군가의 다급한 목소리가 들렸다.

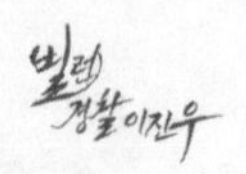

"젊은 사장님?! 젊은 사장님?!"

시선을 틀어 보니, 소버AI의 대표라고 소개했던 도박중독자 박광준이 보였다.

진우에게 문방을 알려 줬던 그놈이었다.

진우가 고개를 갸웃거렸다.

도박장은 망했다.

그리고 놈은 지금 일을 해야 할 시간이다.

디지털단지에 있어야 할 놈이 지금 이곳에 왜 있는지 이해할 수가 없었다.

박광준이 황급히 다가오며 입을 열었다.

"뭐, 얘기 들은 거 있어요?"

"네?"

"젊은 사장님도 그것 때문에 온 거잖아요. 여기 깡패 새끼들 고객 명단에 우리 이름이 있으면 엿 되니까요."

도둑이 제 발 저린다는 말이 있다.

범인은 반드시 현장에 나타난다는 말도 있다.

박광준은 지금 그 말을 고스란히 따르고 있었다.

초조하게 담배를 입에 무는 모습을 보고 있자니, 그냥 체포해서 성무택 경사에게 선물로 줄까 하는 생각이 들었다.

그런데, 그때였다.

갑자기 능력이 펼쳐졌다.

복도에 '소버AI'라고 적혀 있었다.

그러니까, 소버AI의 복도인 거다.

그곳을 한 여자가 누군가와 통화하며 걷고 있었다.

현금 부자 강진식의 손녀 임현정이었다.

"네, 그 약속은 지킬게요. 걱정하지 마세요."

그렇게 임현정이 걸음을 멈춘 곳.

소버AI의 대표이사실이었다.

임현정이 대표이사실의 문을 열고 들어갔다.

자연스레 책상으로 향했다.

그런데 책상에 있는 명패.

거기에 '대표이사 임현정'이라고 적혀 있었다.

임현정이 책상에 앉으며 계속해서 통화를 이어 갔다.

"고마워요. 모두 이진우 순경 덕이에요."

능력이 끝나며 진우가 눈을 찌푸렸다.

'뭐지?'

소버AI의 대표는 지금 진우의 앞에서 초조하게 담배를 피우고 있는 박광준이다.

그런데, 능력에서 본 명패에는 임현정의 이름이 박혀 있었다.

그것은 소버AI의 대표가 임현정이 된다는 뜻이다.

'그게 내 덕이라고?'

박광준을 바라보는 진우의 입가에 진한 미소가 걸렸다.

Chapter 3

아직 뭐가 뭔지는 모르겠다.

임현정이 어떤 이유로 소버AI의 대표가 됐고 진우가 어떤 도움을 줬는지에 대한 것은 짐작하기 어려웠다.

하지만 예상되는 것은 있다.

앞에 보이는 박광준이 도움이 된다는 거다.

진우가 입을 열었다.

"걱정하실 필요는 없을 것 같아요."

박광준의 시선이 빠르게 진우를 향했다.

"네? 걱정할 필요가 없다고요?"

"오가며 경찰들이 하는 말을 들었는데요. 손님 명단이랑 장부 같은 것은 하나도 찾지 못했대요. 도망친 조직원 중 하나가 갖고 튄 것 같아요."

"정말요?"

"네, 안심해도 된다는 거죠."

그 말에 박광준이 가슴을 쓸어내렸다.

안도감으로 가득한 얼굴을 보고 있으니 또다시 '그냥 잡아버릴까?' 하는 생각이 들었지만 참았다.

박광준이 진우를 바라봤다.

"혹시 젊은 사장님은 이 동네 사세요?"

"네."

"그럼, 연락처 좀 주세요."

"연락처요?"

"수사 상황도 공유하고 새로운 하우스를 찾으면 같이 섰다도 하고."

연락처를 교환하는 것은 진우가 바라던 일이었다.

진우는 박광준과 연락처를 교환했다.

그리고 박광준이 떠나는 것을 보며 오명훈에게 전화를 걸었다.

"바쁘세요?"

-지금 한창 일할 시간인 거 모르냐?

지금은 한창 주식을 할 시간이다.

"그쪽으로 갈 테니까, 끝나면 가게로 오세요."

-족발?

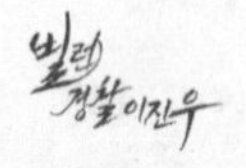

"네."

-오케이~.

오명훈의 대답을 들으며 진우는 통화를 종료했다.

잠시 후, 진우는 송파구의 한 시장에 있는 족발 가게에 앉아 있었다.

소주를 한잔 마시고 있는데, 문이 열리며 오명훈이 들어왔다.

"치사하게 혼자 마시고 있냐?"

오명훈이 진우와 마주 앉았다.

진우가 오명훈의 앞에 잔을 내려놓고 술을 따랐다.

오명훈이 잔을 손에 쥐며 물었다.

"서안시에 외국인 깡패가 설치고 있다며? 그런데, 안 바빠? 경찰이 이렇게 술 마셔도 괜찮은 거야?"

"이미 소탕됐고 아무리 바빠도 비번은 건드는 게 아니죠."

"그렇지. 쉬는 날을 건들면 안 되는 거지."

오명훈이 기분 좋게 웃으며 술을 마셨다.

그리고 잔을 내려 두며 진우를 바라봤다.

"그래서, 쉬는 날에 여기까지 온 이유가 뭐야? 할 말 있으면, 취하기 전에 빨리 해."

"소버AI에 대해 다시 분석해 주세요."

"응. 소버AI? 거기를 왜 분석해? 분석 안 해도 말해 줄 수 있어. 거기는 개잡주야."

진우가 고개를 저었다.

"투자 말고 꿀꺽하기에는 어떨까요?"

오명훈이 눈을 깜빡이며 잠깐의 적막이 흘렀다.

그리고 오명훈이 더듬더듬 물었다.

"꾸, 꿀꺽? 설마 M&A?"

"네."

오명훈이 크게 웃기 시작했다.

급기야 배를 잡고 웃는다.

"야…… 소버AI가 아무리 개잡주여도 시가총액이 900억이야. 우리한테 얼마 있는 줄 알아? 2억 4천이야, 2억 4천."

"아…… 거기서 2천 빼세요. 2천은 쓸 일이 있거든요."

"또 써?!"

"……네."

뺑소니 사건 때 남자의 자식 병원비 때문에 천만 원을 썼었다.

이번에는 진우의 안테나 역할을 하는 양아치에게 2천만 원을 줘야 한다.

"야, 네가 쩐주라고 돈 막 쓰고 있냐? 이렇게 막 쓰려고 진백 어쩌고 하면서, 같이하자고 했던 거야?"

오명훈의 잔소리는 한참 동안 이어졌다.

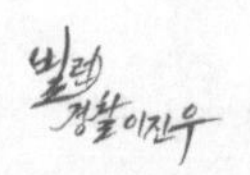

돈을 아껴야 한다, 앞으로는 이유를 말하고 써라 등등.

이 정도로 잔소리가 심한 놈인 줄은 정말 몰랐다.

"어쨌든, 2억으로 900억 회사를 먹는 것은 말도 안 되는 일이야. 마음 급한 것은 알겠는데, 급할수록 천천히 가자고 한 게 누구였더라?"

"저기…… 우리가 먹는다고 한 적은 없는데요."

"우리가 아니야? 그럼?"

"뭐, 아직은 계획을 세우는 중이라 자세히 말하기가 어려워요. 일단 M&A를 목적으로 소버AI에 대해 알아봐 주세요."

오명훈이 물끄러미 진우를 바라보다가 고개를 끄덕였다.

"소버AI가 큰 회사는 아니지만, M&A를 목적으로 조사하는 것은 시간이 걸려. 아무리 빨라도 이 주일은 걸릴 거야."

"이 주일이라……. 그 정도면 충분해요."

"이제 일 얘기는 끝?"

"네."

오명훈이 씩 웃으며 술병을 손에 들었다.

"그럼, 마셔야지."

정확히 이 주일 후였다.

퇴근을 하고 있는데, 오명훈에게서 전화가 걸려 왔다.

-소버AI에 대한 자료를 메일로 보냈다.

집으로 돌아온 진우는 노트북을 펼치고 오명훈이 보낸 자료를 확인했다.

소버AI는 인공지능을 연구하는 회사로 두 친구가 함께 만든 곳이었다.

한 명은 개발자였고 또 한 명은 영업을 담당했다.

하지만 회사가 성장하며 두 친구의 우정에 금이 갔다.

영업을 담당하던 친구가 회사의 모든 경영권을 빼앗으며 배신한 거다.

지금의 대표 박광준이 그 친구였다.

-박광준이 영업을 전담했는데, 입을 잘 털었나 봐. 다른 거래처 대표들이 박광준만 믿었던 거야.

그렇게 소버AI는 박광준의 것이 되었다.

뭐, 뒤통수를 치거나 맞는 것은 돈의 세계에서 흔히 있는 이야기다. 전혀 특별하지 않다.

문제는 박광준이 회사의 발전에 관심이 없다는 거다.

놈에게는 돈을 벌고 싶은 욕망만이 존재했다.

회삿돈을 쓰며 방탕한 생활을 이어 갔던 거다.

연구비로 도박판에 갔고 그 돈으로 여자에게 가방을 사 줬다.

회사는 자연스레 변했다.

-지금은 완전 블랙기업이야, 블랙기업. 직원들 월급도 밀린다고 하더라.

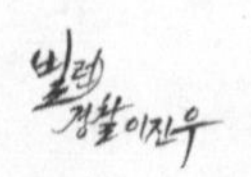

진우가 자료를 바라보며 다리를 외로 꼬았다.

“그래서, 어떻게 생각하세요?”

—재무제표는 엉망이지만, 기술도 있고 가능성도 있는 곳이야.

“대표만 제대로 된 놈으로 바뀐다면, 꽤 성장할 것 같다는 거죠?”

—어.

“감사합니다. 고생하셨어요.”

통화가 종료됐다.

진우는 다리를 외로 꼬며 모니터에 시선을 집중했다.

진우의 머릿속에서는 소버AI를 집어삼킬 계획이 세워졌다가 지워지기를 반복하고 있었다.

그렇게 생각을 이어 가던 진우는 입술을 매만졌다.

계획을 세우는 것은 어렵지 않다.

진우에게는 적대적 M&A의 팀장이었던 경험이 있기 때문이다.

그리고 이게 성공한다면, 진우의 자산은 다시 한번 치솟을 거다.

하지만 문제가 있다.

M&A에 자금을 대 줄 강진식을 설득하는 게 쉽지 않다는 거다.

강진식은 오랜 시간 돈의 세계에서 살아온 이무기다.

확실한 목적과 완벽한 이득을 보여 주지 않는다면, 움직이지 않을 거다.

'그 해결 방법에 임현정이 얽혀 있다는 건데…….'

진우의 고민은 깊어져 갔다.

다음 날, 파출소.

진우가 소파에 앉아 어떻게 강진식을 설득할 수 있을까 고민하고 있을 때였다.

"아이고~ 고생들 많으십니다~."

성무택 경사가 파출소로 들어오고 있었다.

양손은 간식거리로 가득했다.

성무택 경사가 그것을 진우의 앞에 내려 뒀다.

"뇌물!"

"네?"

"내가 차마 '건방지게 행동해서 죄송합니다.' 같은 말이 적힌 피켓을 들고 지구대와 파출소는 돌지 못하겠다. 그리고 내가 진짜 그 짓을 해 봐. 선배를 엿 먹였다면서 너도 욕먹을걸."

진우가 슬쩍 간식거리를 살폈다.

떡볶이에 튀김, 순대까지, 푸짐했다.

"뭐, 이걸로 퉁치죠."

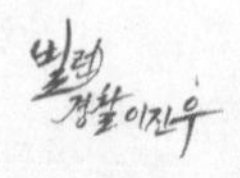

"땡큐!"

성무택 경사가 활짝 웃으며 진우의 옆에 앉았다.

그러자 오성민 팀장이 성무택 경사의 앞에 믹스커피를 내려 두며 말했다.

"그러게 왜 착실하게 일하는 우리 애의 심기를 건드려서 이런 간식을 사 오고 있어?"

"뭐…… 처음에는 소문이 안 좋으니까, 나쁜 새낀 줄 알았죠."

"소문?"

"경찰서에서 이진우 소문이 좋겠어요?"

그렇게 말한 성무택 경사는 커피를 홀짝였다.

그리고 다시 진우를 향했다.

"아직 못 찾았지?"

"뭘요?"

"장부."

"네?"

"도박장 장부. 찾고 있었던 거 아니었어? 찾아야지?"

성무택 경사는 뻔뻔했다.

물에 빠진 사람 건졌더니, 보따리 내놓으라는 꼴이다.

진우가 황당한 표정을 짓자 성무택 경사가 커피를 내려 두며 말했다.

"그렇게 보지 말고……. 너한테 손 벌릴 만큼 간절하다고 생각해 줘라. 우리가 몇 달 동안 쫓았는데 이렇게 끝나면 꼭

똥 싸고 안 닦은 것 같잖아. 네 운발 한번 우리도 좀 쓰자."

성무택 경사는 진우의 운을 기대하고 있었다.

꽉 막힌 상황에서 진우의 운이 터지면 확실히 해결되지 않을까 하는 비과학적인 기대 심리였다.

하지만 진우라 해도 어떻게 할 방법은 없다.

외국인 폭력조직의 잔당은 도주했으니 지금은 꼭꼭 숨어 있을 거다.

그런 놈들이 숨겨 둔 장부를 찾는 것은 모래사장에서 바늘 찾기와 같다.

그때였다.

머릿속에 흑백의 영상이 펼쳐지기 시작했다.

과거를 보여 주는 거다.

다급한 목소리.

진우를 성매매업소로 안내했던 빨간 티셔츠가 남자들에게 지시를 내리고 있었다.

"보일러실에 문제가 생겼어! 경찰이 여기까지 오기 전에 빨리해! 어서!"

남자들은 박스 안으로 돈과 서류 뭉치를 쑤셔 박았다.

장부와 고객 명단만 있으면 언제든 이 사업을 다시 일으켜 세울 수 있어서다.

잠깐 숨어 있다가 고객들에게 연락하면, 도박과 여자에 미친 인간들이 우르르 몰려올 게 분명하기 때문이다.

그렇게 정리가 끝난 후, 한 남자가 빨간 티셔츠에게 말했다.

“이건 어디에 둘까요?!”

빨간 티셔츠가 턱을 쓸며 생각에 빠졌다.

그리고 천천히 입을 열었다.

“네 여자 친구의 자동차 트렁크!”

“……네?!”

“네 여자 친구는 한국인이라며?! 의심 안 받을 거 아냐!”

“저, 저기…… 형?!”

“일단 옮겨! 조용해지면, 안전한 곳으로 다시 옮길 거야. 보상을 충분히 한다고 말하면, 다 이해해 주겠지!”

“형?!”

“네 여자 친구, 음주에 걸려서 운전도 못 한다며!”

능력이 끝났다.

진우의 시선이 다시 성무택 경사에게로 틀어졌다.

그 표정은 여전히 간절하다.

이 사건을 완벽히 마무리 짓고 싶다는 의지가 느껴진다.

진우가 성무택 경사를 보며 입을 열었다.

“운발…… 믿어 보시겠어요?”

진우의 말에 성무택 경사의 눈이 커다래졌다.

“응? 믿습니다! 믿어요!”

"그럼, 한번 찾아볼게요."
진우가 슬쩍 웃었다.

그날 밤.
진우는 서안시의 유흥가에서 양아치를 만났다.
그리고 봉투를 건넸다.
"용돈."
"뭐예요?"
"약속했던 2천만 원."
양아치가 손을 저었다.
"아이고~ 형님…… 제가 이런 돈을 원해서 안테나를 하겠습니까?"
"2천 받고 6개월 동안은 닥치고 일해."
"네?"
"1년에 4천. 꽤 괜찮은 알바잖아?"
"제가 정식으로 형님의 안테나가 되는 겁니까?!"
"정식은 아니고 계약직."
"그게 그거 아닌가요?"
"달라."
고개를 갸웃거리던 양아치가 돈을 넙죽 받았다.

"감사합니다~ 형님."
"그런데…… 넌 이름이 뭐냐?"
"네?"
"같이 일하는데, 이름은 알아야지?"
"제 이름 모르셨어요?"
"응."
그냥 양아치라고만 기억하고 있었다.
이름 따위는 몰라도 된다고 생각했다.
하지만 이제는 알아야겠다.
"봉식입니다. 손봉식."
"이름 참……."
"얼굴은 세련됐는데, 이름은 구수하죠?"
"됐고. 얘 알아?"
진우가 휴대폰을 꺼내 손봉식에게 보여 줬다.
화면에는 능력으로 본 놈의 얼굴이 있었다.
여자 친구의 차에 장부를 숨겨 둔 놈.
방금 도박장이 있던 건물의 CCTV에서 따온 거다.
"알아요. 길거리에서 가끔 마주쳤어요. 그런데 얘는 왜요?"
"그럼 잘 모르는 거네?"
"친하지는 않죠."
"그럼 얘 여자 친구도 모르겠네?"
"아는데요."

"알아?"

"저기 지나가잖아요."

손봉식이 턱짓했다.

그 앞으로 머리를 노랗게 물들인 여자가 지나가고 있었다.

노란 머리 여자는 편의점에 들러서 술과 안주를 산 후, 골목으로 들어갔다.

유흥가에서 멀어지며 골목에서도 사람의 그림자가 점차 사라졌다.

여자는 남자 친구와 통화하고 있었다.

"어, 다 왔어. 5분이면 도착한다고! 아, 진짜 짜증 나게 하네."

여자가 한숨을 내쉬며 휴대폰을 품에 넣었다.

"미친 새끼가 숨겨 줘도 지랄이야."

여자는 한 주택으로 들어간 뒤 계단을 올라 2층에 섰다.

비밀번호를 누르고 문을 여는 순간이었다.

"쏘리."

낯선 음성이 들렸다.

그리고 누군가 여자가 열려고 했던 문을 확 열어젖혔다.

"뭐 하는 거야?!"

여자가 비명처럼 목소리를 높였고 안에서 그녀의 남자 친

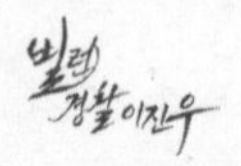

구가 튀어나왔다.
"넌 뭐야, 이 새끼야?!"
"나? 경찰."
진우였다.
진우가 남자의 목을 콱 움켜잡고 그대로 벽으로 밀쳤다.
"꺼어어억!"
숨을 쉴 수가 없어진 남자는 눈에 핏발이 섰다.
진우가 빙긋이 웃으며 남자를 바라봤다.
"왜 왔는지, 알지?"
"모…… 모르겠는데요."
"자동차 트렁크."
그 한 마디에 남자의 얼굴이 창백해졌다.
진우가 움켜잡았던 남자의 목을 풀어 주며 말을 이었다.
"내려가서 열어."
"열면…… 저는 도망가도 되나요?"
"도망?"
"그게 거래잖아요. 저는 정말 피라미예요. 그냥 알바 같은 거였어요."
남자의 목소리는 소심했다.
진우가 조용히 웃으며 고개를 끄덕였다.
그러자 남자는 자동차 키를 들고 1층으로 내려갔다.
그리고 여자 친구의 자동차 트렁크를 열었다.

안에는 장부가 들어 있는 박스가 보였다.

진우가 박스를 확인하고 있을 때, 남자가 말했다.

"저…… 도망가도 돼요?"

"어. 가."

남자가 고개를 숙이고 달리기 시작했다.

그런데 그 옆으로 진우의 모습이 쑥 나타났다.

남자가 놀란 눈으로 진우를 바라봤다.

진우가 피식 웃으며 말했다.

"안 잡겠다는 말은 안 했다."

남자의 얼굴이 일그러졌고 진우를 향해 주먹질을 했다.

"이런 개새끼가!"

하지만 진우가 빨랐다.

둔탁한 소리가 '꽈직!' 골목을 울렸다.

놈은 휘청이면서도 포기를 못 했는지 주먹을 휘둘렀다.

그런 주먹에 맞을 진우가 아니었다.

콰직! 콰직! 콰자자작!

진우의 주먹이 놈의 얼굴에 사정없이 꽂혔다.

놈은 결국 무릎을 꿇고 쓰러져야 했다.

진우는 기절한 남자를 질질 끌고 다시 여자의 자동차로 걸어왔다.

여자는 겁에 질린 채 바들바들 떨고 있었다.

진우는 여자를 상관하지 않은 채, 다시 박스를 확인했다.

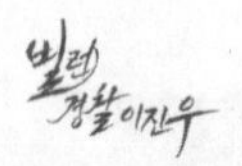

장부와 고객 명단이 맞다.

진우에게 장부는 관심 밖의 물건이었다.

고객 명단을 펼치고 박광준의 이름을 찾기 시작했다.

박광준은 아직 쓸모가 있다.

여기서 잡혀서는 안 된다.

진우는 놈의 이름을 찾아 지울 생각이었다.

그렇기 때문에 혼자 이곳에 온 거다.

그렇게 박광준의 이름을 찾기 위해 적힌 이름을 하나하나 살피고 있는데, 익숙한 이름이 보였다.

'이중오?'

이중오 전무, 진백 엔터의 2인자다.

진백 엔터를 인수했었을 때, 조학주가 추천해서 올렸던 인물이라 기억하고 있다.

그 인간이 서안시까지 와서 도박을 하고 있었던 거다.

진우가 손가락으로 이중오의 이름을 툭 쳤다.

'이용할 수 있겠어.'

이윽고 진우는 박광준의 이름을 찾아냈고 그 이름을 장부에서 찢어 버렸다.

그리고 성무택 경사에게 전화를 걸었다.

"장부 찾았습니다."

-정말?!

"운발을 믿는다면서요?"

-기다려! 금방 갈게!

곧 성무택 경사가 도착했다.

장부와 명단을 확인한 성무택 경사가 진우를 와락 끌어안으며 외쳤다.

"고맙다! 정말 고마워!"

몇 달이나 쫓았던 사건, 이놈들을 쓸어버리려고 잠도 못 자고 집에도 못 들어갔다고 한다.

성무택 경사는 이제야 그 한을 풀 수 있다며 고마워했다.

"내가 술도 사고 밥도 살게! 그리고 필요한 거 있어?! 내가 다 사 줄게!"

진우가 슬쩍 웃었다.

'아니, 오히려 내가 고맙다.'

진심이었다.

진우는 고객 명단이 몰고 올 파장을 기대하고 있었다.

이중오 전무의 이름이 공개되는 순간, 백서연은 또다시 위기에 처할 것이다.

그리고 진우는 백서연의 위기를 자신의 기회로 삼을 생각이었다.

진우가 성무택 경사를 보며 말했다.

"그럼, 저는 가도 되겠죠?"

"어? 어! 그래, 가 봐야지. 가서 쉬어야지. 걱정하지 마. 내가 경찰서 간부들한테, 전부 네가 잡아낸 거라고 할게! 다시 한번 고마워. 정말 고마워!"

진우가 몸을 틀었다.

지금부터 해야 할 일이 있었다.

그날 밤 11시.

진백 호텔의 VVIP룸.

그곳의 소파에 차남 백철영이 앉아 있었다.

샤워실의 문이 열리고 가운으로 알몸을 가린 여배우가 모습을 드러냈다.

청순가련, 첫사랑의 이미지를 갖고 있는 여배우였다.

"오빠, 안 씻을 거야?"

백철영은 대답하지 않았다.

그저 눈을 가늘게 뜨고 휴대폰만 보고 있었다.

화면에는 메시지가 보였다.

그 내용은 황당했다.

-진백 엔터 이중오 전무가 서안시 도박과 성매매 사건에 연루된 증거. 그게 방금 발견됐어.

백철영이 고개를 갸웃거리며 생각에 빠졌다.

그리고 메시지를 보낸 사람에게 전화를 걸었다.

곧 낯선 남자의 목소리가 들려왔다.

–여보세요?

"메시지가 와서 연락했는데요."

–어…… 제가 보낸 거 아닌데요? 아까…… 어떤 아저씨가 휴대폰을 잠깐 빌려 달라고 했는데, 그 아저씨가 보낸 것 같아요.

"아저씨?"

–그 아저씨가 누군지는 몰라요.

백철영과 통화하는 사람은 진우였다.

진우가 양아치 손봉식의 휴대폰을 빌려 백철영과 통화하고 있었던 거다.

"미안한데요. 지금 계신 곳이 어디죠?"

–서안시인데요. 왜요?

백철영은 더 말하지 않고 통화를 종료해 버렸다.

그리고 다시 생각에 빠졌다.

앞에 서 있던 여배우가 답답한 표정으로 입을 열었다.

"오빠, 안 씻을 거냐고 물었잖아?!"

그제야 백철영의 시선이 여배우에게 닿았다.

그 눈빛은 여배우가 자신도 모르게 움찔거릴 정도로 서늘했다.

"나 지금 생각 중인데, 좀 닥치고 있어 줄래?"

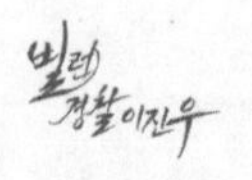

여배우는 그대로 입을 다물었다.

이런 취급을 당하는 것은 처음이었지만, 상대는 백철영이다.

시키는 대로 한다면, 어떤 보상을 받을지 예상도 하기 어려웠다.

그러나 여배우가 고민하건 말건, 백철영은 계속해서 생각을 이어 갔다.

'지금 이 메시지는 날 이용하려는 걸까, 아니면 나한테 정보를 주려는 걸까…….'

생각을 해 봤지만, 답은 없다.

이럴 때는 알아보는 게 우선이다.

백철영이 자신의 비서에게 전화를 걸었다.

"알아볼 게 있어. 서안시에 도박 사건 알고 있지?"

-네.

"거기에 진백 엔터 이중오 전무가 포함되어 있는지 확인해 봐."

-……네?!

"방금 증거가 발견됐다고 하니까, 경찰 쪽으로 접근해야 할 거야. 은밀하게, 그리고 조용히 진행해."

-알겠습니다.

통화가 종료됐다.

백철영이 휴대폰을 내려 두며 창밖을 바라봤다.

'이 메시지가 사실이라면…… 서연이가 난처해지겠어.'

음산하게 웃던 백철영의 시선이 여배우에게로 틀어졌다.

그리고 여배우를 향해 손짓했다.

"이리 와."

백철영의 일이 끝나길 기다리고 있던 여배우는 그제야 가운을 벗으며 백철영의 앞으로 타박타박 걸어갔다.

다음 날, 진백 엔터.

백서연이 자리에 앉아 결재 서류를 살피고 있을 때였다.

문이 벌컥 열리고 김지원이 들어왔다.

"대표님?!"

김지원의 표정은 딱딱하게 굳어 있었다.

또 무슨 일이 터졌다는 거다.

"왜? 이번에는 또 무슨 일이야?"

김지원이 한숨을 내뱉으며 텔레비전을 켰다.

이런저런 설명보다 직접 보여 주는 게 낫다는 판단이었다.

그리고 텔레비전 화면에 서안 경찰서가 나왔다.

그 앞에 서 있는 기자가 보였다.

-서안 경찰서는 외국인 조직폭력배 사건과 관련된 장부와 고객 명단을 입수했다고 발표했습니다. 어젯밤…….

백서연이 이해할 수 없다는 표정을 지었다.

어떻게 생각해 봐도 서안시 외국인 조직폭력배 사건과 진백 엔터는 어떤 관계도 없다.

그렇게 생각하던 백서연이 돌연 몸을 벌떡 일으켰다.

"설마, 우리 연예인이 저기 가서 도박했어?"

"지금 지라시가 돌고 있습니다."

"그러니까, 또 어떤 연예인인데?! 배우?! 아니면, 또 래퍼?!"

"이중오 전무입니다."

"……뭐?!"

"이중오 전무가 도박장에 드나들고 저곳에서 성매매를……."

백서연이 김지원의 말을 잘랐다.

"대체 어디서 그런 헛소문이 도는 거야?! 출처 확인해 봤어?!"

"그, 그게…… 헛소문이 아닌 것 같습니다. 검찰에 알아봤는데, 이중오 전무에게 소환장이 나올 거랍니다."

백서연이 입술을 씹었다.

처참한 표정으로 김지원에게 지시했다.

"그럼, 뭐 하고 있어?! 기자들 입부터 막아!"

MC 정근의 사고가 터진 게 불과 얼마 전이었다.

직전에는 적대적 M&A의 문제도 있었다.

그런데 연예인도 아니고 회사의 2인자라 알려진 전무가 저런 사건에 연루됐다.

그게 진백그룹의 원로들에게 알려진다면, 그들은 백서연을 인정하지 않을 거다. 이런 작은 회사조차 제대로 관리하지 못하는 무능력한 사람으로 생각할 게 분명하다.

그것은 진백의 회장을 목표로 하는 백서연에게 치명적인 일이었다.

"당장 막아!"

"네!"

김지원이 다급히 기자에게 전화했다.

그런데, 기자와 통화하던 김지원의 표정이 일그러졌다.

"……알겠습니다."

통화를 종료한 김지원이 백서연을 향했다.

그리고 백서연의 앞에 휴대폰을 내려 뒀다.

"늦었습니다. 이미 기사가 나가고 있습니다."

백서연이 빠르게 기사를 확인했다.

계속되는 진백 엔터의 사건 사고. 이번엔 전무

백서연 대표, 사건 사고를 수습할 리더십이 없어

진백 엔터, 백서연 대표 체재가 되며 연이어 터지는 악재

백서연 대표, 아직은 배워야 할 때가 아닌가?

오너 집안의 막내딸, 경험 없이 오른 대표 자리가 무겁다

백서연 대표, 경영 능력 시험대에 올라

백서연이 진백 엔터의 대표가 된 것은 오래되지 않았다.

그 짧은 시간에 터진 사건과 사고.

언론은 백서연의 경력을 문제 삼으며 나이 어린 백서연이 벌써 대표가 되어서는 안 된다고 말하고 있었다.

백서연이 손바닥으로 테이블을 쾅, 내리쳤다.

"진백을 상대로 감히 이런 기사를 써?! 생각이 있는 거야, 없는 거야?!"

"그, 그게…… 백철영 대표님의 지시였다고 합니다."

순간 백서연이 멈칫거렸다.

당황스러운 표정을 감출 수가 없었다.

"……오빠가?"

그 시각, 진우는 택시에 앉아 휴대폰을 보고 있었다.

화면에는 백서연을 향한 악의적인 기사가 띄워져 있었다.

기사를 읽는 진우의 입가에 미소가 걸렸다.

'백철영…… 나름 빨리 움직였어.'

이 모든 것은 진우가 만들어 낸 판이었고 계획대로 되고 있었다.

이제 백철영과 백서연은 본격적으로 맞부딪칠 거다.

그리고 두 사람이 이를 악물고 싸우는 것은 진우가 원하는 일이었다.

하지만 이대로는 백서연이 불리하다.

백서연이 힘없이 무너지는 것은 진우가 원하는 일이 아니었다.

진우가 김지원에게 전화를 걸었다.

—죄송합니다만 지금은 전화를 받을 수 있는 상황이…….

"상황은 알고 있습니다. 그러니까, 대표님께 전해 주십시오. 견디라고."

—네? 그게 무슨……?

"이번에도 해결해 드리죠."

—네?!

"서안시에서 일어난 일이잖아요."

진우는 더 말하지 않았다.

그 말을 끝으로 통화를 종료했다.

김지원에게서 다시 전화가 걸려 왔지만 받지 않았다.

지금의 백서연은 혼란 속에 있어야 한다.

"도착했습니다."

진우는 택시에서 내렸다.

앞을 바라보자 거대한 저택이 보였다.

이곳은 경기도 광주, 현금 부자 강진식의 집이었다.

잠시 후, 진우는 강진식과 마주 앉아 있었다.

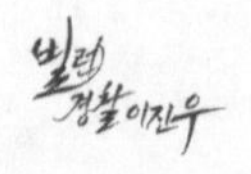

강진식은 약속 없이 찾아온 사람과 만나 주지 않는다.

하지만 진우는 내치지 않았다.

오히려 흥미로운 눈으로 진우를 바라봤다.

강진식은 진우를 보며 익숙한 느낌을 받고 있었다.

그 느낌은 바로 백동하였다.

진우와 백동하의 눈빛이 어딘가 흡사하다고 생각했다.

그래서 강진식은 확인하고 싶었다.

자신이 느낀 것이 무엇인지…….

"어쩐 일이지?"

진우는 인사말을 내뱉지 않았다.

곧장 본론으로 들어갔다.

"투자를 받고 싶습니다."

"……투자?"

"네."

"자네가 나한테 투자받을 일이 뭐 있나? 자네, 진백 엔터의 직원 아니었나?"

"죄송합니다. 직원이 아니었습니다."

강진식이 눈을 가늘게 뜨는 순간이었다.

진우가 신분증을 내려 두며 말을 이었다.

"경찰입니다."

강진식의 눈이 찌푸려졌다.

"……경찰?"

백서연은 진우를 직원이라고 소개했었다.
그런데, 이제는 경찰이란다.
그것도 순경.
백동하의 눈빛을 갖고 있는 놈이 고작 순경이라니…….
강진식의 눈에 혼란이 스미는 것은 당연했다.
순간, 진우가 입을 열었다.
"지금 중요한 것은 이게 아닙니다. 저는 방금 투자를 받고 싶다고 말했습니다."
강진식의 입가에 서늘한 미소가 걸렸다.
"내가 경찰 따위에게 피 같은 돈을 내줄 사람으로 보였나?"
"저한테 투자하라는 게 아닌데요."
"그럼?!"
"어르신의 손녀, 임현정."
임현정의 이름을 내뱉는 순간이었다.
강진식의 표정이 싹 변했다.
완벽하게 일그러졌다.
살벌한 살기가 공간을 채우기 시작했다.
하지만 진우는 상관하지 않았다.
"임현정 양의 미래에 투자하십시오."
"나가."
강진식의 목소리가 낮게 깔렸다.
하지만 진우는 이번에도 물러서지 않았다.

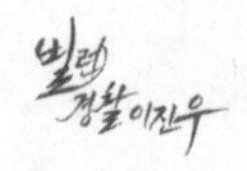

"어르신의 사업을 임현정 양에게 물려줄 생각이십니까?"

"……!"

"아니, 임현정 양이 그 사업을 할 수 있다고 생각하십니까?"

강진식은 사채업을 하던 사람이다.

백발의 악마라 불리며 수많은 사람의 핏물을 빨아먹고 살았다.

그 잔혹한 사업을 손녀에게 물려주고 싶지는 않았다.

그래서 자신이 사망한 뒤에도 손녀를 보호해 줄 수 있는 시스템을 찾고 있었다.

그게 진백 엔터를 인수하려 했던 이유 중 하나였다.

진백그룹의 계열사라는 안정적인 자리에 임현정을 앉히고 싶었던 거다.

진우는 강진식의 그런 손녀 사랑을 잘 알고 있었다.

진우가 강진식을 향해 상체를 기울이며 입을 열었다.

"임현정 양의 이름으로 회사 하나를 인수할 계획입니다. 그 회사를 진백 엔터에 넘기겠습니다."

"……뭐라?"

"그 회사는 자연스레 진백그룹의 계열사가 되겠죠."

그럼, 강진식이 원하는 게 이뤄지는 거다.

하지만 강진식은 어떤 말도 하지 않았다.

그저 날카로운 눈으로 진우를 바라볼 뿐이었다.

믿지 못하기 때문이다.

순경 따위가 느닷없이 찾아와 이런 말을 하면, 초등학생도 믿지 않을 거다.

그런데.

“제가 실패하면, 언제든 원하시는 대로 하세요.”

“뭐라?!”

“원하는 대로 하시라고요.”

강진식이 어처구니없는 웃음을 토해 냈다.

“내가 원하는 대로?”

“네.”

“내 직업이 뭐라고 생각하나?”

“악독한 사채업자.”

“……!”

“지금도 어르신의 밑에는 잔인한 깡패들이 가득하죠.”

강진식이 껄껄 웃었다.

하지만 눈은 웃고 있지 않았다.

“내 직업을 알고 있다?”

“네.”

“백서연이 말해 줬나?”

고위 경찰도 강진식의 이름을 알지는 못한다.

언제나 흑막으로만 존재했기 때문이다.

강진식을 만날 수 있는 사람은 대한민국에 한정되어 있다.

하지만 진우는 고개를 저었다.

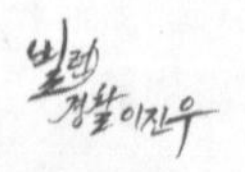

"백서연 대표는 아니고요. 여차저차 알게 됐습니다."
"어쨌든, 내가 두렵지 않다?"
"네."
강진식이 다시 한번 진우의 눈빛을 살폈다.
말대로다.
그 눈빛에 두려움은 없다.
처음과 똑같이 담담하다.
강진식이 고개를 끄덕였다.
"좋아. 계획이나 들어 보지."
멍석이 깔렸다.
여기서 머뭇거리는 것은 말이 안 된다.
"소버AI라고 있습니다."
"소버AI?"
진우가 서류를 내려 두며 계속 말했다.
"이곳을 인수할 겁니다."
강진식이 서류를 펼치며 물었다.
"방법은?"
"적대적 M&A."
진우가 손가락으로 서류를 가리키며 말을 이었다.
"어르신께서 진백 엔터를 공격할 때는 돈으로 압박했었죠? 하지만 저는 전혀 다른 방식으로 공략할 겁니다."
돈으로 압박하는 것은 가장 쉬운 길이다.

하지만 그런 방식으로 강진식을 설득할 수는 없다. 그런 방식은 진우의 도움 없이 강진식 혼자 해도 되기 때문이다.

강진식의 손을 잡으려면 파격적인 방법이 필요했다.

강진식이 중얼거렸다.

"다른 방식?"

서류를 손에 들고 미심쩍은 눈으로 서류를 툭툭 넘겼다.

사실 기대는 없었다.

고작 경찰, 그것도 파출소 순경이다.

음주단속을 하는 인간이 인수 계획을 세우는 것은 불가능하다.

하지만 그런 생각도 잠시였다.

강진식의 눈이 부릅떠졌다.

'뭐야?!'

서류에 담긴 내용은 대단했다.

한낱 경찰이 작성할 수 있는 게 아니었다.

잔인하고 악덕했으며 상대를 지옥으로 몰아넣는 악마의 발상이었다.

강진식의 떨리는 시선이 진우에게 닿았다.

"……이, 이걸 네놈이 계획했다고?"

"네."

"혼자?!"

"네."

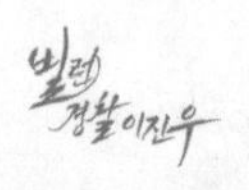

강진식은 멍한 눈으로 진우를 바라봤다.
눈빛을 보면 알 수 있다.
거짓말이 아니다.
정말 혼자서 이걸 만들어 낸 거다.
그런데, 그때였다.
진우의 눈빛을 보던 강진식이 고개를 저었다.
또다시 백동하가 떠올라서다.
백동하 역시 악랄했다.
상대를 지옥으로 보낼 때면, 지금의 진우처럼 웃고 있었다.
"너…… 누구야?"
진우가 느긋한 표정으로 웃었다.
"서안시 곡언 파출소 순경입니다."
강진식이 껄껄 웃기 시작했다.
급기야 무릎을 탁탁 쳤다.
"자네, 전공을 잘못 살렸어. 순경으로 밥 먹고 살기에는 아까운 인재야. 아까워, 정말 아까워! 하하하!"
한참을 웃던 강진식이 서류를 덮으며 다시 진우를 바라보았다.
강진식은 여전히 미소 짓고 있었다.
하지만 이제 눈은 웃고 있지 않았다.
"자, 이제 투자자라면 당연한 질문을 해야겠지? 이 사업에서 실패했을 때의 리스크는?"

"어르신은 약간의 돈을 잃을 겁니다."

"자네는?"

"어르신이라는 인생의 동아줄을 잃겠죠."

사람은 공짜로 움직이지 않는다.

이득이 있어야 움직이는 존재다.

진우의 이번 목표 중 하나는 강진식과 연을 맺는 것.

진우는 지금 그 목적을 강진식에게 밝혔다.

그 말을 들은 강진식이 희미하게 웃었다.

"투자하지."

강진식이 투자를 결정한 이유는 진우에게서 풍기는 기세가 백동하와 비슷하다고 생각해서다.

그래서 자신의 눈이 맞았는지 틀렸는지를 보고 싶었다.

그것을 지켜보는 것은 지루했던 삶을 달래 주는 하나의 유흥이었다.

이곳에 투자하는 돈은 강진식에게 푼돈이나 다름없었다.

진우가 입을 열었다.

"좋은 결정 하셨습니다."

"하지만 경고할 게 있어."

"말씀하시죠."

"인수를 시작하면, 내 손녀와 함께하는 날이 많아지겠지?"

"그렇겠죠."

"흑심 갖지 마."

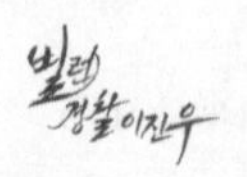

단호한 말투였지만 뜬금없는 경고였다.

진우가 황당한 표정을 지었다.

"……흑심이요?"

잘못 들었나 싶었다.

하지만 강진식의 눈빛은 농담이 아니었다.

분노한 도깨비 같았다.

"허튼 생각을 하는 순간 동아줄은 찢어지고 네 인생은 끝장날 거야."

어이가 없었다.

임현정가 아무리 예쁘다 해도 그게 전부다.

진우에게는 그저 어린애였다.

'미친 노인네가…… 날 어떻게 보고…….'

하지만 강진식이 보는 진우는 혈기 왕성한 나이의 사내였다.

젊은 남녀가 함께하면 어떤 일이 일어날지 모르는 일이다.

강진식이 무서운 눈빛과 묵직한 목소리로 대답을 종용했다.

"대답해."

"걱정하지 마세요. 어린애에게는 관심 없으니까."

"뭐?"

순간 강진식의 눈빛이 한층 더 험악해졌다.

그 변화를 알아차린 진우는 빠르게 설명을 덧붙였다.

"아, 임현정 양이 저 같은 경찰에게는 관심 없을 거라는 말입니다."

"다시 한번 말하지만……."

"아이고, 걱정은 그만하시고."

진우가 강진식의 말을 끊으며 가방을 뒤적였다.

그리고 비닐봉지를 꺼내 들었다.

강진식이 고개를 갸웃거렸다.

"보여 줄 게 남았나?"

"네."

비닐봉지에서 나온 것은 막걸리였다.

진우가 기분 좋게 웃으며 말을 이었다.

"어르신께서 김산 막걸리를 좋아한다는 말을 들어서요."

"김산 막걸리?!"

강진식의 표정이 삽시간에 밝아졌다.

강진식은 막걸리 마니아였다.

그중에서도 김산 막걸리를 가장 즐겨 마셨다.

"한잔하시겠습니까?"

"네놈이 준비성 하나는 철저하구만. 하하하!"

강진식의 호탕한 웃음소리를 들으며 진우도 조용히 웃었다.

진우는 오랜만에 강진식과 한잔하며 즐거운 시간을 보내고 싶었다. 그래서 막걸리까지 준비한 거다.

진우는 강진식의 잔에 막걸리를 따르며 생각했다.

'노인네…… 그쪽이 간절히 아끼는 손녀, 내가 키워 줄게.'

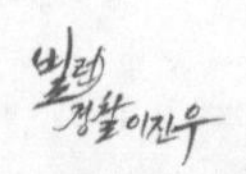

그렇게 진우와 강진식은 주거니 받거니 술을 마셨다.

그리고 진우가 떠났을 때.

강진식은 자신의 비서를 불러 지시했다.

"저놈에 대해 알아봐."

"아오! 술 냄새! 어디서 이렇게 술을 처마시고 온 거야?!"

송파의 시장이었다.

강진식과 헤어진 진우는 오명훈을 만나고 있었다.

진우에게서 잔뜩 풍기는 술 냄새에 오명훈이 인상을 찡그렸다.

그런데 화를 내는 이유가 이상했다.

"감히 나를 빼놓고 마셔?!"

"네?"

"지금부터 나랑 2차전이다."

"이미 많이 마시고 왔는데요?"

"야…… 네가 어려서 모르는 것 같은데, 옛말에 2차를 안 마시면 술에 대한 예의가 아니라고 했어."

"누가요?"

"세종대왕님이."

"세종대왕님이 그런 말을 했다고요?"

"조선왕조실록 읽어 봐. 훌륭하신 분이니까 그런 말도 하셨을 거야."

오명훈이 말도 안 되는 소리를 늘어놓으며 진우를 끌고 족발 가게로 들어갔다.

"이제 족발…… 안 지겨우세요?"

"어. 안 지겨워. 맨날 맨날 먹어도 맛있어."

오명훈이 빠르게 족발과 소주를 주문했을 때였다.

진우가 테이블에 서류 뭉치를 내려 뒀다.

오명훈이 고개를 갸웃거리며 서류를 살폈다.

"뭐야?"

"소버AI, 인수 계획이요."

"응? 우리 돈으로 안 되는 거 알잖아? 혹시 쩐주를 구했어?"

쩐주란 투자하는 사람을 말한다.

진우가 느릿하게 대답했다.

"구했는데, 그건 끝날 때쯤 말씀 드릴게요."

"나한테 밝힐 수 없다?"

"죄송해요. 일단 계획부터 읽어 보세요."

"네가 만든 거야?"

"네."

"도움 주는 사람은 없었고?"

"누가 있겠어요?"

"경찰이 인수 계획을 짰다는 게 신기하네. 흐흐."

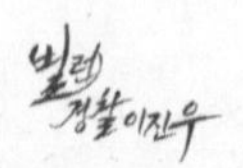

오명훈이 피식 웃으며 서류를 손에 들었다.

오명훈은 M&A에 종사했던 사람이다.

그것도 백동하에게 직접 배웠었다.

그래서 진우의 계획을 대학생들의 과제 정도로 생각하며 펼쳤다.

하지만 그 생각은 곧바로 뒤집혔다.

'미친?! 말이 돼?!'

논리적으로 완벽했다.

심지어 오명훈이 계획을 세운다 해도 진우처럼 만들 수는 없을 거다.

'이걸 경찰이 했다고?!'

오명훈이 마른침을 삼키며 진우를 향했다.

"너 대학, 어디 나왔어?"

뜬금없는 질문에 진우가 눈을 깜빡였다.

"네?"

"무슨 과야?"

"고졸인데요."

"……고졸?!"

"네."

"M&A 배운 적 있어?"

진우가 슬쩍 웃으며 고개를 저었다.

"있겠어요?"

물론 백동하였을 때 충분히 배웠고 경험했다.

하지만 진우의 삶에 M&A는 없었다.

"그, 그렇지……. 없겠지……."

중얼거리던 오명훈의 시선이 다시 서류로 틀어졌다.

다시 봐도 완벽하다.

'젠장. 세상에는 천재가 존재한다더니…….'

오명훈은 서류를 덮으며 입술을 씹었다.

"미친놈."

"갑자기요?"

"미친놈. 미친놈. 미친놈."

수상하리만치 구시렁대는 오명훈을 잠시 쳐다보던 진우가 입을 열었다.

"됐고요. 일은 언제부터 시작할 수 있을까요?"

"준비하는 데 적어도 열흘."

진우가 가게 벽에 걸린 달력을 바라봤다.

열흘이면 늦다.

백서연은 지금 백철영에게 공격당하는 중이다.

열흘이나 시간을 끈다면 백서연의 상태가 얼마나 너덜너덜해질지 알 수 없다.

그럼 백서연은 두 번 다시 일어설 수 없을지도 모른다.

진백은 백서연의 나이가 어리고 경험이 부족하다는 것, 그래서 미래에는 바뀔 수 있다는 핑계를 들어 주지 않는다.

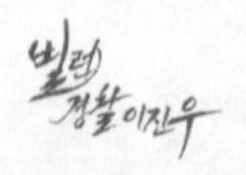

그러니 백서연이 망가지기 전에 최대한 빠르게 이 일을 마쳐야 한다.

"일주일 안으로 시작하죠."

"일주일?"

"시간이 돈입니다."

"일주일, 일주일……."

오명훈이 힐끗 진우를 바라봤다.

경찰이란 놈이 이 정도까지 계획을 세웠는데, M&A의 전문가가 일주일 안으로 준비도 못한다는 것은 자존심 상하는 일이었다.

"오케이! 빠듯하겠지만 일단 접수. 그럼, 얘기 끝났지?"

"네."

"이제 술 마셔도 되지?"

"잠깐만요."

"왜 또?!"

"내일부터 소버AI 주식을 쓸어 담는 거 잊으면 안 돼요."

"걱정하지 마라. 올인할 거니까."

이번 M&A를 통해 진우의 자산은 또 한 번 치솟을 거다.

이번 계획의 목표 중 하나였다.

오명훈이 술병을 손에 들며 외쳤다.

"자, 일 얘기는 끝! 그럼 미친놈아. 한잔 마시자."

"아, 진짜. 왜 계속 미친놈이라고 하세요?"

"억울해서."

"네?"

"됐고. 술이나 마셔."

오명훈은 진우의 계획서를 읽은 순간부터 억울했다.

지금껏 M&A를 배우고 실천해 왔던 인생이 부정당하는 느낌을 받아서다.

'경찰한테도 안된다니……. 고졸한테도 안된다니…….'

오명훈은 빠르게 술을 마셨다.

취하지 않고서는 억울해서 미칠 것 같았다.

그날 밤, 진우는 새벽까지 깨어 있었다.

책상에 앉아 계속해서 소버AI를 연구하고 또 연구한 거다.

계획은 세웠지만, 그것만으로는 부족하기 때문이다.

실전에 돌입하면 언제든 변수가 일어난다.

그 변수를 예상하고 그에 맞는 대책을 세워야 했다.

그 일은 하루 만에 끝날 수 없었다.

"너 연애하냐?"

"……네? 아뇨."

순찰을 하던 중이었다.

김재혁 경사가 진우를 쏘아보며 말을 이었다.

"연애하는 게 아니라는 거지?"

"왜 그러세요? 제게 연애할 시간이 어딨어요?"

"하긴, 네가 연애할 시간이 있었다면 난 진즉에 결혼했지. 뭐, 어쨌든 연애하는 게 아니라는 거지?"

"네~ 안 해요."

그런데 갑자기 김재혁 경사의 표정이 돌변했다.

"그럼 요즘 뭘 하고 다니길래 맨날 피곤해?!"

김재혁 경사는 진우가 연애 중이라고 하면 봐주려고 했단다.

하지만 연애도 안 하면서 눈 밑에 다크서클을 깔고 다니는 것은 봐줄 수 없다고 지랄했다.

"정신 안 차려!"

"네!"

진우는 경찰이다.

M&A에만 매달려 있을 수는 없었다.

헬멧을 쓰지 않고 달리는 오토바이 운전자와 신호 위반 차량도 잡아야 했다.

별것 아닌 일로 보이지만, 잠깐 딴생각을 하는 사이 위험한 일에 직면할 수도 있었다.

"이렇게 할 거라면 그냥 때려치워, 이 새끼야!"

김재혁 경사의 잔소리를 들으며 진우는 슬쩍 웃었다.

"어? 이 새끼가 웃어?"

"안 때려치울 겁니다. 열심히 할게요~."

때려치운다는 것, 항상 하던 생각이다.
하지만 이제는 그 생각을 덜 하게 됐다.
인정받는 게 느껴져서다.
성무택 경사가 경찰서에 가서 진우의 이름을 알렸고 서장이 파출소에 금일봉을 보내기도 했다.
진우가 경찰에서 목표로 한 것은 경찰 권력이다.
누군가는 순경은 순경일 뿐이라고 말하기도 하지만, 진우의 계획은 조금씩 이뤄지는 중이었다.
그렇게 시간이 흐르고 며칠 뒤, 강남의 한 커피숍.
진우는 현금 부자 강진식의 손녀 임현정과 가벼운 미팅을 하고 있었다.
M&A를 진행하기 전에 얼굴은 봐야 했기 때문이다.
"누구죠?"
임현정이 물었다.
하지만 진우는 대답하지 않았다.
어쩐지, 진우를 관찰하는 시선이 느껴져서다.
처음에는 강진식이 보낸 사람이라고 생각했다.
하지만 아니었다.
'할 짓 없는 놈들.'
주변의 남자들이었다.
그들이 힐끗힐끗 진우와 임현정을 번갈아 보고 있었다.
그들의 마음이 고스란히 느껴질 정도였다.

'예뻐!'

'연예인인가?!'

임현정은 미인이다.

그것도 고급스럽게 생겼다.

어깨 아래로 흘러내린 검은 머리카락과 흰 피부는 사람들의 시선을 끌기에 충분했다.

그리고 최고급 브랜드에서 구매한 검은 원피스는 임현정의 고급스러움을 더해 주고 있었다.

"누구냐고 물었는데요?"

그제야 진우의 시선이 임현정에게로 틀어졌다.

"제가 누구인지 어르신께 못 들었나요?"

"전혀요."

임현정은 강진식의 지시로 이곳에 나왔을 뿐이다.

진우가 누구인지는 설명을 듣지 못했다.

진우가 테이블에 서류를 내려 두며 입을 열었다.

"어르신께서 소개하지 않은 이유가 있겠죠."

"네?"

"그럼 소개는 됐고 일단 이거나 읽어 보세요. 우리가 인수할 회사입니다."

진우는 일부러 건방지게 말했다.

임현정의 성격을 파악하기 위해서다.

그런데 이상했다.

임현정의 눈동자에서 읽어 낼 수 있는 것은 아무것도 없었다.

심지어 감정조차 느껴지지 않았다.

"읽어 보라니까요?"

다시 한번 건방지게 말했다.

이번에도 마찬가지였다.

임현정의 눈빛에는 어떤 변화도 없었다.

그저 천천히 서류를 손에 쥘 뿐이었다.

그 모습은 마치 영혼이 없는 인형 같았다.

'어릴 때는 밝았던 것 같은데…….'

진우는 임현정의 초등학생 시절을 떠올렸다.

당시는 참 밝은 아이였다.

지금과는 완전 다른 사람이었다.

'성장기에 무슨 일이 있었기에…….'

뭐, 상관없다.

지금은 M&A가 중요하다.

주어진 일만 잘하면 되는 거다.

그사이 임현정이 서류를 손에 들고 펼쳤다.

"M&A?"

"우리는 소버AI라는 회사를 인수할 겁니다. 그 대표는 임현정 씨가 될 거고요."

그런데 임현정이 서류를 툭 내려 두며 자신의 일이 아닌 것처럼 입을 열었다.

"그렇게 해요."

어떤 의욕도 느껴지지 않는 목소리.

진우가 한숨을 내뱉으며 상체를 의자에 파묻었다.

"임현정 씨, 뭔가 착각하고 있는 것 같은데요."

"착각?"

"이번 작업에서 자잘한 일은 제가 맡겠죠. 하지만 중요한 일은 임현정 씨가 할 겁니다."

"그래서요?"

"의욕을 갖고 주도적으로 움직이세요."

적대적 M&A는 상대의 의사와 상관없이 기업을 빼앗는 일이다.

잔인하고 잔혹하다.

지금처럼 영혼 없는 태도로 접근하면 될 일도 안된다.

하지만 임현정에게 의욕은 없었다.

할아버지 강진식이 시켰으니 이 자리에 나온 것처럼 느껴졌다.

"그렇게 할게요. 제가 뭘 하면 되죠?"

이번에도 그랬다.

하겠다고 말했지만, 그저 말뿐이었다.

진우는 물끄러미 임현정을 바라봤다.

"그 서류, 전부 외우세요."

그 말에 임현정의 시선이 서류로 향했다.

꽤 두툼하다.

쉽게 외울 수 있는 분량이 아니었다.

당연히 거부반응이 나와야 한다.

하지만 임현정은 순순히 고개를 끄덕였다.

"그럴게요."

그렇게 임현정은 떠났다.

하지만 진우는 그 자리에 한참 동안 가만히 앉아 있었다.

'뭐야?'

이해할 수 없는 분위기.

저런 태도로 작업에 들어간다면, 임현정은 변수가 된다.

자칫 모든 계획을 뒤집어야 할 수도 있다.

지이잉.

그때 오명훈에게서 메시지가 왔다.

—네가 말했던 자료, 싹 다 준비했다. 내일 시간 괜찮지?

소버AI를 인수할 준비가 끝났다는 거다.

그런데 진우가 미간을 찡그렸다.

임현정이라는 변수가 나타났다.

아무리 준비가 탄탄해도 임현정에 대해 알지 못하면, 진행할 수 없다.

진우는 오명훈에게 곧장 전화를 걸었다.

"부탁드릴 게 또 하나 있어요. 주소지 보낼게요. 이 집의 손녀 임현정에 대해 조사 좀 해 주세요."

–임현정?

"네. 어떻게 살았는지 과거가 궁금해서요."

–과거? 그 정도면 되는 거야?

"뒤를 밟을 필요는 없고요. 출신 학교나 친구 관계 정도만 가볍게 부탁드릴게요."

–그 정도면 내일 만날 때 같이 들고 갈게.

다음 날이었다.

진우는 퇴근한 후, 송파의 족발 가게로 향했다.

'응?'

그런데 약속 시간에서 30분이 지나도록 기다렸는데도 오명훈은 나타나지 않았다.

먼저 자리에 앉아 주문을 하고 오명훈에게 전화를 걸 때였다.

문이 쾅, 열리며 오명훈이 들어왔다.

그런데 오명훈의 얼굴이 이상하다.

빨건 것이 묘하게 흥분한 것 같다.

그리고 그 입에서 거친 목소리가 내뱉어졌다.

"미쳤어?!"

"깜짝이야……."

오명훈이 다급히 마주 앉으며 시뻘건 눈으로 진우를 쏘아봤다.

"대답해! 네가 강진식을 어떻게 알아?!"

"네?"

"임현정! 강진식의 손녀잖아!"

"아……."

"야, 너 강진식이 누군지 모르지? 그 인간의 손녀를 뒷조사하다가 걸리면 어떻게 되는지 알아?! 흥신소 하나는 쥐도 새도 모르게 세상에서 사라지는 거야!"

"그걸 아니까, 뒤를 밟을 필요는 없다고 말씀드렸겠죠?"

"이 미친 새끼…… 위험한 것은 알고 있었다는 거네?"

"어쨌든, 조사해 오셨습니까?"

"강진식을 어떻게 아는지 대답부터 해."

"쩐주입니다."

"쩐주?"

"적대적 M&A의 쩐주가 강진식이에요."

동시에 오명훈의 눈이 튀어나올 듯이 커졌다.

"강진식이 우리 쩐주라고?!"

"백서연과 일하면서 겸사겸사 알게 됐고, 이번에 우리 뒷배가 되어 주셨네요."

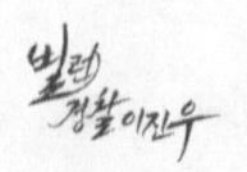

"……!"

"강진식의 목표는 손녀 임현정을 소버AI의 대표로 만드는 거고요."

"대박……. 그래서, 총알은 얼마나 준대?"

총알은 작전에 들어가는 돈이다.

어느 정도의 돈이 투입되는지에 따라 작전의 난이도는 크게 달라진다.

진우가 다리를 외로 꼬며 대답했다.

"100개요."

오명훈이 미소를 그렸다.

"초기 자금이 100억이라……."

나쁘지 않다. 그 정도면 무리 없이 계획을 진행할 수 있다.

오명훈이 술을 채우며 물었다.

"그래서, 추가 금액은?"

"아, 추가금은 없습니다."

"응?"

"100억이 인수 자금입니다."

오명훈이 황당한 표정을 지었다.

"야, 소버AI의 시가총액이 얼만지 알아?"

"약 900억이죠."

"그런데, 100억?"

"네."

"말도 안 되는……."

진우가 오명훈의 말을 끊었다.

"더 이상 손 벌릴 생각은 없습니다."

"말도 안 되는 소리 하지 마!"

"우리가 조학주와 싸우는 것은 말이 되고요?"

오명훈이 멈칫거렸다.

조학주는 진백그룹을 손에 쥐고 있는 악마다.

진우와 오명훈은 그런 악마와 싸우기 위해 손잡고 있다.

그리고 그 과정은 소버AI를 상대하는 것보다 몇 배는 어려울 거다.

진우가 계속 말했다.

"우리의 목표는 소버AI가 아니에요. 소버AI는 강진식이라는 끈을 잡기 위한 도구일 뿐이죠."

"……!"

"강진식과 손잡으려면, 그 노인네가 생각하는 예상을 뛰어넘어야 한다고 생각하는데요."

"……!"

"그러니까, 말이 안 되어도 해야 하고, 어려워도 해야 합니다."

오명훈이 마른침을 삼켰다.

진우가 평범한 놈은 아니라고 생각했다.

하지만 이 정도까지 큰 그림을 그리고 있을 줄은 몰랐다.

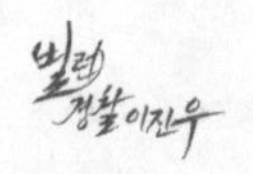

오명훈이 낄낄 웃으며 입을 열었다.

"넌 진짜 미친 새끼야."

"감사합니다. 그래서, 임현정에 대한 것은요?"

"샅샅이 조사해 왔다."

오명훈이 진우의 앞으로 서류 봉투를 툭 내려 뒀다.

소버AI에 대한 보완 자료와 임현정에 대한 것이었다.

진우는 먼저 소버AI에 대한 서류를 읽기 시작했다.

그리고 곧 헛웃음을 터뜨렸다.

"제가 알아봤던 것보다 더 쓰레기네요."

"응, 쓰레기지. 분리수거가 안 돼."

박광준은 회사를 이용해 사기 칠 궁리만 하고 있다.

그리고 직원을 개돼지처럼 여긴다.

폭행과 성추행.

돈으로 입막음을 한 게 한두 번이 아니었다.

"다행이네요."

"다행이지."

정말 다행이다.

적대적 M&A는 말 그대로 '사냥'이다.

하지만 이번 사냥에서는 어떤 동정심도 느낄 필요가 없다.

그저 놈의 대가리에 총구를 들이대고 방아쇠를 당기기만 하면 되는 거다.

"빚은 왜 이렇게 많죠? 도박빚?"

"회삿돈도 가져다 쓰더라."

진우가 서류를 내려 두며 슬쩍 웃었다.

"단순히 회사만 빼앗으려 했는데, 안 되겠네요."

진우는 이놈을 세상에서 치워 버려야겠다고 다짐했다.

이런 놈이 있어서 애꿎은 기업인이 욕을 먹는 거다.

진우는 임현정에 대한 서류를 손에 들었다.

"이건 집에 가져가서 읽겠습니다."

오명훈이 임현정을 조사한 것은 단 하루뿐이었다.

진우가 부탁했던 것처럼 과거를 나열한 게 전부였다.

진우는 그 과거를 들여다보며 어떤 일이 있었는지 예상해야 한다.

그러기 위해서는 조용한 곳에 앉아 집중할 필요가 있었다.

하지만 족발집에서 그런 것은 무리다.

진우가 서류를 가방에 넣으며 오명훈을 바라봤다.

"술이나 드시죠."

오명훈이 술병을 뜯으며 기분 좋게 웃었다.

"요즘 생각하는데, 나보다 네가 더 알코올중독자 같아. 마음에 들어. 흐흐."

그 시각, 강진식의 자택이었다.

강진식이 천천히 앞을 바라봤다.

앞에는 백서연이 보였다.

그런데, 찻잔을 손에 쥐는 강진식의 눈동자가 흔들리고 있었다.

강진식이 낮은 숨을 내뱉으며 입을 열었다.

"지금…… 그 말이 사실인가?"

"아뇨. 추측이죠. 가족 관계를 봐도 팩트는 없었으니까요."

강진식은 비서를 시켜 진우에 대해 알아봤다.

진우는 예상외로 너무나 평범한 인생, 심지어 고졸이었다.

고등학교 때 히키코모리로 살았던 것을 제외하면, 특별할 게 없는 삶을 살고 있었다.

즉, 적대적 M&A를 기획할 능력이 있을 수가 없었다.

그래서 백서연을 불렀다.

강진식에게 처음으로 진우를 소개해 준 사람이기 때문이다.

당연히 뭔가를 알고 있을 거라 생각했다.

그런데, 백서연의 입에서 충격적인 말이 이어지고 있었다.

"어르신도 그렇게 생각하니까 지금 동요하시는 것 아닌가요? 백동하…… 우리 아버지였다면, 그런 조작 정도는 충분하니까요."

"그러니까…… 이진우가 자네 아비 백동하의 숨겨 둔 아들일 수도 있다?!"

백서연이 고개를 끄덕이며 들고 있던 찻잔을 내려 뒀다.

그리고 강진식을 향해 입을 열었다.

"추측일 뿐이라고 말씀드렸어요. 가족 관계를 보면, 이진우에게는 사망한 아버지가 있어요."

"사망한 아버지가 있다면……."

백서연이 강진식의 말을 잘랐다.

"그런 것은 진백의 힘이라면 조작이 가능하죠. 누군가의 명의를 사서 서류상으로 이름만 올려놨을 수도 있고요."

"……!"

"그래서 이진우의 아버지가 실존했는지 조사해 봤지만, 저희가 알아낼 수 있는 것은 없었어요."

백서연도 진우를 뒷조사했다.

그런데, 진우의 아버지에 대한 것이 상당 부분 지워져 있었다.

서류상으로 확인할 수 있는 것은 한계가 있었고, 백서연은 그 이유를 백동하의 힘이 작용했을 거라고 추측했다.

백서연의 말이 이어졌다.

"생각해 보면 말투와 행동이 아버지와 비슷한 것을 넘어서 똑같을 때가 많았어요. 그리고 또 하나. 제가 이진우와 처음 만난 장소가 양평이었어요."

"……양평?!"

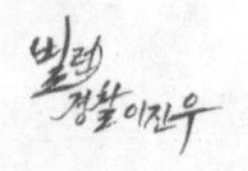

"할머니의 산소가 모셔져 있는 아버지의 별장. 바로 거기서 처음 만났죠."

강진식도 그곳을 알고 있다.

그곳은 관광지가 아니다.

마을에서도 멀리 떨어져 있다.

즉, 이유 없이 갈 동네가 아니었다.

강진식이 중얼거렸다.

"그런 곳에 이진우가 나타났다는 것은……."

백서연이 다시 찻잔을 손에 쥐며 대답했다.

"그래서 의심하고 있어요. 아버지가 숨겨 둔 자식이 아닐까 하고……."

강진식이 눈을 가늘게 뜨며 생각에 빠졌다.

백동하는 온갖 더러운 짓을 저질렀던 인간이다.

하지만 여자 문제만큼은 깨끗했다.

그것 하나만큼은 지키고 살았다.

그런데, 숨겨 둔 자식이 있다?

진우를 만나지 않았다면, 절대 믿지 않았을 거다.

하지만 백서연의 말을 듣고 나니 그럴 수도 있겠다는 생각이 들었다.

백서연이 찻잔을 내려 두며 입을 열었다.

"이제 제가 질문할 차례예요. 이진우에 대해서는 왜 묻는 거죠?"

"한번 써 보려고 뒷조사를 해 봤는데, 나오는 게 없었어. 그래서, 자네를 부른 거야."

"써 본다고요? 어떤?"

"아직은 구상 중이야. 실체가 나오면, 자네도 알게 될 게야."

백서연은 더 묻지 않았다.

강진식이 대답해 주지 않을 거라는 것을 알고 있어서다.

"좋아요. 나중에 알려 주세요. 그런데, 약속 하나만 해 주셨으면 좋겠어요."

"약속?"

"어르신도 이진우에 대해 계속 알아보실 거죠? 그럼, 정보 공유를 해 주셨으면 좋겠어요."

"왜? 백동하의 숨겨 둔 아들이 나타나면, 상속 전쟁이 일어날까 봐?"

백서연이 씁쓸하게 웃었다.

"네. 이미 오빠들과 전쟁을 하고 있는데, 적이 또 생기는 것은 피곤하잖아요."

백서연은 이미 백철영에게 공격당하고 있다.

백철영은 언론을 이용했고 그들은 백서연을 무능력한 사람이라 낙인찍는 중이다.

그 사실을 아는 강진식이 끌끌 웃었다.

백서연이 계속 말했다.

"그래서 제가 조사했던 것을 솔직히 말씀드린 거예요. 어르신과 정보 공유를 하고 싶어서요."

"정보 공유라……. 그렇게 하지. 서로에게 이득이 되는 거래가 될 것 같아."

백서연은 강진식이 내뱉은 '이득'이란 단어에 집중했다.

하지만 그것 역시 캐묻지 않았다.

강진식이 왜 진우에게 관심을 갖고 있는지는, 천천히 알아보면 되는 거다.

그날 밤.

집으로 돌아온 진우는 책상에 앉아 오명훈이 준 임현정에 대한 자료를 펼쳤다.

출신 학교와 각 생활기록부가 보였다.

영어유치원에서부터 사립초등학교 그리고 국제중고등학교.

대학은 미국의 유명 대학을 졸업했다.

돈 좀 있는 집안에서 보낼 수 있는 루트를 밟은 거다.

성적도 좋고 교우 관계도 원만했다.

생활기록부의 교사의 의견란에는 세상 좋은 말만 적혀 있었다.

혹시나 정신병력이 있나 찾아봤지만 그런 것은 없었다.

어떠한 문제도 존재하지 않았다.

진우가 한숨을 내뱉으며 서류를 덮었다.

"됐다."

임현정이 어떤 이유로 영혼 없는 인형처럼 변했는지 알고 싶었지만, 여기서 멈춰야 한다.

계속해서 뒷조사를 하다가 강진식에게 걸리면, 그 미친 노인네의 분노와 마주해야 할 수도 있기 때문이다.

그 인간의 손녀 사랑은 말 그대로 '미친 사랑'이었다.

생각을 마친 진우는 노트북을 펼쳤다.

지금부터 임현정을 변수로 대입해서 다시 계획을 짜야 했다.

며칠 후, 진우가 비번인 날이었다.

세상이 점차 어두워지는 시간, 진우는 오명훈과 통화하며 디지털단지에 와 있었다.

"슬슬 작업 시작할게요."

-그럼, 이쪽도 움직인다.

"네."

진우가 통화를 종료하며 커피숍으로 향했다.

이제 준비는 끝났다.

본격적으로 소버AI를 집어삼킬 시간이다.

진우가 커피숍으로 들어가자 기다리고 있던 박광준이 손

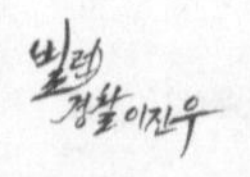

을 흔들며 진우를 맞이했다.

"아이고~ 젊은 사장님!"

진우가 사람 좋은 미소를 그리며 박광준의 앞에 마주 앉았다.

박광준이 진우의 앞으로 커피를 밀며 물었다.

"그런데 여기는 어쩐 일이에요?"

"친구가 여기 있어서 왔다가 잠깐 전화드렸어요."

이런저런 가식적인 인사가 끝났다.

박광준이 주변을 슬쩍 둘러본 후 조용한 목소리로 물었다.

"그래, 서안시 상황은 어때요? 보니까, 명단 터졌다고 지랄하던데요."

박광준은 불안했다.

아직 경찰의 연락은 없었지만 언제 소환장이 날아올지 모른다.

박광준이 진우의 대답을 기다리며 얼음으로 가득한 아이스아메리카노를 벌컥벌컥 마셨다.

그리고 초조한 표정으로 진우를 바라봤다.

진우가 빙긋이 웃으며 입을 열었다.

"제가 아는 경찰이 있어서 물어봤거든요. 그런데 그쪽에서 입수한 자료에 우리 이름은 없다고 하더라고요."

"정말?"

"네."

박광준은 몇 번을 더 묻고 나서야 가슴을 쓸어내렸다.

그러자 진우가 다리를 외로 꼬며 박광준을 향해 상체를 기울였다.

“사장님. 발 뻗고 잘 수 있는 정보를 알려 드렸는데, 술 한 잔 사야 하는 거 아니에요?”

박광준이 씩 웃었다.

“말 나온 김에 바로 일어나시죠. 제가 근사한 곳에서 한잔 사겠습니다.”

잠시 후, 진우와 박광준은 고급스러운 와인바에 앉아 있었다.

박광준은 한 병에 100만 원이 넘는 와인을 시키며 진우를 바라봤다.

‘촌놈 새끼, 이런 와인은 처음이지?’

그런데, 진우는 담담했다.

이런 와인 따위 아무것도 아니라는 표정으로 홀짝이고 있었다.

박광준이 피식 웃었다.

“젊은 사장님, 이런 데 많이 와 보셨나 봐요?”

“뭐, 가끔요.”

“진짜?”

“네.”

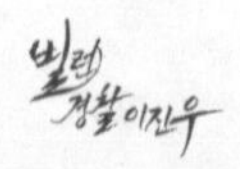

박광준은 진우가 거짓말을 한다고 생각했다.

진우의 옷차림을 보면, 이런 곳에 드나들 사람이 아니었기 때문이다.

박광준이 와인잔을 손에 쥐며 물었다.

"그래, 젊은 사장님은 뭐 하는 사람이에요?"

"투자합니다."

"투자?"

"주식도 하고 땅도 사고 뭐 그런 거요."

박광준이 속으로 비웃었다.

푼돈으로 까분다고 생각한 거다.

그렇게 의미 없는 대화가 이어졌고 술자리가 끝날 무렵이었다.

박광준이 입을 열었다.

"내가 서안시에 괜찮은 하우스를 하나 더 알고 있거든요. 같이 갈래요? 내가 젊은 사장님 같은 호구를 좋아하거든."

도박에 미치면 답이 없다고 한다.

그 말은 사실이었다.

방금까지 쫄고 있던 놈이 또 도박을 생각하고 있었다.

그것도 다른 곳도 아닌 서안시의 도박장을 찾으려 한다.

진우가 와인잔을 내려 두며 물었다.

"안전해요?"

"판이 작은 게 아쉬운 점인데, 안전은 보장합니다. 걔들은 한국 애들이라 경찰하고 손잡고 있거든요. 알죠, 돈 받은 경찰들이 단속 뜨면 미리 알람 주는 거?"

원치 않게 정보를 얻었다.

또 한 번 도박장을 소탕할 수 있는 기회가 온 거다.

"좋습니다. 같이 한번 가요."

그렇게 술자리가 끝났다.

잠깐 마셨는데, 500만 원이 훌쩍 넘었다.

박광준은 시원하게 결제하고 밖으로 나와 진우의 옆에 섰다.

"젊은 사장님, 집에는 어떻게 가시려고? 택시 불러 줄까요?"

"아뇨."

"그럼 전철? 지금이 전철이 다닐 시간인가?"

그때, 최고급 승용차가 진우와 박광준의 앞에 멈춰 섰다.

박광준의 시선이 자연스레 승용차로 향했다.

그 차에서 임현정이 내렸다.

임현정을 본 박광준은 자신도 모르게 입을 벌렸다.

임현정의 외모는 화려하게 아름다웠고, 입고 있는 옷과 자동차는 일반 사람이 꿈꿀 수 있는 게 아니었다.

'저, 저게 다 얼마야?!'

박광준이 생각할 때였다.

임현정이 진우의 앞으로 다가섰다.

"조금 늦었죠? 죄송해요."

동시에 박광준의 시선이 진우에게로 홱 틀어졌다.

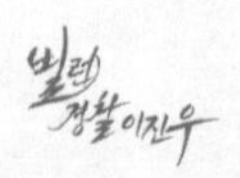

'……뭐야?! 아는 사람이었어?!'

진우는 박광준의 의문으로 가득한 시선을 느꼈다.

하지만 모른 척, 박광준을 향해 살짝 고개를 숙였다.

"오늘 잘 마셨습니다. 하우스 가실 때, 연락 주세요."

"아, 네. 그럴게요."

박광준의 말투가 변했다.

지금까지는 진우를 얕잡아보며 건방진 말투를 썼는데, 갑자기 공손해진 거다.

하지만 진우는 처음과 똑같았다.

"그럼, 나중에 봬요."

진우는 빙긋이 미소를 그린 뒤, 차량에 올라탔다.

그리고 차량은 곧바로 그 자리를 떠났다.

지켜보던 박광준이 중얼거렸다.

"도대체 뭐 하는 애야?"

진우의 외모와 옷차림은 평범했다.

그런데 저런 자동차를 소유한 미인이 데리러 오다니…….

"제비야?"

박광준의 혼란은 진우가 의도한 것이었다.

박광준은 돈을 원하는 사람이다.

그렇기 때문에 진우는 돈 냄새를 풍겼다.

이제 박광준은 돈 냄새를 좇아 진우가 만든 늪으로 걸어 들어올 거다.

자신의 몸이 잠기는 것도 모른 채…….

그 시각, 임현정의 차량 안이었다.

신호에 걸렸을 때, 진우의 시선은 임현정에게로 향했다.

이제 임현정이 할 일은 끝났다.

이 차를 타고 서안시까지 가자고 하는 것은 임현정을 운전 기사로 쓰겠다는 것이나 마찬가지다.

그런 미안한 짓을 하고 싶지는 않았다.

"택시 타고 갈 테니까, 적당한 곳에 내려 주세요."

"네."

임현정은 간단히 대답했다.

진우가 그런 임현정을 물끄러미 보다가 물었다.

"그런데, 궁금하지 않으세요?"

"뭐가요?"

"내가 왜 불러냈는지."

오늘 오후였다.

진우는 느닷없이 임현정에게 전화해서 이렇게 말했었다.

"메시지로 주소를 보낼 테니, 12시까지 이쪽으로 와 주세요."

그게 전부였다.

진우는 그 어떤 설명도 하지 않았다.

그런데도 임현정은 이곳에 나온 거다.

심지어 그에 대한 이유도 묻지 않고 있다.

진우가 한숨을 내뱉으며 물었다.

"저기, 임현정 씨? 원래 감정 표현이 적나요?"

"글쎄요……."

임현정에게서 답을 들을 수는 없었다.

임현정은 길가에 차를 세웠고 대화는 그것으로 끝이 났다.

다음 날, 진백 엔터.

막 출근한 백서연이 책상에 앉을 때였다.

"대표님?"

김지원이 들어왔다.

백서연의 시선이 향하자 김지원이 말을 이었다.

"이진우 씨에게서 연락이 왔습니다."

"진우?! 왜?!"

김지원이 잠시 머뭇거리더니, 조심스레 입을 열었다.

"그게…… 대표님의 스케줄이 가능하면, 인공지능 박람회에 같이 가 달라고 했습니다."

"뭐?"

진우에게서 마지막으로 연락이 온 날은 이중오 전무가 도박과 성매매로 잡히며 백서연의 경영 능력이 언론의 심판대에 올랐던 날이었다.

그때 진우는 김지원에게 말했었다.

"이번에도 해결해 드리죠."

진우는 분명 해결해 준다고 했었다.

그 말이 묘하게 신뢰가 갔었는데, 뜬금없이 박람회라니…….

황당하기만 했다.

Chapter 4

김지원이 한 걸음 나서며 입을 열었다.

"스케줄은 됩니다. 하지만 그런 자리에 대표님이 가시는 것은 아니라고 생각합니다. 박람회는 중소기업의 잔치인데, 대표님이 그곳에 나타나면 어떤 구설이 터질지……."

"간다고 해."

김지원이 눈을 깜빡였다.

"가신다고요?"

"어."

백서연의 의지는 확고했다.

김지원은 설득하는 것을 멈춘 채, 고개를 끄덕였다.

"……알겠습니다. 이진우 순경에게 그렇게 연락하겠습니다."

김지원이 떠났다.
백서연의 시선이 창밖으로 틀어졌다.
"이진우의 정체를 알아보려면, 가까이해야지."

며칠 후, 인공지능 박람회가 열리는 장소였다.
수많은 중소기업의 부스가 회장을 채운 그곳.
박광준은 직원들에게 지시를 내리고 있었다.
"깔끔하게 정리해! 오늘 투자자 오니까 긴장 단단히 하라고 했잖아!"
대표가 박람회에 오는 경우는 흔치 않다.
게다가 박광준은 회사 경영에는 관심도 없는 사람이다.
그런 인간이 이곳에 온 이유는 하다.
오늘 이 장소에 투자자가 온다고 했기 때문이다.
그리고 박광준의 등장에 직원들은 긴장한 상태였다.
작은 실수만으로도 박광준에게 박살 날 수 있어서다.
"너 복장이 그게 뭐야?! AI 회사답게 캐주얼하게 입으라고 했잖아!"
"죄송합니다!"
"당장 옷 가게에 갔다 와!"
"네!"

"뛰어!"

그런데, 직원들을 들들 볶던 박광준이 고개를 갸웃거렸다.

저 멀리 익숙한 얼굴이 보였기 때문이다.

진우였다.

진우가 어떤 여성과 함께 부스를 걷고 있었다.

그리고 진우 역시 박광준을 알아봤다.

"어?!"

진우가 반가운 미소를 그리며 박광준에게 다가갔다.

박광준도 진우를 반갑게 맞이했다.

"아이고, 이런 우연이 있나! 젊은 사장님을 여기서 뵙네요?! 여기에는 어쩐 일이에요?"

진우가 부스를 훑어보며 입을 열었다.

"앞으로 AI가 유망하다고 들어서요. 투자할 곳이 있는지 둘러보려고 왔어요."

"아…… 투자."

"투자한다고 말했잖아요."

박광준이 씩 웃으며 팸플릿을 내밀었다.

"우리 회사도 살펴보세요. 이 바닥에서는 나름 유망하다고 소문났으니까요."

그리고 박광준의 시선이 진우와 함께 온 여성에게로 틀어졌다.

선글라스를 끼고 있지만, 며칠 전 밤에 봤던 그 부잣집 여성이 아니라는 것은 바로 알 수 있었다.

지금의 여성에게는 조금 더 독한 분위기가 흐르고 있었기 때문이다.

박광준의 눈빛을 본 진우가 입을 열었다.

"아, 인사하세요. 이분은 진백 엔터 백서연 대표님이세요."

"네? 누구……?"

"진백 엔터 백서연 대표님이요."

백서연이 선글라스를 살짝 내리며 인사했다.

"안녕하세요? 백서연이에요."

박광준은 그대로 굳었다.

눈을 깜빡이는 게 전부였다.

백서연이 맞다.

고압적일 정도로 차가운 눈빛이 매력적으로 느껴졌다.

"바, 박광준입니다. 만나 뵙게 되어 정말 영광입니다."

박광준은 말까지 더듬었다.

머리가 땅에 처박힐 정도로 고개를 숙였다.

이런 곳에 백서연이 나타나다니…….

두 눈으로 보고 있는데도 믿을 수가 없었다.

'백서연? 진짜 백서연이라고? 말도 안 돼. 백서연이라니…….'

진우가 혼란에 휩싸인 박광준을 보며 입을 열었다.

"그럼, 연락할게요."

진우는 그 말을 끝으로 백서연과 함께 자리를 떠났다.

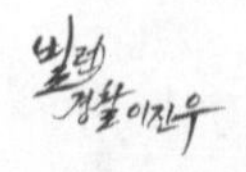

하지만 박광준은 여전히 멍했다.
진우와 백서연의 뒷모습만 바라보고 있었다.
'대박…….'
백서연의 실물을 보다니, 오늘은 뭐든 잘될 것 같은 기분이 들었다.
그리고 그 예상은 맞았다.
부스를 방문한 투자자가 시원하게 투자를 약속한 거다.
"소버AI의 미래에 투자하겠습니다. 50억이면 되겠습니까?"
"감사합니다! 기술 개발에 힘쓰겠습니다!"

그 시각, 진우와 백서연은 멀지 않은 커피숍에 앉아 있었다.
커피숍에 손님은 아무도 없었다.
김지원이 커피숍을 통째로 빌려 버렸기 때문이다.
백서연이 다리를 외로 꼬며 진우를 쳐다보았다.
"방금 저 저렴한 인간과 인사시키려고 날 불렀나요?"
진우가 피식 웃었다.
"저 저렴한 인간이 대표님의 상황을 역전시켜 줄 겁니다."
"상황을 역전?"
"지켜보시죠, 어떤 일이 일어나는지."
진우는 그 말을 끝으로 커피를 손에 들었다.

더 이상 어떤 설명도 하지 않겠다는 뜻이었다.

"그래요. 지켜보죠."

백서연도 더 묻지 않았다.

진우에게 궁금한 것은 방금 만난 박광준 따위가 아니었기 때문이다.

백서연이 커피 잔을 내려 두며 진우에게 툭 던지듯 물었다.

"그런데, 가족 관계가 어떻게 돼요?"

뜬금없는 질문이다.

"……가족 관계요?"

"알고 지낸 지 나름 오래된 것 같은데, 이진우 순경에 대해 아무것도 모르고 있잖아요. 궁금하네요, 가족 관계."

"뭐, 어머니 그리고 동생이 있어요."

"친동생?"

"그럼, 딴 동생일까요?"

"아버지는?"

"돌아가셨습니다."

백서연은 다리를 외로 꼬았다.

그리고 천천히 진우를 관찰하듯 바라보며 다시 물었다.

"아버지는 어떤 분이셨어요?"

"어릴 때 돌아가셨다고 들어서 잘 몰라요."

"잘 모른다?"

"네."

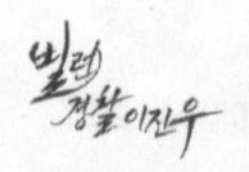

그 말에 백서연의 눈이 가늘어졌다.

"하나 더 물어봐도 돼요?"

"네."

"그날…… 내가 사고가 났던 날, 양평에는 왜 왔죠?"

"네?"

"거기에 이진우 순경이 갈 일이 있나요?"

난처한 질문이었다.

일반적으로는 그곳에 갈 일이 없기 때문이다.

그때, 진우의 휴대폰이 진동했다.

발신번호가 박광준이다.

박광준 같은 놈도 도움이 되나 보다.

진우가 휴대폰을 쥐고 일어서며 백서연에게 말했다.

"죄송합니다. 잠깐, 전화 좀 하고 올게요."

진우가 전화를 하기 위해 밖으로 떠났다.

그 모습을 지켜보던 백서연의 시선이 자신의 뒤에 선 김지원에게로 틀어졌다.

"전화 왔다는 핑계로 일부러 말 끊은 거 같지?"

"그런 것 같습니다."

백서연의 시선이 가게 밖에서 통화하는 진우에게로 향했다.

"아버지에 대해 잘 모르고 양평에 간 이유를 숨긴다?"

진우의 정체에 대한 백서연의 의심이 깊어지고 있었다.

그날 밤.

주택가의 골목을 걷던 진우는 가로등 밑에 서 있는 남자에게 다가갔다.

"박광준 사장님의 소개로 왔는데요."

남자가 진우를 위아래로 살폈다.

"박광준 사장님이요?"

진우가 박광준의 명함을 건네자 남자가 휴대폰을 귀에 댔다.

"박 사장님이 소개한 분이 왔거든요."

짧은 통화를 마친 남자가 다시 진우를 향했다.

"오른쪽 골목으로 들어가면, 파란색 문이 있거든요. 거기로 가시면 돼요."

박광준이 얘기한, 한국인이 운영하는 도박장이었다.

백서연과 커피숍에 있을 때 박광준이 전화해서 오늘 이 도박장에서 만나기로 한 거다.

그런데 이곳의 경계는 지난번 갔던 도박장보다 삼엄했다.

그 도박장이 털리며 이곳 역시 긴장의 수위를 높였기 때문이다.

곳곳에 망을 보는 놈들이 서 있었고 소개한 것이 확인되기 전까지는 접근도 할 수 없었다.

도박장의 열기는 이곳 역시 뜨거웠다.

이곳저곳에서 탄식과 함성이 흘렀다.

그곳에서 기다리던 박광준이 진우를 향해 손을 흔들었다.

"젊은 사장님~ 여기! 여기!"

진우가 박광준의 옆에 앉았다.

이곳 역시 종목은 섰다였다.

진우는 방어적인 플레이를 했다.

괜찮은 패가 들어와도 화투를 덮으며 시간을 끌었다.

그리고 잠깐의 쉬는 시간.

박광준이 손가락으로 베란다를 가리키며 말했다.

"커피나 한잔하죠, 머리나 식히게."

"그럴까요?"

진우가 박광준을 쫓아 베란다로 나섰다.

박광준이 믹스커피를 타서 진우에게 건넸다.

"얼마 잃었어요?"

"뭐, 오늘은 이백쯤이요"

"젊은 사장님한테 이백은 껌값 아닙니까?"

진우는 대답 대신 커피를 마셨다.

박광준이 담배를 손에 들며 다시 진우를 쳐다보았다.

"그런데, 백서연 대표님과는 어떤 관계예요?"

"도움을 주고받는 사이죠."

"햐…… 처음 만났을 때, 돈 잃고도 눈 하나 깜짝 안 할 때부터 알아봤어야 했어요. 백서연 대표님과 아는 사이라니,

스케일이 장난이 아니네."

박광준은 임현정에 이어 백서연까지 봤다.

이제는 진우를 진짜 돈 많고 실력 있는 투자자로 생각하고 있었다.

그럼, 슬슬 본론을 꺼낼 타이밍이다.

"그러고 보니까, 백서연 대표님이 소버AI에 관심을 갖던데요."

"관심?"

"투자를 하면 어떨까 물어보시더라고요."

"백서연 대표님이요?!"

박광준의 눈에 힘이 들어갔다.

진우가 고개를 끄덕이자, 박광준은 흥분된 목소리를 이었다.

"백서연 대표님이 투자해 주신다면야, 언제든 환영이죠! 진백과 인연을 맺을 수 있는 거잖아요!"

"그래요? 그럼 하나만 여쭤볼게요. 최근에 투자를 받은 적이 있나요?"

"네? 갑자기 그건 왜?"

진우가 피식 웃었다.

"재벌이 중소기업에 투자하는 이유가 뭐겠어요?"

"……?!"

"푼돈 더 먹겠다고 투자하겠어요? 아니죠. 중소기업과 함

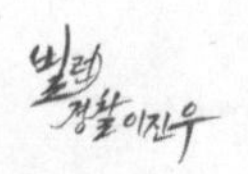

께하는 모습을 보여 주고 싶은 거죠. 아시죠? 착한 척하는 이미지."

"……!"

"백서연 대표는 그런 이미지를 노리고 있어요. 그러니까 투자를 못 받아 어려움에 처한 중소기업이 아니면, 투자할 이유가 없죠."

박광준이 입술을 쓸었다.

"이것도 그냥 궁금해서 묻는 건데요. 백서연 대표님이 투자하면, 얼마나 주실까요?"

박광준에게는 이게 중요하다.

오늘 만난 투자자는 50억을 얘기했다.

그것보다 적으면 투자받을 이유가 없다.

하지만 이미 진우는 그 마음을 알고 있었다.

"글쎄요. 1차로 5개는 쏴 주지 않을까요?"

"1차로 5개?!"

"네."

5개는 50억을 뜻한다.

그게 1차라고 한다.

그건 즉 2차, 3차가 있을 수도 있다는 거다.

현실화된다면, 오늘 만난 투자자를 버려도 완벽한 이득이다.

박광준이 마른 입술을 핥았다.

"기술은 있는데 자금이 부족해서 힘든 회사라……. 딱 우리 회사네요."

"그래요? 내일 대표님께 말씀드려 보고 연락드릴게요."

"잘 좀 부탁드립니다. 하하하."

박광준은 진우가 만든 늪으로 성큼성큼 들어오고 있었다.

다음 날, 소버AI의 대표이사실.

박광준의 시선은 휴대폰에 집중되어 있었다.

진우는 오늘 전화를 주겠다고 말했었다.

그런데, 연락이 오지 않는다.

오후 5시가 지나가는데도 휴대폰이 조용하다.

"그냥 하는 소리였나?"

박광준이 아쉬운 표정으로 담배를 입에 물었다.

수백억이 사라진 느낌이었다.

"에이……."

순간 지이이잉, 휴대폰이 진동했다.

발신번호는 진우.

박광준은 다급히 휴대폰을 귀에 댔다.

"여보세요?!"

–연락이 늦었죠?

"아뇨. 아닙니다. 아니에요."

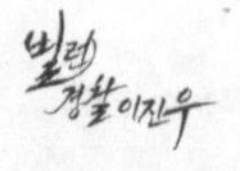

-백서연 대표님께 말씀드렸더니, 긍정적으로 생각하시네요.

박광준은 주먹을 꽉 쥐었다.

-아시겠지만, 투자에 대한 것은 일단 비밀이고요.

"당연하죠."

-그리고 어제 말씀하신 것처럼, 최근에 투자받은 적은 없죠?

"없습니다. 없어요~."

통화를 종료한 박광준은 낄낄 웃었다.

놈의 목표는 소버AI를 비싸게 팔아먹는 거다.

백서연에게 투자를 받았다는 소문이 돌면, 그 목표에 한 걸음 다가서게 된다.

진백과 함께한다는 이유만으로 수많은 호구들이 소버AI를 구매하기 위해 달려들 게 분명하다.

하지만 백서연에게 투자받지 못할 상황도 생각해야 했다.

그럼 처음 투자를 약속한 사람과의 인연도 이어 가야 한다.

박광준이 그 투자자에게 전화를 걸었다.

"사장님, 소버AI 대표 박광준입니다. 회계 문제로 투자를 조금만 늦췄으면 하거든요. 아, 길지는 않을 겁니다. 금방 다시 연락드릴게요. 금방."

그 시각, 진우는 통화를 종료하며 슬쩍 웃었다.

진우는 박광준에게 “최근에 투자받은 적은 없죠?”라고 계속해서 물었다.

박광준이 다른 곳에 손을 벌리지 못하도록 만들려는 계획이었다.

박광준의 주머니에 돈이 없어야 몰락시킬 수 있기 때문이다.

물론, 박광준은 그 투자자와의 관계를 끊지 않았다.

백서연에게 투자받지 못할 상황을 염두에 두고 그 투자자에게 투자받을 시기를 미뤘을 뿐이다.

하지만 진우는 그것까지 예상하고 있었다.

모든 것은 계획대로 되고 있다.

진우의 손바닥 위에서 모든 사람이 놀고 있었다.

‘그럼 다음은…….’

진우가 휴대폰을 품에 넣으며 앞을 바라봤다.

낡은 상가 건물이 보였다. 저곳에 어제 갔던 도박장을 관리하는 깡패들의 사무실이 있었다.

깡패들까지 이용할 계획은 없었다.

하지만 박광준이 도박장을 소개해 주며 계획이 변경됐다.

“형님~!”

진우의 옆으로 양아치 손봉식이 다가왔다.

손봉식은 진우가 돈을 준 이후로 더 열심히 따르고 있었다.

“오늘은 또 무슨 일이세요?”

“부탁 좀 하려고.”

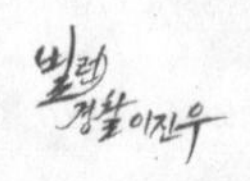

"말만 하십쇼! 뭐든 하겠습니다."

진우가 손가락으로 건물을 가리켰다.

손봉식이 진우의 손가락을 좇아 건물을 바라봤다.

"저기는 왜요?"

손봉식의 목소리가 떨려 왔다.

저 건물이 깡패 소굴이란 것을 알고 있어서다.

진우가 대답을 하지 않자 손봉식이 불안한 목소리로 계속 물었다.

"대답 좀 해 주세요! 저기는 왜 가리키시는 거예요?!"

"뭐든 한다며?"

손봉식의 얼굴이 덜컥거렸다.

"형님, 뭐든 하겠지만…… 목숨까지는 걸 수 없는데요."

그러자 진우가 손봉식의 어깨를 다정하게 토닥였다.

"걱정하지 마. 시키는 대로 하면, 죽지는 않을 거야."

"……형님?"

손봉식은 울고 싶어졌다.

하지만 진우는 손봉식의 사정을 봐주지 않았다.

"잘 들어. 지금부터 네가 해야 할 말과 행동이야."

저 깡패들 역시 소탕해야 할 대상이다.

진우는 놈들에게 얼굴을 노출하고 싶지 않았기에 손봉식을 집어넣는 거다.

잠시 후, 깡패들의 사무실이었다.

그곳의 소파에 손봉식이 벌벌 떨며 앉아 있었다.

맞은편으로 깡패 두목이 보였다.

두목은 사십대 중반, 나름 사업가인 척 깔끔하게 정장을 차려입고 있었다.

하지만 걷어붙인 소매의 끝으로 흉악한 문신이 보였다.

"할 말이 있다?"

손봉식이 마른침을 삼켰다.

"그, 그러니까…… 소버AI 박광준 대표 아시죠?"

두목이 고개를 갸웃거렸다.

"알면?"

"작업하시죠."

"너랑?"

손봉식이 빠르게 손을 저었다.

"아뇨. 아뇨! 제가 아니고요. 저한테 부탁한 분이 계셔서요."

"그게 누군데?"

"죄송해요. 그건 말씀을 드릴 수가 없고……."

두목이 담배를 입에 물며 손봉식의 말을 끊었다.

"새끼야, 하우스에서는 신용이 생명이야. 그런데 단골을 작업해?! 누구 부탁을 받고 왔는지는 모르겠지만, 험한 꼴

보기 싫으면……."

"3억."

손봉식의 말에 두목의 행동이 멎었다.

눈동자만 움직여 손봉식을 바라봤다.

"뭐? 너 지금 뭐라고 그랬어?"

"수수료로 3억을 준다고 했어요."

거만했던 두목의 눈동자가 급격하게 흔들렸다.

"3억?! 수수료로 3억을 준다고?!"

"네."

"정말?"

"제가 어떻게 사장님 앞에서 구라를 까겠어요?"

두목은 말없이 담배만 피워 댔다.

담뱃재가 길게 늘어질 때까지 손봉식을 바라보는 게 두목이 하는 행동의 전부였다.

두목은 손봉식을 알고 있었다.

이 동네에서 조잡한 마약이나 팔아먹던 양아치.

그런 놈이 3억을 선뜻 던질 수 있는 큰손을 알 리가 없다.

하지만 그런 양아치의 말이라 오히려 신뢰가 갔다.

목숨 걸고 거짓말을 떠벌릴 깡다구가 없기 때문이다.

그리고 이미 두목의 머릿속에는 3억이란 단어가 박혀 있었다. 그 욕심을 쉽게 버리기는 어려웠다.

"어떻게 알게 된 양반이야?"

"제가 나이트 행사 뛰는 가수들을 좀 알잖아요. 걔들 덕분에 알게 된 어르신인데요. 문제 될 것은 없는 분이세요."

"진짜 3억을 준대?"

"네."

두목이 담배를 비벼 끄며 입을 열었다.

"그럼, 얼굴 까고 얘기하자고 해. 3억이 오가는 판인데, 얼굴도 안 보고 일할 수는 없잖아?"

"그 어르신이 여기에 오실 생각이 있었다면 저 같은 놈을 보냈겠어요?"

"자기는 뒤에서 숨어 있겠다? 위험한 일은 우리한테 맡기고?"

"그냥 나서는 것을 싫어하는 분이세요."

두목은 마른침을 삼켰다.

3억은 욕심났다.

하지만 누군지도 모르는 사람과 함께할 수는 없다.

그것은 위험하다.

"됐다. 그냥 가라. 누군지도 모르는 사람과 일할 수는 없어."

"그럼 그 어르신이 말씀하신 정보만 알려 드릴게요. 박광준 대표는 곧 파산할 거래요."

두목의 얼굴이 순식간에 구겨졌다.

박광준은 도박 자금, 일명 꽁지돈을 빌렸다.

그게 1억 2천만 원이다.

"……파산을 한다고?"

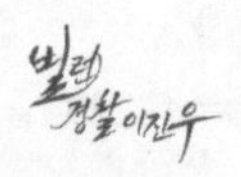

"횡령을 저질러서 감옥에도 갈 거래요."

감옥에 간다면, 그 돈을 회수 못 할 수도 있다.

손봉식이 목소리를 이었다.

"그리고 이렇게 전해 달라고 했어요. 단골 챙기다가 빈손 되지 말고 이득만 생각하자고요."

그 말과 동시에 손봉식이 테이블에 음료수 상자를 올려 뒀다.

"계약금 1억이라고 했습니다."

두목의 눈동자가 흔들렸다.

떨리는 손으로 음료수 상자를 열자 그 안을 꽉꽉 채운 현금이 눈에 들어왔다.

두목은 마른 입술을 핥았다.

눈동자를 굴리며 현금을 바라봤다.

그러다가 시선을 들어 손봉식을 향했다.

"우리가 뭘 하면 되지?"

두목은 그저 동네 깡패일 뿐이었다.

돈 앞에서 이성적일 수 있다면, 한낱 동네 깡패로 남지는 않았을 거다.

그날 밤, 소버AI의 대표이사실.

박광준은 도박장 직원의 전화를 받고 있었다.

－대표님, 꽤 괜찮은 판이 열리는데, 자리 한번 만들어 볼까요?

“괜찮은 판?”

－주말에 점잖은 분들이 모여서 크게 노시거든요. 그런데 사람이 모자라서요. 사장님만큼 매너 좋은 사람을 찾기도 어렵고 해서 연락드려 봤어요.

“얼마나 큰데?”

－글쎄요. 개인당 10억은 들고 올 것 같은데, 대표님 실력이면 3억만 있어도 충분히 즐길 것 같아요.

10억이라는 말에 박광준의 눈이 부릅떠졌다.

“10억?! 진짜?!”

－네.

“야, 나 작업하려고 타짜 부른 거 아니야?!”

－아이고, 우린 그런 거 안 키워요. 동네 장사잖아요.

“새, 생각해 보고 전화 줄게.”

－길게는 못 기다려요. 사장님이 안 되면 다른 선수를 구해야 하잖아요.

“알았어. 기다려.”

박광준이 휴대폰을 내려 뒀다.

그의 입에서 긴 한숨이 흘렀다.

“10억?”

도박중독자에게 도박이란 마약보다 더한 쾌락이다.

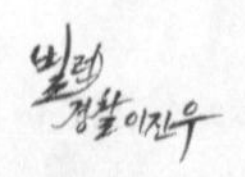

그런 인간에게 10억이 걸린 게임은 꿈과 같다.

잠깐 사이에 수억 원이 오가는 천국과 지옥의 입구.

쾌락을 맛보고 싶었던 박광준은 이번 기회를 놓치면 평생 구경조차 못 할 거라고 생각했다.

당연히 포기하기는 어려웠다.

하지만 문제가 있었다.

"돈을 마련할 데가……."

개인 통장은 물론이고 회삿돈도 바닥을 드러내고 있었다.

가뜩이나 빚만 있는 박광준에게 그 돈을 마련하기란 어려웠다.

하지만 그런 판을 포기하는 것 역시 쉽지 않았다.

그때 휴대폰이 '지이이잉' 진동했다.

발신번호는 진우였다.

'설마?!'

박광준이 기대로 가득한 눈빛을 보이며 다급히 휴대폰을 귀에 댔다.

"아이고~ 젊은 사장님?!"

-내일 회사 구경 좀 해도 될까요?

회사에 찾아오겠다는 것은 투자 직전에 마지막 점검을 하겠다는 뜻이다.

박광준의 목소리가 떨려 왔다.

"배, 백서연 대표님이 결정하신 겁니까?!"

-그러니까 제가 회사에 가겠죠?

"오세요! 언제든 오세요!"

-내일 3시쯤 찾아뵙겠습니다.

다음 날이었다.

박광준은 직원들에게 소리를 내지르고 있었다.

"창문에 얼룩 없게 하고! 바닥은 빤스가 비칠 정도로 빡빡 닦아!"

성희롱적인 말이 이어졌다.

하지만 직원들은 묵묵히 청소를 이어 갔다.

박광준의 저런 개소리가 특별하지 않기 때문이다.

박광준은 언제나 저랬다.

"잘되면, 소고기 회식에 보너스 꽂아 줄 거니까, 파이팅 하자!"

박광준이 손뼉을 짝 치며, 계속해서 외쳤다.

"자, 깨끗이! 더 깨끗이!"

잘되면, 단번에 50억이란 돈과 백서연이란 뒷배가 생긴다.

박광준이 재차 힘차게 외쳤다.

"깨끗이!"

한편, 소버AI의 입구 앞으로 진우가 섰다.
진우는 천천히 내부를 살폈다.
"진짜 안될 놈이네……."
사무실은 비싼 화초와 미술품으로 가득했다.
꼭 일 못하는 놈들이 외관에만 신경 쓰는 법이다.
진우는 한심한 듯 고개를 저었다.
이럴 돈이 있다면, 직원들의 밀린 월급부터 챙겨 줘야 한다.
그게 경영자다.
하지만 박광준은 직원의 월급을 가볍게 생각한다.
밀리는 게 하루 이틀이 아니다.
어떤 직원은 몇 달째 돈을 받지 못하고 있었다.
"일찍 오셨네요?"
복도 저편에서 박광준이 다가오고 있었다.
진우가 표정을 바꿨다.
미소를 지으며 박광준에게로 향했다.
"인테리어가 예술적이네요. 이거 신인 작가 그림 맞죠?"
"역시, 알아보시네요. 인테리어에 신경 좀 썼습니다. 하하하."
그렇게 진우는 박광준의 안내를 받아 대표이사실로 향했다.
대표이사실도 값비싼 그림과 난으로 채워져 있었다.
생각할수록 한심한 놈이었다.
"그럼, 얘기를 나눠 볼까요?"
박광준이 진우의 앞으로 서류 뭉치를 밀었다.

재무제표와 회사의 소개가 적힌 서류였다.

그런데 진우가 그 서류 뭉치를 손에 들더니 쓰레기통에 쑤셔 박았다.

지금 행동은 예의에 어긋난 것이었고, 박광준의 눈빛이 찌푸려지는 것은 당연했다.

"뭐 하는 거죠?!"

"번거롭네요. 사장님만 믿고 시원하게 가겠습니다."

박광준은 자신도 모르게 황당한 표정을 지었다.

"자, 잠깐만요. 저만 믿고 시원하게 간다고요?"

"말씀드린 것처럼, 투자 금액은 1차로 50억입니다."

"저, 정말요?"

"속고만 사셨나요?"

"아무리 그래도 50억인데, 이런 식으로 계약하는 것은……."

진우가 고개를 저었다.

"대표님, 5천억도 아니고 50억이에요. 이런 푼돈에 시간 끌지 말죠."

진우가 가방에서 투자 계약서를 꺼내며 말을 이었다.

"읽어 보세요."

박광준은 진우가 건넨 계약서를 빠르게 훑었다.

그러다가 고개를 들어 진우를 바라봤다.

"그런데, 백서연 대표님의 성함이 없네요?"

"재벌의 특성이죠. 성과가 없는 상황에서 이름부터 올리는 것은 부담스럽잖아요. 이름은 3차 투자쯤에 올라갈 겁니다."

"……3차요?"

"그때는 이삼백억쯤 되겠죠."

300억이란 말에 박광준이 웃음을 참으며 다시 서류를 읽기 시작했다.

그 모습을 보며 진우가 미소를 그렸다.

이제 박광준을 함정에 빠뜨릴 시간이다.

지옥으로 초대해 줘야 한다.

진우가 다리를 외로 꼬았다.

"보면 아시겠지만, 대부분 형식적인 조항이에요. 그런데 마지막 특약 사항은 조금 달라요."

박광준의 눈동자가 특약 사항으로 향했다.

-박광준이 도주하거나 사망 또는 신상에 문제가 생겨 경영을 할 수 없는 경우, 이진우가 지분 행사를 대리할 수 있다.

"기분이 나쁘셨으면 죄송해요. 그런데 제가 대표님을 뵌 게 몇 번 안 되잖아요. 리스크를 줄이기 위한 최소한의 조항이라고 생각해 주세요."

박광준이 고개를 끄덕이며 다시 서류를 살폈다.

그 조항 외에는 문제 될 게 없다.

"뭐, 저희한테도 무리가 없겠네요."

박광준은 결정했다.

곧바로 계약이 시작됐고 진우가 소버AI의 통장에 50억을 꽂으며 마무리됐다.

진우가 박광준에게 악수를 청했다.

“앞으로 좋은 성과 부탁드리겠습니다.”

이제 할 일은 끝났다.

진우가 자리를 떠났고 사무실에는 박광준이 홀로 앉아 있었다.

박광준이 넥타이를 풀어헤쳤다.

소파에 등을 파묻으며 슬쩍 웃었다.

“진백이라…….”

백서연에게 투자를 받다니. 거물이 된 느낌이었다.

가만히 있으려고 해도 입에서 저절로 웃음이 터졌다.

하지만 그 웃음은 오래가지 못했다.

지이이잉.

도박장에서 전화가 오며 휴대폰이 진동한 거다.

-대표님, 어떻게 하실 거예요?

“생각해 본다고 했잖아.”

-하고 싶어 하는 분이 계셔서요. 대표님이 안 하신다고 하면, 그분에게 빨리 연락해야 하거든요.

박광준은 대답하지 못했다.

하고는 싶다.

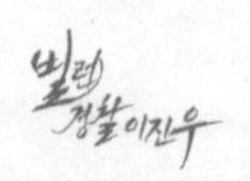

하지만 돈이 없다.

그런데, 그때였다.

박광준의 시선이 테이블로 향했다.

앞에 놓인 투자 계약서.

통장에 들어온 50억.

저 돈이 있으면, 주말에 열리는 수십억 판에 앉을 수 있다.

'잠깐만 빌려?'

주말에 잠깐 사용하고 월요일에 다시 넣어 두면 아무도 모를 거다.

어쩌면 영원히 경험할 수 없을지도 모르는 수십억의 테이블.

단 3억만 있으면 참여할 수 있다.

"진짜 초짜들 맞지?"

-손이 매운 분은 없는 것 같아요. 왜요? 오실 거예요?

"갈 테니까, 자리 하나 비워 둬."

-네, 알겠어요. 주말에 뵐게요.

통화가 종료됐다.

박광준이 낮은 한숨을 내뱉었다.

"도박도 투자야."

많은 돈을 따서 채워 넣으면 서로에게 이득인 거다.

박광준은 그렇게 생각하며 차갑게 웃었다.

그리고 며칠 후였다.

도박장에는 큰판이 벌어졌다.

한 판에 몇백만 원이 오가는 것은 기본이다.

수천만 원은 물론이고 억대의 판이 만들어지는 순간도 있었다.

잘못된 베팅에 모든 돈을 잃을 수 있는 살얼음판.

그곳에 박광준도 있었다.

박광준이 패를 까며 입을 열었다.

"독사입니다. 나보다 높으면 드시고."

상대가 인상을 구겼다.

패를 집어 던지며 고개를 저었다.

"에헤이! 뭐 이리 잘 쳐요? 선수네, 선수야."

박광준의 상대는 모두 초보였다.

박광준은 지금껏 계속 돈을 따고 있었다.

'이걸로 5억!'

어느새 5억을 딴 거다.

3억만 가지고 왔는데, 손에 쥔 돈이 8억이 됐다.

"자, 패 돌립니다."

그렇게 새벽 2시.

박광준은 벌건 눈으로 화투장을 바라보고 있었다.

'됐어!'

박광준에게 또다시 기회가 왔다.

'2땡…….'

웬만하면 모두 이길 수 있다.

박광준이 눈동자만 움직여 상대를 살폈다.

돌아가는 상황을 보면, 모두 낮은 패를 들고 있는 게 분명하다.

'자…… 시작하자.'

박광준이 마른 입술을 핥았다.

그리고 안 좋은 패를 들고 있는 것처럼, 행동하기 시작했다. 초조해 보이는 표정을 연출한 거다.

"못 먹어도 갑니다."

박광준이 테이블 중앙으로 칩을 밀어 넣었다.

그런데, 아쉽게도 한 놈이 패를 덮었다.

"난 죽어요~."

하지만 다행스럽게도 따라오는 놈이 있었다.

"시간도 늦었는데, 끝까지 가야죠."

그렇게 테이블에 칩이 쌓였다.

1억, 2억, 3억…….

그리고 상대가 힐끗 박광준을 봤다.

"끝까지 갈 겁니까?"

박광준이 씩 웃었다.

"못 먹어도 간다고 말한 것 같은데요?"

"사장님 남은 돈이 9억?"

"뭐, 그 정도 되겠네요."

대답하는 순간이었다.

상대가 강한 목소리로 외쳤다.

"사장님한테 남은 돈 전부!"

"……네?!"

"올인하시죠? 쫄리면, 뒈지고요."

박광준이 입술을 씹으며 상대를 바라봤다.

상대는 긴장되는지 담배를 피우기 위해 라이터를 쥐고 있었다.

그런데, 그 순간이다.

잠깐이었지만, 박광준은 상대의 패를 봤다.

'7끗?'

낮은 패다.

상대는 허세를 부리고 있는 거다.

박광준이 가지고 있는 모든 칩을 중앙으로 밀었다.

"그래요! 집에서 잠 좀 잡시다!"

상대가 험악한 눈빛으로 박광준을 쏘아봤다.

"진짜 이럴 겁니까?"

"죽자면서요?"

"그럼 진짜 뒈지게 판돈 한번 키워 볼까요?"

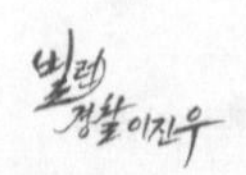

그 말에 박광준의 입꼬리가 비웃듯 올라갔다.

"키울 수 있으면, 키워 보세요."

상대는 피하지 않았다.

테이블에 현금을 뿌렸다.

"가진 거 다 걸겠습니다. 사장님도 거세요. 돈이 없으면 눈깔이라도 거시든지!"

박광준은 상대가 허세를 부린다고 확신했다.

상대의 패를 봤기 때문이다.

박광준의 시선이 도박장 직원에게로 향했다.

"야, 꽁지 좀 쓰자."

직원이 다급히 박광준에게 다가왔다.

"사장님, 그냥 매너 있게 하는 게임이라고 했잖아요. 꽁지까지 쓰실 필요는 없어요. 아시잖아요. 그 돈 잘못 쓰면……."

"가지고 와."

"사장님!"

"가지고 오라고 했잖아!"

직원이 한숨을 내뱉으며 돈을 가지고 왔다.

그 돈을 박광준에게 빌려줬다.

순식간에 테이블에 30억에 가까운 돈이 쌓였다.

박광준은 웃음을 참기 위해 애썼다.

이번 판으로 인생이 바뀔 수 있다고 생각한 거다.

그리고 힘차게 화투패를 내려 두며 외쳤다.

"2땡!"

박광준의 시선이 상대를 향했다.

상대의 박살 난 표정을 보고 싶었다.

'7끗인 새끼가 지랄은…….'

그런데, 어째서인지 상대는 웃고 있었다.

"어쩌나? 난 3땡인데."

"……?"

"3땡."

상대의 패가 뒤집히며 족보가 드러났다.

3땡이 맞다.

7끗이 아니다.

박광준이 다급히 상대의 패를 바라봤다.

몇 번을 확인해도 3땡이다.

박광준의 얼굴이 무서울 정도로 일그러졌고 눈에는 핏발이 섰다.

"이 새끼가 손장난을 쳐?!"

"졌으면, 지랄하지 말고 가세요."

"씨발, 7끗이었잖아! 7끗이 왜 3땡이 되는 데?!"

"무슨 개소리야?! 처음부터 3땡이었는데!"

박광준이 상대의 멱살을 콱 잡았다.

하지만 이미 상황은 끝났다.

깡패들이 들어와 박광준을 제압했다.

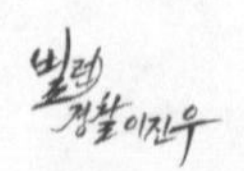

"놔! 놓으라고! 카메라 돌려 봐! 저 새끼가 사기 쳤다고!"

박광준은 발악했지만, 그의 인생은 이미 끝난 뒤였다.

"놔!"

박광준이 상대한 사람들은 호구가 아니었다.

모두가 전문 도박꾼이며 타짜였다.

박광준은 완벽히 낚인 거다.

그리고 그 모습을 지켜보던 도박장의 직원이 밖으로 빠져나가며 휴대폰을 귀에 댔다.

"작업 끝났다."

도박장 직원이 전화한 상대는 손봉식이었다.

연락을 받은 손봉식은 곧장 진우에게 전화를 걸었다.

-작업 끝났답니다.

진우의 입가에 서늘한 미소가 서렸다.

다음 날 오후, 소버AI.

박광준이 벌건 눈으로 검사와 통화하고 있었다.

"진 부장! 그게 무슨 개소리야?! 갑자기 나를 왜 수사해?! 내가 왜 소환장을 받아야 하는 건데?!"

도박이 문제가 아니었다.

-그러게 횡령은 왜 했고! 직원들 성추행과 성폭행은 왜

한 거야?!

터질 게 터진 거다.

"직원 성희롱? 성폭행?! 다 돈 줬다고! 걔들도 좋아했고 같이 즐긴 거야!"

박광준은 미칠 것 같았다.

마른하늘에 날벼락이라고 느끼고 있었다.

어떤 새끼가 고소했는지는 모르겠지만, 찾을 수만 있다면 진짜 죽여 버리고 싶었다.

물론, 박광준의 죄를 넘긴 것은 직원들이 아니라 진우였다. 진우가 강진식을 통해 검찰에 넘긴 거다.

하지만 그걸 모르는 박광준은 답답하기만 했다.

그리고 검사는 한숨만 내뱉었다.

휴대폰 너머에서 대답은 들려오지 않았다.

박광준은 포기하지 않고 입을 열었다.

"적당히 끝내. 그래, 집행유예로 가자. 이 정도면 됐지? 나도 많이 양보한 거야!"

그러나 이번에도 검사의 목소리는 들려오지 않았다.

"진 부장!"

–박 대표…… 미안한데, 내 힘으로는 안 돼.

박광준이 어이없다는 듯 고개를 저었다.

입에서는 실소가 터지고 있었다.

"새끼야, 지금까지 네가 받아 처먹은 술값이 얼만지 알

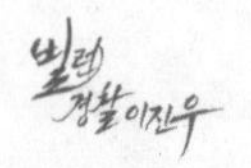

아?! 네 지갑에 꽂아 준 돈이 얼만지 아냐고!"

-내 힘으로 안 된다고 했잖아! 위에서 지시가 떨어졌어. 최소 7년, 너한테 때릴 구형이야!

"뭐? 7년?! 씨발, 위가 누군데? 고소한 애가 그렇게 힘이 세?! 검사장급이야? 내가 알아서 할 테니까, 검사장이랑 자리 한번 만들어 봐!"

-박 대표!

"검사장은 깨끗한가?! 돈 주면 살살거리겠지!"

-하…… 검사장이 아니라 총장이야.

순간 박광준의 행동이 그대로 멎었다.

현실을 파악하지 못해, 눈동자만 굴릴 뿐이었다.

"……총장? 총장이 왜 그런 일로?"

-됐고, 이제 연락하지 마.

"지, 진 부장?!"

-그리고 잘 들어. 나 끌고 뒈질 생각도 하지 마. 그랬다가는 내가 알고 있는 너의 모든 죄를 세상에 까발릴 거니까.

그 말을 끝으로 전화가 뚝 끊겼다.

하지만 박광준은 여전히 휴대폰을 귀에 대고 있었다.

그러다가 중얼거렸다.

"……검찰총장? 최소 7년?"

그것도 최소다.

그 이상이 될 수도 있다는 거다.

그때 문이 쾅, 열리며 비서가 들어왔다.

"대표님?!"

박광준이 구겨진 인상으로 비서에게 손을 저었다.

"바쁜 일 아니면, 나중에 얘기해."

지금도 박광준의 인생은 최악이었다.

인생은 바람 앞에 놓인 촛불과 같았다.

훅, 불면 꺼진다.

그래서 이보다 더한 일은 없을 거라고 생각했다.

하지만.

"그, 그게…… 이사들과 주요 주주들이 대표이사 해임을 고심한다는 첩보가 들어왔습니다!"

"뭐?!"

"임현정이라는 여성이 이사들과 접촉해서……."

진우가 박광준을 작업하는 동안 오명훈과 임현정은 소버 AI의 주요 인물을 만나 왔다.

그것이 이제야 박광준의 귀에 들어간 거다.

"임현정이 누구야?!"

쩌렁거리는 목소리에 비서가 움찔거렸다.

하지만 비서라고 해서 임현정을 알 수는 없었다.

"죄송합니다. 그것까지는 파악하지 못했습니다."

"넌 뭐 하는 새끼야?! 그런 거 파악하라고 월급 받는 거잖아! 당장 파악해! 당장!"

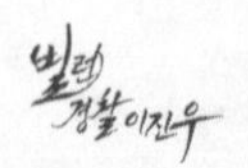

"네!"

비서가 빠르게 사무실을 빠져나갔다.

박광준은 거칠게 넥타이를 풀어헤쳤다.

하지만 아직 박광준의 지옥은 끝나지 않았다.

휴대폰이 울린 거다.

발신번호는 도박장이었다.

-아이고~ 대표님, 꽁지 쓰신 거 기억하시죠?

박광준은 도박장에서 돈을 빌렸다.

-지옥에 가더라도 그 돈은 갚고 가셔야 하는 거 아시죠?

박광준의 얼굴이 처참하게 변해 갔다.

-대표님이 도망쳐도 가족들은 피 말라 죽을 겁니다. 신용 좋으신 분이라 믿고 빌려드린 거니까, 시원하게 갚으세요.

완벽한 협박.

박광준은 무시할 수 없는 두려움을 느꼈다.

박광준이 떨리는 목소리로 대답했다.

"갚을 거야. 나 몰라?!"

-잘 알죠~. 회사도 알고 집도 알고 다 알아요.

그 말을 끝으로 전화가 끊겼다.

동시에 박광준이 주먹으로 테이블을 쾅, 내리찍었다.

그런데, 그 순간이었다.

박광준의 머릿속에 임현정의 이름이 스쳤다.

'임현정?'

임현정은 박광준의 인생에 갑자기 들어온 사람이다.
소버AI의 이사와 주주를 만날 정도로 돈이 있다.
박광준은 임현정이 총장을 움직였다고 생각했다.
그게 아니고서야 답이 나오지 않는다.
"씨발……."
박광준의 눈이 무서울 정도로 살기로 가득해졌다.

그날 밤, 남한산성의 한정식집이었다.
기와가 멋들어진 곳, 정원은 운치 있는 소나무와 항아리로 가득했다.
그곳에서 임현정과 오명훈이 소버AI의 이사들과 만나고 있었다.
그런데 이사 한 명이 못마땅한 표정으로 임현정을 바라봤다.
"임현정 씨, 예의가 아닌 것은 아는데요. 나이가 몇 살이죠? 이제 막 대학을 졸업한 것같이 보이는데, 대표로서 회사를 경영할 수 있겠어요?"
"제가 나이는 어리지만……."
임현정이 입을 열기 시작했다.
그것은 그동안 외웠던 것.
진우가 넘겨줬던 소버AI의 자료와 미래, 그 청사진이었다.

지금껏 이사들은 암울한 인생을 살고 있었다.

박광준이라는 못난 대표 때문에 힘들었던 거다.

하지만 임현정은 확실한 미래를 약속하고 있었다.

"자료를 보시면 알겠지만, 저는 단기간 성과가 아니라 모든 투자를 연구에 집중해서……."

이사들은 임현정의 이야기를 귀담아 듣고 있었다.

영혼 없는 표정과 건조한 눈빛이 어째서인지 더 신뢰가 느껴졌다.

그리고 그들에게 임현정의 나이는 중요하지 않았다.

소버AI에 애정을 가진 차기 대표였다.

그렇게 모든 설명이 끝났을 때다.

이사들이 기쁘게 웃었다.

"우리는 임현정 씨를 지지할 겁니다."

"감사합니다."

"하지만 문제가 있어요. 우리 지분을 다 합쳐도 박광준 대표가 반대하면 아슬아슬한 게임이 될 겁니다."

그 말에 오명훈이 나섰다.

"그건 걱정할 필요 없습니다. 대표 선임에 대한 안건만 상정해 주시면, 나머지는 저희가 알아서 하겠습니다."

이미 모든 계획이 세워진 상태였다.

박광준은 진우가 만든 덫에 빠져 허우적거리는 중이었다.

이사들의 지지만 얻으면, 임현정은 손쉽게 소버AI의 대표가 될 거다.

"그럼, 한잔하실까요?"

오명훈이 기분 좋게 술잔을 들며 술자리가 시작됐다.

임현정은 조용히 찻잔만 입에 댈 뿐이었다.

그런데 그 자리가 불편했나 보다.

오명훈에게 속삭였다.

"잠시만 바람 좀 쐬고 올게요."

"아, 그러세요."

잠시 후, 밖으로 온 임현정은 정원에 서서 검은 하늘을 올려다보고 있었다.

"언제까지……."

임현정이 중얼거렸다.

소버AI의 인수 같은 것은 임현정의 관심 밖이었다.

그저 강진식이 시켜서 이 자리에 있는 것뿐이다.

"다 귀찮아……."

그 순간, 누군가 임현정의 입을 확 틀어막았다.

그리고 살벌한 목소리를 낮게 내뱉었다.

"죽고 싶지 않으면 닥치고 따라와."

박광준이었다.

박광준은 임현정의 입을 틀어막고 어둠 속으로 사라졌다.

그리고 한정식집의 뒤쪽에 있는 작은 쪽문을 통과해 세워

둔 자신의 차량으로 향했다.

박광준이 임현정을 구겨 넣듯 차량의 조수석에 집어넣었다.

그리고 운전석에 올라 살기 가득한 눈빛으로 임현정을 노려봤다.

"너야? 총장까지 나선 것이 네가 한 짓이냐고!"

임현정은 박광준의 말뜻을 이해할 수가 없었다.

"무슨 말인지……."

"하! 끝까지 지랄이네."

박광준이 액셀을 꽉 밟았다.

차량이 굉음을 내며 쏘아져 나갔다.

"넌 사람 잘못 건드렸어. 내 인생은 어차피 끝났거든? 7년이든 10년이든 그게 무슨 상관이야?!"

박광준은 임현정과 스치듯 만난 적이 있다.

하지만 그 얼굴까지는 기억 못 하고 있었다.

어디서 본 것 같다는 생각은 했지만, 지금 상황에 그런 것을 신경 쓸 여유는 없었다.

박광준의 눈은 이미 회까닥 돌아 있었다.

"오늘 널 죽이고 무기징역 받을 거야!"

임현정이 박광준의 개소리를 들으며 창밖으로 시선을 틀었다.

자동차는 어둠 속을 달리고 있었다.

언제 사고가 나도 이상하지 않을 속도였다.

'이렇게 죽나?'

지금도 임현정의 눈빛은 영혼 없이 건조했다.

'죽으면 편할까?'

그렇게 생각할 때였다.

끼이이익! 차가 급하게 멈춰 섰다.

가로등조차 없는 산속이었다.

박광준이 조수석의 문을 벌컥 열더니, 임현정의 머리카락을 콱 잡았다.

그리고 임현정을 질질 끌어냈다.

임현정이 바닥에 주저앉았다.

박광준이 담배를 입에 물고 임현정을 내려다봤다.

"살고 싶어? 살고 싶으면 총장한테 전해. 날 건들지 말라고!"

"……."

"내가 무슨 잘못을 했는데?! 횡령?! 돈이야 다시 채워 넣으면 되는 거잖아?!"

박광준은 끝까지 말을 잇지 못했다.

임현정의 건조한 눈빛을 본 거다.

박광준의 입가에 서늘한 미소가 걸렸다.

"미치겠네. 끝까지 날 무시하네. 그래, 총장을 움직이는 분이니까 나 정도는 아무것도 아니란 거지?!"

박광준은 임현정의 담담한 눈빛이 마음에 안 들었다.

이런 상황에도 동요하지 않는 것을 보며 더욱 분노했다.

박광준이 담배를 툭 던진 후, 임현정의 멱살을 콱 잡았다.

그리고 죽일 것 같은 눈빛으로 임현정을 쏘아보며 입을 열었다.

"넌 사람 잘못 봤어. 남의 인생을 박살 낼 거라면, 네 인생이 박살 날 수도 있다는 것도 예상했어야지."

그 살벌한 말에 처음으로 임현정의 몸이 가늘게 떨렸다.

언제 죽어도 상관없다고 생각했었다.

하지만 이렇게 죽고 싶지는 않았다.

그때였다.

묵직한 목소리가 들려왔다.

"거기까지."

임현정과 박광준의 시선이 목소리가 들린 곳을 향해 틀어졌다.

그곳에 진우가 보였다.

박광준이 고개를 갸웃거렸다.

"……젊은 사장님?"

진우가 두 사람을 향해 다가서며 입을 열었다.

"박광준 씨, 그쪽 인생이 박살 났다고 다른 사람 인생을 건들면 엿 되는 거야."

"……네?"

진우가 박광준을 향해 신분증을 보였다.

"경찰."

박광준은 여전히 멍한 눈빛이었다.

진우가 왜 이곳에 있는지, 왜 갑자기 경찰인지 이해할 수 없었기 때문이다.

박광준이 고개를 갸웃거릴 때, 진우가 그 앞에 섰다.

그리고 박광준을 향해 상체를 기울이며 낮은 목소리로 입을 열었다.

"모르겠어? 그쪽의 인생은 끝난 거야."

박광준은 그제야 깨달았다.

이 모든 사건의 뒤에 진우가 있다는 것.

생각해 보면, 진우가 나타난 뒤부터 박광준의 인생이 꼬이기 시작했었다.

처음부터 속았던 거다.

박광준의 시선이 다급히 임현정을 향해 틀어졌다.

어디선가 본 것 같다는 생각에 자꾸 묘한 기분이 들었는데, 진우를 데리러 왔던 그 여자였다.

박광준이 진우의 멱살을 콱 잡았다.

"머리에 피도 안 마른 새끼가 감히 날 가지고 놀아?!"

박광준이 진우를 향해 주먹을 휘둘렀다.

'콰직!' 하고 둔탁한 소리가 세상을 울렸다.

그런데 휘청거린 것은 진우가 아니었다.

당연하게도 박광준이었다.

박광준이 얼굴을 움켜잡고 비틀비틀 뒤로 물러섰다.

그러면서도 험악하게 외쳤다.

"이, 이 새끼가……!"

하지만 그 기세는 오래갈 수 없었다.

진우가 박광준의 명치에 발을 꽂은 거다.

콱!

박광준은 비명도 지르지 못한 채 자신도 모르게 주저앉았다. 숨을 쉬지 못하는 고통을 느끼며 꺽꺽거렸다.

진우가 그 앞으로 다가서며 입을 열었다.

"얌전히 체포당해라."

"……체포?"

중얼거리던 박광준은 검사의 목소리를 떠올렸다.

"최소 7년."

박광준이 입술을 씹었다.

이대로 잡히면 끝이다.

어떤 변명도 하지 못한 채, 7년 이상을 교도소에서 썩어야 한다.

그건 싫었다.

"씨발!"

박광준이 빠르게 임현정을 향해 뛰어가 팔을 뻗었다.

헤드록을 걸 듯 임현정의 목을 휘감더니, 품에서 만년필을 꺼내 임현정의 목에 댔다. 날카로운 펜촉이 금방이라도 임현정의 목을 찌를 것 같았다.

박광준이 미쳐 버린 눈동자로 진우를 쏘아보며 입을 열었다.

"잘 들어! 내 요구 조건은 하나야! 총장에게 연락해. 그리고 수사를 멈추라고 해. 그럼 이 여자를 살려 줄게!"

당연히 진우는 대답하지 않았다.

박광준이 다시 외쳤다.

"야, 이 새끼야! 총장한테 연락하라고!"

진우가 한숨을 내뱉었다.

"경찰이 총장 연락처를 어떻게 알아?"

진우는 경찰, 그것도 순경이다.

경찰청장 전화번호도 모르는데, 검찰총장의 전화번호를 알 리가 없다.

그리고 진우는 임현정을 향해 건조한 목소리를 내뱉었다.

"살고 싶으면 깨물어요."

그 말을 임현정이 알아들었다.

박광준의 손목 살점이 떨어져 나갈 정도로 콱, 깨문 거다.

"끼아아악!"

박광준은 비명을 지르며 만년필을 놓쳤다.

동시에 진우가 움직였다.

빠르게 다가서서 박광준의 턱을 발로 가격했다.

콰지지직!

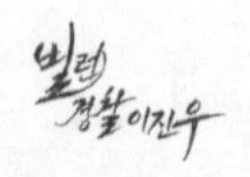

잔인한 소리가 세상을 울렸다.

박광준의 몸이 튕겨 나가듯 내동댕이쳐졌다.

박광준은 턱을 부여잡고 데굴데굴 굴렀다.

하지만 진우의 폭력은 끝나지 않았다.

박광준의 머리카락을 거칠게 움켜쥐고 바닥으로 세차게 처박은 거다.

쾅! 쾅! 쾅!

피가 튀고 살점이 떨어져 나갔다.

이마가 찢어지고 입술이 뭉개졌다.

박광준이 살기 위해 발버둥 쳤지만 진우는 멈추지 않았다.

박광준은 눈이 돌아가 있었다.

진심으로 임현정을 죽이려 했으니 말 그대로 미친놈이었다. 이런 놈을 멀쩡한 상태로 놔두면, 또 어떤 짓을 저지를지 모른다.

콰아아앙!

박광준의 몸이 축 늘어지기까지는 얼마 걸리지 않았다.

그렇게 박광준이 완벽히 기절했을 때, 진우가 천천히 몸을 일으켰다.

그리고 임현정에게로 시선을 틀었다.

"괜찮아요?"

임현정의 대답은 들려오지 않았다.

진우가 머리를 쓸어 넘겼다.

"많이 놀랐죠? 그런데, 적대적 M&A라는 것은 기업을 빼앗고 타인의 인생을 망가뜨리는 일이에요. 그래서 이런 일은……."

그런데, 진우의 말은 이어지지 못했다.

귓가에 들리는 임현정의 목소리가 평소와는 너무나도 달랐기 때문이다.

"무, 무서웠어요. 정말…… 무서웠어요."

진우는 이제야 임현정의 표정을 봤다.

감정이 없을 거라고 생각했는데, 아니었다.

어깨는 가늘게 떨리고 있었고 눈동자는 심각할 정도로 흔들리고 있었다.

인형이 아니라 감정을 토해 내고 있었다.

진우는 더 이상 어떤 말도 하지 않았다.

그저 임현정의 어깨를 가볍게 토닥일 뿐이었다.

"괜찮습니다. 다 끝났어요."

그 말에 임현정의 긴장이 풀렸나 보다.

그 큰 눈에서 눈물 한 방울이 흘러내렸다.

10분 정도 지났을 무렵이었다.

임현정의 운전기사와 오명훈이 도착했다.

그리고 임현정이 떠난 뒤, 오명훈이 담배에 불을 붙이며 진우를 바라봤다.

"그래도 네가 빨리 찾아서 다행이야. 임현정 없어진 거 알고 심장 깨지는 줄 알았어."

오명훈은 임현정이 사라진 것을 알아차리자마자 다급히 진우에게 연락했었다.

마침 진우가 근처에서 대기하고 있었기에 늦지 않게 임현정을 구할 수 있었던 거다.

"그래도 별일 없어서 다행이네요."

오명훈의 시선이 피떡이 된 박광준에게로 틀어졌다.

박광준은 정신을 차린 상태였다.

하지만 그게 전부다.

숨을 헐떡이며 온몸에서 고통을 느끼는 중이었다.

"그래서, 얘는 어떻게 할 거야?"

"체포해야죠. 어쨌든, 차 좀 빌릴게요."

"응? 차? 난 뭐 타고 가라고?"

오명훈이 주변을 두리번거렸다.

이곳은 산속이다.

버스는 당연하고 택시도 없을 거다.

아무리 생각해도 집으로 갈 방법이 보이지 않는다.

그사이 진우는 박광준을 차량의 조수석에 욱여넣고 있었다.

"자, 잠깐만! 나도 같이 가!"

오명훈이 필사적으로 뒷자리에 올라탔다.

"같이 가자고요? 지금 파출소에 가야 하는데요."

"나도 거기까지 같이 갔다가 내 차 끌고 집으로 가면 되잖아!"

"뭐, 그것도 괜찮겠네요."

진우가 고개를 끄덕이며 액셀을 밟았다.

박광준이 부어터진 입술로 낄낄 웃으며 진우를 바라봤다.

"야, 이 폭력 경찰 새끼야. 지금 내 상태를 봐. 저항 못하는 상대를 겁나게 팼다고 바로 민원 넣을 거야."

"……!"

"그리고 너, 나랑 같이 도박장에도 드나들었잖아. 검찰 조사받을 때 그거 말하면 어떻게 될 거 같냐? 너도 나랑 같이 뒈지는 거야."

그런데 진우가 피식 웃었다.

"돈으로 안 되는 게 있나?"

"……뭐?"

갑자기 돈이라니, 뜬금없는 말에 박광준이 눈을 깜빡였다.

진우가 가방에서 서류를 꺼내 박광준에게 툭 던졌다.

"읽어 봐."

"뭐야?!"

"우리가 작성한 계약서. 특약 사항, 기억하지?"

박광준의 눈에 힘이 들어갔다.

계약서에 적힌 특약 사항을 기억하고 있던 거다.

박광준의 신상에 이상이 생겼을 경우, 그 지분에 대한 권리는 모두 진우가 갖게 된다는 것.

박광준이 벌건 눈으로 진우를 쏘아보며 외쳤다.

"처음부터 이걸 노렸던 거야?!"

"어."

"이 개새끼야!"

"인간의 욕심은 끝이 없더라고. 권리를 갖게 되니까, 소유도 하고 싶은 거야. 그러니 제안 하나를 하지. 네가 가진 지분, 나한테 완전히 넘겨."

박광준의 인상이 확 굳어졌다.

"이 미친 새끼가! 내가 팔 거 같아?! 절대 안 팔아! 너 이 새끼 멱살 잡고 교도소에 가는 게 내 인생의 목표야!"

하지만 박광준의 말은 이어질 수 없었다.

진우가 브레이크를 콱, 밟은 거다.

차량이 끼이이익 멈춰 섰고 박광준이 움찔하는 순간이었다.

진우의 시선이 박광준에게로 틀어졌다.

"검찰총장이 움직였어. 그 말이 무슨 뜻인지 몰라? 네가 어떤 말을 하든 안 통한다는 거야. 그러니까, 닥치고 내 말에나 따라. 그게 네가 살 길이야."

진우의 말이 맞다.

검찰총장까지 움직인 상황에서 박광준의 말은 씨알도 먹히지 않을 거다.

그리고 진우는 박광준의 눈동자가 흔들리는 것을 봤다.

지금이 쐐기를 박을 타이밍이다.

진우가 박광준의 입에 담배를 물리며 말을 이었다.

"내 제안을 받아들이면, 네 죄는 임현정을 납치한 것과 횡령 그리고 배임, 마지막으로 직원들에게 저지른 성폭행과 성추행으로 끝날 거야."

"……!"

"그럼 도박한 죄와 그 빚은 갚아 주지. 어때? 이게 네 지분값인데."

박광준의 눈동자가 벌겋게 물들었다.

"내, 내 지분이 얼마인지 알아? 그걸 팔면……!"

"착각하는 것 같은데, 네가 구속되면 소버AI의 주가가 폭락할 거야. 네 통장은 동결될 거고."

"뭐?"

"쉽게 말해서 네 지분값은 똥값이야."

권리는 진우에게 있고 통장은 동결된다.

그리고 검찰총장이란 권력까지 박광준을 노리고 있다.

박광준이 할 수 있는 것은 없다.

진우가 박광준을 향해 상체를 기울였다.

"도박빚이라도 쳐줄 때, 순순히 팔아."

"……!"

"알잖아? 도박장의 깡패는 마른오징어에서도 즙을 짜내는 인간들이야."

도박장의 깡패들은 돈을 받기 위해 수단과 방법을 가리지 않을 거다.

가족이 힘들어질 게 분명하다.

어쩌면 가족 중 누구 하나는 돈을 갚기 위해 섬 같은 곳으로 팔려 갈 수도 있다.

진우가 박광준의 어깨를 꽉 쥐었다.

"지금은 가족만 생각해."

진우의 목소리는 다정했다.

하지만 박광준에게는 악마의 목소리처럼 들렸다.

박광준이 살벌한 눈동자로 진우를 노려봤다.

"이 개새끼야, 지옥에나 가라."

"어쩌지? 이미 이 세상은 지옥인데."

진우가 씩 웃으며 서류를 건넸고 박광준은 사인해야 했다.

그리고 그 모든 것을 지켜보던 오명훈은 마른 입술을 핥았다.

'……이런 놈이 순경이라고?'

박광준이 아무리 못난 놈이라 해도 시가총액 900억대의 회사 대표다.

그런데 일개 순경이 그런 회사의 대표를 쥐락펴락하고 있었다.

아니, 마치 농락하는 것처럼 가지고 노는 중이다.

말도 안 된다.

그런데 그 일이 눈앞에서 벌어지고 있었다.

오명훈이 진우를 의심스러운 눈으로 바라봤다.

'이런 놈이 경찰을 왜 하고 있는 거야?!'

그 시각, 곡언 파출소에서는 진우의 팀이 아닌 다른 팀이 근무를 서고 있었다.

그때 그곳의 문이 열리며 진우가 파출소로 들어왔다.

"응? 이 시간에 어쩐 일이야? 설마, 센스 있게 간식이라도 사 온 거……."

그런데 진우를 반기던 경찰의 목소리가 작아졌다.

표정도 점차 굳어졌다.

"뭐, 뭐야?! 또 뭔 짓을 한 거야?!"

진우가 데리고 온 박광준을 보고 놀란 거다.

박광준의 상태는 엉망이었고 누가 봐도 진우가 폭행한 것처럼 보였다.

진우는 그런 의혹을 풀기 위해 한참을 설명해야 했다.

"그러니까, 이 사람이 여자를 납치했다고요!"

경찰들의 시선이 박광준에게로 틀어졌다.

박광준은 고개를 숙인 채, 모든 것을 인정하고 있었다.

"그럼 경찰서로 넘겨주세요. 저는 그만 가 보겠습니다~."

박광준은 경찰서로 넘겨질 것이며 곧바로 구속될 운명이

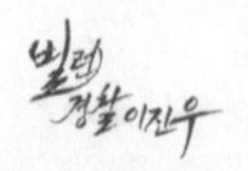

었다.

진우는 그런 박광준을 놔둔 채, 파출소 밖으로 나왔다.

"끝났어?"

오명훈이 진우의 옆에 섰다.

"어? 기다렸어요? 먼저 가시지 그랬어요?"

"여기까지 왔는데, 집에는 태워다 줘야지."

"그럼, 감사히……."

그때였다. 사무적인 목소리가 들려왔다.

"이진우 씨?"

시선을 돌려 보니 어느새 검은 양복을 입은 사내가 진우의 옆에 서 있었다.

"어르신께서 모시라고 했습니다."

강진식이 진우를 호출했다.

임현정의 신변에 문제가 생긴 책임을 물으려 하는 게 분명하다.

강진식은 임현정에 관한 일이라면 이성을 잃는다.

말 그대로 '미친놈'이 된다.

언젠가 이렇게 말한 적도 있었다.

"현정이에게 작은 상처라도 내는 놈이 있다면, 난 그놈의 내장을 모조리 뽑아 버릴 거야."

농담처럼 말했지만 농담이 아니었다.
오히려 소름 끼칠 정도로 진심이었다.
오명훈이 다급히 진우의 팔을 잡았다.
"가, 같이 가."
"괜찮아요. 다녀올게요."
"위험해!"
"걱정하지 마세요. 괜찮을 거예요."
"같이 가자니까!"
"안 된다는 거 잘 아시잖아요."
진우는 아무렇지도 않은 척 미소를 그렸다.

잠시 후, 강진식의 자택이었다.
강진식과 마주한 진우가 살짝 고개를 숙였다.
"죄송합니다."
일단은 사과가 먼저다.
그리고 지금의 사과는 진심이었다.
임현정에게 돌이킬 수 없는 사고가 일어날 수도 있었던 시간.
진우가 더 확실히 변수를 예상했다면 막을 수도 있었을 거다.
그러니 그에 대한 사과는 확실히 해야 했다.
"정말 죄송합니다."

그런데, 예상하지 못한 일이 일어났다.

강진식이 진우를 와락 끌어안은 거다.

"고맙다! 정말 고마워! 현정이에게 들었어. 네가 현정이를 살렸다면서?! 네가 아니었다면 정말 큰일 날 뻔했어!"

"……!"

"네가 현정이를 구한 거야!"

강진식은 진심으로 감사하고 있었다.

진우의 손을 꽉 잡으며 다정한 눈빛마저 보냈다.

"원하는 게 있다면 뭐든 말해! 내가 할 수 있는 일이라면, 뭐든 도와주지."

진우가 슬쩍 웃었다.

이런 제안이 왔을 때, 망설이는 것은 바보다.

"정보를 알려 주셨으면 합니다."

"……정보? 어떤?"

"어르신께서 알고 있는 진백그룹의 정보를 주셨으면 합니다."

강진식이 멈칫거렸다.

'진백그룹의 정보?'

순간, 백서연이 말했던 것을 떠올린 거다.

진우가 백동하의 아들일 수도 있다는 것.

강진식이 눈을 가늘게 뜨고 관찰하듯 진우를 바라보며 물었다.

"……진백그룹의 정보? 이유는?"

진우는 원래 검찰총장이나 경찰청장 같은 고위직을 소개받고 싶었다.

하지만 그들을 만나 봤자 일회성 인연이 될 게 분명하다.

나이도 어리고 가진 것도 없는 진우와 지속적인 인연을 이어 갈 이유가 없기 때문이다.

그래서 생각을 바꿨던 거다.

"진백그룹의 경영 방향은 우리나라 경제정책을 관통한다고 들었어요. 그래서 그 회사를 알고 있다면, 미래 역시 대비할 수 있다고 생각했거든요."

이유는 합당했다.

하지만 강진식의 의심은 깊어졌다.

강진식은 느릿하게 고개를 끄덕였다.

"그러지."

"감사합니다."

"그런데 내가 알고 있는 진백의 정보는 한정적이야. 진백은 숨기는 게 많은 곳이거든."

진백의 출발점은 적대적 M&A, 상대 기업을 집어삼키며 성장한 그룹이었다.

주위에는 언제나 적이 많았고 때문에 보안만큼은 그 어떤 그룹보다 철저했다.

그래서 강진식이라 해도 그 모든 것을 알 수는 없었다.

그리고 그 사실은 진우도 잘 알고 있었다.

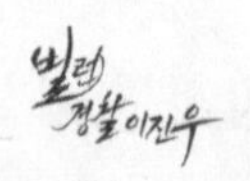

그럼에도 불구하고 진우는 강진식이 가진 진백의 정보가 필요했다.

그도 그럴 것이, 진우는 지금의 진백이 어떻게 돌아가는지 전혀 알지 못하기 때문이다.

그렇기에 강진식이 알고 있는 정보라도 필요했다.

그런데, 그때였다.

"그런데, 자네 아버지는 뭐 하는 분인가?"

"……네?"

"자네 같은 아들을 키워 내신 걸 보니 꽤 훌륭하신 분 같아서."

진우가 고개를 갸웃거렸다.

지난번 백서연도 그러더니, 요즘은 왜 이렇게 아버지에 대해 궁금해하는지 이해할 수가 없었다.

"저도 잘 모르는데요."

진우는 솔직하게 대답했다.

그 대답을 들은 강진식의 미소는 더 짙어졌다.

며칠 후, 저녁.

진우는 한강이 보이는 레스토랑, 그 VIP룸에서 백서연과 마주 앉아 있었다.

진우가 서류 봉투를 백서연의 앞으로 밀어 두며 입을 열었다.
"소버AI입니다. 인수하시죠."
"……갑자기 소버AI를 인수?!"
백서연이 황당한 표정을 지었다.
진우는 느닷없이 전화해서 만나자고 전했다.
그런데, 뜬금없이 소버AI라는 회사를 인수하라고 한다.
"언론에서 대표님을 보며 떠드는 경영 능력 어쩌고 하는 것, 제가 해결해 주겠다고 했잖아요."
"그게 소버AI를 인수하는 거라고요?!"
진우가 피식 웃었다.
"소버AI는 시가총액 900억입니다. 하지만 300억에 드리죠. 싸게 사서 사람들한테 자랑하세요. 분명 칭찬받으실 겁니다. 경영 능력을 거론하던 놈들도 입 닥치게 되겠죠."
"……!"
"물론 조건이 있습니다. 소버AI의 대표에 임현정 씨를 세워 주십시오."
"……임현정?"
그때였다.
레스토랑의 문이 느릿하게 열렸다.
나타난 사람은 강진식이었다.
강진식을 본 백서연은 그대로 굳었다.
"어, 어르신……."

강진식이 당황한 백서연을 보며 빙긋이 미소를 그렸다.

"내가 못 올 곳에 왔나?"

그 말과 동시에 백서연이 자리에서 일어나 고개를 숙였다.

"아뇨. 어르신이라면, 언제든 환영입니다."

강진식이 끌끌 웃으며 의자에 앉았다.

그리고 테이블에 놓인 서류를 바라봤다.

"얘기는 들었겠지?"

강진식은 시간을 낭비하고 싶지 않았다.

곧바로 본론을 꺼냈고 백서연은 대답해야 했다.

"아직 자세한 얘기는 못 들었습니다. 그저 임현정 양을 대표로 세워 달라고……."

강진식이 손을 저었다.

"됐어. 그 정도면 다 들은 거야. 이제 자네의 대답만 남았어."

소버AI를 인수할 것인지 묻고 있는 거다.

백서연은 서류를 손에 들었다.

혼란스러웠다.

복잡한 퍼즐이 숙제로 던져진 느낌이었다.

하지만 지금은 생각할 때가 아니다.

백서연의 시선이 강진식에게로 향했다.

"미래가치는 물론이고 가격도 괜찮은데, 인수하지 않을 이유가 있을까요?"

백서연은 생각했다.

이것은 기회다.

강진식과 깊은 인연을 만들 수 있다면, 회장이 되는 길에 큰 도움이 될 게 분명하다.

강진식이 껄껄 웃었다.

"그래, 좋은 결정 했어."

그 말을 끝으로 강진식의 시선이 진우에게로 틀어졌다.

그리고 진우를 다정하게 불렀다.

"진우야."

그 목소리에 백서연이 눈을 깜빡였다.

'뭐? 진우야?'

강진식은 백발의 악마라고 불렸던 사람이다.

임현정을 제외한다면 그 누구에게도 다정한 모습을 보인 적이 없다.

하지만 진우에게는 달랐다.

정말 따듯한 눈빛으로 진우를 바라보고 있었던 거다.

진우 역시 마찬가지였다.

친근한 눈으로 강진식을 보고 있었다.

"말씀하세요."

"소버AI를 300억에 판다고?"

"네."

"그래, 고생했어. 고생한 대가로 100억을 주지."

"……네?"

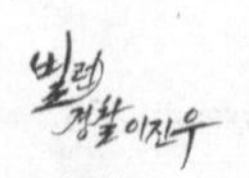

이건 진우도 놀랐다.

강진식이 아무리 현금 부자라 해도 100억을 줄 만큼 너그러운 인간은 아니다.

아니, 애초에 강진식은 타인을 위해 돈을 쓰지 않는다.

"세금 걱정은 하지 마. 내가 알아서 할 게야. 네놈에게 '투자'하는 거야."

주면 받아야 한다.

진우가 슬쩍 웃으며 강진식에게 고개를 숙였다.

"잘 쓰겠습니다."

이제 M&A는 진우의 손을 떠났다.

나머지는 강진식과 백서연 그리고 임현정이 할 일이었다.

잠시 후, 강진식은 자신의 비서와 함께 집으로 향하고 있었다.

강진식이 조수석에 앉은 비서를 바라봤다.

"표정이 왜 그래? 내가 이진우한테 투자한 이유가 궁금한 모양이야?"

비서가 멋쩍은 표정을 지었다.

"죄송합니다. 한낱 순경에게 그런 거금을 건네셨다는 게 이해가 잘 안 돼서요. 혹시 임현정 양 때문입니까?"

“감사한 마음은 진백의 정보를 주는 것으로 해결됐는데, 내가 왜 쓸데없이 돈을 쓰겠나?”

“그럼……?”

“이진우가 소버AI를 얼마에 가져왔는지 아나?”

비서는 잘 모른다.

이번 일은 강진식이 독단적으로 행동했기 때문이다.

강진식이 슬며시 웃었다.

“난 그놈에게 인수 자금으로 100억을 줬어. 그런데 그놈은 40억을 남겨 왔어.”

“……네?!”

“이진우 그놈은 900억짜리 회사를 60억에 집어삼킨 거야.”

비서는 눈만 껌뻑거릴 뿐이었다.

이해가 안 됐기 때문이다.

900억짜리 회사를 60억에 집어삼키다니, 상식적으로 말이 안 된다.

하지만 강진식은 농담을 지껄일 사람이 아니다.

강진식이 크게 웃었다.

“나도 그 말을 들었을 때, 자네와 같았어. 눈으로 보고 귀로 들었지만, 믿을 수 없었지. 내가 그런 놈에게 투자를 안 하면, 누구에게 투자를 하겠나?!”

물론 그것만으로 진우에게 돈을 주려는 것은 아니었다.

‘이진우 그놈 덕에 죽기 전에 재밌는 꼴을 보겠어.’

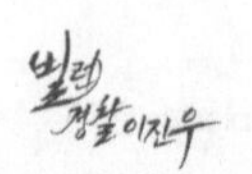

강진식은 진백에서 벌어지는 형제들의 막장 싸움을 기대하고 있었다.

진우가 정말 백동하의 아들이라면 그 싸움은 더 개판으로 치달을 거다.

그 즐거움을 보기 위해 진우에게 100억이라는 무기를 던져 준 거다.

'저승에서 울고 있을 백동하의 얼굴이 궁금하구먼.'

강진식의 웃음소리가 차량을 꽉 채웠다.

"소버AI의 주식을 사라고?"

진우는 순찰차를 타고 김재혁 경사와 경찰서로 가는 중이었다.

진우가 고개를 끄덕이며 확신에 찬 목소리로 대답했다.

"네. 무조건 사세요."

"미쳤네."

"지극히 제정신인데요."

"아니야. 너 제정신 아니야. 너 지금 미쳤어."

"지금 사면 적어도 2배 이상 먹을 수 있다니까요. 적금 깨서 집어넣으세요."

"야, 그렇잖아도 네가 하도 그래서 좀 알아봤어. 그런데 그건 사는 게 아니야."

소버AI의 주가는 바닥을 치고 있었다.

박광준의 구속에 이어 경력도 없는 임현정이 대표로 올라섰는데, 그걸 믿고 투자할 사람은 그 어디에도 없었다.

말 그대로 악재의 연속이었다.

"진우야…… 너 혼자 망해. 다른 사람까지 같이 엿 되게 하지 말고."

"네?"

"어디서 물귀신 작전이야?!"

이 인간이 좋은 정보를 줬는데, 물귀신 취급을 하고 있다.

"됐습니다~. 절대 사지 마시고 나중에 안 샀다고 후회하지 마세요~."

"응, 안 사~."

유치한 대화를 이어 가며 두 사람은 경찰서로 들어갔다.

그리고 경찰서의 흡연장.

그곳에서 형사2과 1팀장과 만났다.

형사2과 1팀장의 이름은 장홍성이다.

지난번, 보육원 사건에서 태클을 걸었던 그 팀장이었다.

즉, 진우 그리고 김재혁 경사와는 감정이 좋지 않다.

장홍성이 다리를 외로 꼬며 담배를 입에 물었다.

그리고 담배 연기를 길게 내뱉으며 진우를 바라봤다.

"그 난리가 났는데, 여기서 도박장을 운영하는 조직이 있다고?”

“네. 이번에는 한국 조직이에요.”

“확실해?”

“확실하게 증거 사진도 있잖아요.”

장홍성의 손에는 사진이 들려 있었다.

진우가 가져온 도박장 사진이었다.

지난번 박광준을 통해 그 도박장에 갔을 때, 몰래 찍어 왔던 거다.

이 조직은 진우를 도와 박광준을 무너뜨리는 데 일조했었다.

하지만 이제 그 쓰임새가 끝났다.

슬슬 치워야 할 때다.

장홍성이 사진을 툭툭 흔들더니 고개를 끄덕였다.

“알았다. 수사해 볼게.”

상당히 귀찮아 보였다.

의지도 존재하지 않는 것 같았다.

그리고 진우와 김재혁 경사를 향해 손을 휘휘 저으며 말했다.

“뭐 해? 가 봐. 이제 너희가 할 일은 없잖아?”

진우와 김재혁 경사는 경찰서를 떠나야 했다.

다시 파출소로 향하며 진우가 김재혁 경사에게 물었다.

“……잘하겠죠?”

“야…… 저 인간이 아무리 개같아도 경찰이고 강력팀이야.”

서안 경찰서 형사과는 1과, 2과로 나뉘어 있는데, 그중 2

과는 강력팀만으로 구성되어 있다.

깡패와 강력범죄를 해결하는 게 그들의 업무다.

"깡패 잡는 게 저 인간의 일이니까, 믿고 기다려라."

그런데, 다음 날 저녁이었다.

김재혁 경사에게 걸려 온 장홍성의 전화.

—야, 이진우란 새끼한테 전해. 도박장 애들 다 튀어서 아무것도 없었다고.

"네?! 그럴 리가 없는……."

하지만 김재혁 경사의 말은 이어질 수 없었다.

—됐고, 앞으로 제대로 된 정보 아니면 가져오지 말라고 전해. 씨발, 쓸데없이 힘만 뺐잖아?!

김재혁 경사는 대답하지 않았다.

그러자 장홍성이 버럭 화를 냈다.

—대답 안 해?!

"……알겠습니다."

통화가 종료됐다.

김재혁 경사의 앞으로 진우가 다가왔다.

"왜요?"

김재혁 경사가 한숨을 내뱉으며 방금 통화한 내용을 전했다.

진우가 의문 가득한 표정으로 김재혁 경사를 바라봤다.

"……다 튀었다고요?"

"그랬단다."

"이틀 전에도 있었는데요?"

이틀 전에도 진우는 그 도박장의 근처를 돌며 확인했다.

박광준의 사건이 수면 위로 오르며 위기감을 느낀 놈들이 도주했을 수도 있어서다.

하지만 놈들은 여전히 당당하게 도박장을 운영하고 있었다.

그래서 진우는 직접 박살 낼까 생각도 했지만, 이내 고개를 저었다.

놈들이 도박장을 운영하던 곳은 주택가였다.

주변은 미로처럼 복잡한 골목으로 이뤄져 있었고 숨을 수 있는 곳도 많았다.

즉, 놈들이 도망을 친다면 진우의 힘만으로 모두를 잡아낼 수가 없었다.

그래서 경찰서에 알린 것인데 하루 만에 튀었다니, 말도 안 된다.

그런데, 그때였다.

진우의 머릿속에 흑백의 영상이 펼쳐졌다.

과거를 보여 주는 것이었다.

Chapter 5

능력 속에서 보인 곳은 경찰서.

그런데 그곳에 진우와 김재혁 경사의 모습이 보였다.

그리고 들려온 장홍성의 목소리.

"수사해 볼게."

능력이 보여 주는 것은 바로 어제였다.

장홍성이 귀찮은 표정으로 손을 휘휘 저으며 말하고 있었다.

"뭐 해? 가 봐. 이제 너희가 할 일은 없잖아?"

진우와 김재혁 경사가 자리를 떠나자 장홍성이 담배를 비벼 끄며 휴대폰을 손에 들었다.

그리고 굵은 손가락으로 연락처를 찾아 통화 버튼을 꾹 눌렀다.

"박 사장, 나야. 내일 저녁에 그쪽으로 단속 나갈 거니까, 알아서 정리해 놔."

상대에서 뭐라 뭐라 하는지 장홍성은 잠시 입을 다물고 있었다.

그리고.

"이진우라고 곡언 파출소 순경 새끼가 하나 있는데, 그쪽 도박장에 가서 사진까지 찍어 왔어. 그러니까 도박장은 잠깐 접고, 재건축인가 뭔가 한다며? 그거나 잘해."

능력이 끝났다.

진우는 멍한 눈빛으로 김재혁 경사를 바라봤다.

장홍성이 전화한 것은 바로 그 조직이었다.

그러니까, 장홍성이 그쪽에 정보를 알려 준 거다.

진우의 눈빛을 알아차렸는지, 김재혁 경사가 의아한 눈으로 진우를 쳐다보았다.

"왜? 튀었다잖아."

"그렇죠. 튀었죠. 그런데요, 김재혁 경사님이라면 아무 이유도 없이 장사가 잘되던 도박장을 닫겠어요?"

김재혁 경사가 미간을 찌푸렸다.

"야…… 네가 어떤 생각을 하고 있는지는 아는데, 의심하지 마."

"의심이 드는데 어떻게 안 해요?"

"들어도 하지 마. 지금은 그냥 가만히 있어."

"왜요?"

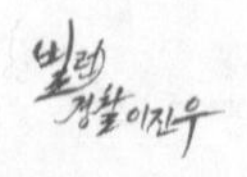

"장홍성이잖아, 장홍성!"

장홍성은 경찰서 동료들에게 신뢰받는 경찰이었다.

게다가 경찰의 윗선에 얼마나 손바닥을 비벼 대는지 예쁨도 받고 있었다.

그런 장홍성을 옭아맨다는 것은 경찰서 전체를 적으로 돌릴 수도 있다는 것과 같다.

"네가 서안시에서 계속 경찰 생활하고 싶으면 확실한 증거…… 아니, 그 인간이 쓰레기라는 증거 없이는 건들지 마."

"알았어요. 그런 증거 찾아올게요."

"뭐?"

"찾아올 수 있을 것 같아요."

진우는 능력 속에서 들었던 '재건축'이란 단어에 집중하고 있었다.

재건축에 깡패가 투입됐다면, 그곳은 이미 비리의 온상지일 것이 확실하다.

그 안에서 장홍성을 부숴 버릴 뭔가를 찾을 수 있을 거다.

그리고 재건축이다.

먼지가 많은 곳일수록 이득도 커진다.

진우는 이번 재건축 사건을 잘만 이용한다면, 정치권과 확실히 엮일 수 있을 것이라고 생각했다.

하지만 그런 것을 모르는 김재혁 경사는 그저 황당한 눈으로 진우를 바라볼 뿐이었다.

"가끔…… 네 근거 없는 자신감이 무섭다, 무서워."

"됐고요~. 순찰이나 나가시죠."

그리고 그날의 야간 근무는 정말 피곤했다.

어깨가 부딪쳤다고 싸우는 취객부터 하이힐 들고 싸우는 여성과 외국인들의 패싸움까지.

취객들의 싸움, 싸움, 싸움…….

말리는 중에 얻어맞기까지 했다.

오늘은 특히 힘들었다.

근무시간이 끝났을 때, 김재혁 경사가 이렇게 중얼거릴 정도였다.

"와…… 간만에 빡셌네. 숨 돌릴 시간이 없어."

진우는 파김치가 된 몸을 질질 끌고 퇴근을 했다.

그런데, 평소처럼 버스를 타지 않았다.

오명훈과 통화하며 전철역으로 향하는 중이었다.

지금은 해야 할 일이 있었다.

"거래하는 흥신소 있잖아요?"

-내가 거래하는 흥신소? 갑자기 거긴 왜?

"흥신소 사장을 만나 볼 수 있을까요?"

-직접 만난다고?

"네."

-네가 왜 직접 만나?

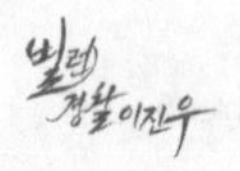

"믿을 만한 곳인지 확인할 필요가 있어서요."
오명훈이 끌끌 웃었다.
-걔들을 어떻게 믿어? 걔들은 믿는 게 아니야.
"확인만 해 볼게요."
-알았다. 메시지로 연락처하고 주소 찍어 보낼게.
통화가 종료됐고 곧 오명훈에게서 메시지가 도착했다.

잠시 후, 서울의 외곽이었다.
차이나타운이라 착각할 만큼 중국 간판으로 그득한 곳.
진우는 그곳의 어느 중국집 앞에 섰다.
간판은 낡았고 인테리어는 을씨년스러웠다.
안으로 들어가자 단 한 명의 손님만이 앉아 있었다.
고량주에 자장면을 먹고 있는 남자.
진우가 그 남자의 앞으로 다가가 마주 앉았다.
남자가 고량주 잔을 손에 들며 입을 열었다.
"이진우?"
"네."
남자는 흥신소의 사장이었다.
이름은 황강식.
"밥은 먹었고?"

진우가 고개를 끄덕였다.

그러자 황강식이 히죽 웃었다.

"다행이네, 고객님 사 줄 돈은 없거든."

황강식의 전직은 경찰이었다.

폭력적인 수사로 쫓겨났다고 한다.

진우는 황강식을 살폈다.

수염이 덥수룩했고 덩치는 김재혁 경사와 비슷했다.

이런 사람이 폭력적인 수사를 했다면, 상대는 반송장이 됐을 거다.

황강식이 소주잔에 고량주를 채우며 말을 이었다.

"그래서, 경찰 아저씨가 날 찾아온 이유가 뭐야? 은퇴한 선배를 찾아온 것은 아닐 테고, 뭘 알고 싶어? 여자 친구가 바람피우나 확인해 줘?"

"아뇨."

황강식이 고량주를 입에 털어 넣은 후, 진우를 바라봤다.

"그럼?"

"뭐, 일단 궁금해서 왔어요. 흥신소를 운영하는 사장님이 어떤 분인지."

"그래서, 내가 어떤 사람인지 알 것 같아?"

"일을 맡길 수는 있겠네요."

황강식이 픽 웃었다.

"일? 돈만 주면 뭐든 하니까, 그건 걱정할 필요 없어. 어쨌든, 할 말은 끝?"

진우가 다리를 외로 꼬며 입을 열었다.

"서안시에 재건축이 진행되는 아파트가 몇 개 있는데, 그중 한 곳이 조직폭력배와 연관되어 있다는 첩보가 들어왔어요."

"그래서?"

"그 아파트가 어딘지 알아봐 주세요. 깡패 두목과 조합장에 대한 정보도 필요하고요."

황강식이 눈을 가늘게 떴다.

"깡패라……. 조사하려는 이유가 뭐야?"

"아실 필요가 있을까요?"

"시키는 것만 해라? 뭔지도 모르고 개처럼, 짐승처럼? 고객님아, 이혼하는 부부들도 사정은 얘기하고 일을 맡기는 법이다."

"저는 이혼하는 부부가 아닌데요."

"너 정말 싸가지가 없구나?"

"칭찬이라면 감사히 듣겠습니다."

무서운 깡패들도 황강식의 눈을 보면 고개를 숙인다.

그런데 진우는 눈을 똑바로 마주하면서도 따박따박 대꾸하고 있었다.

황강식이 낄낄 웃었다.

"순경이라고?"

"네."

"미친놈이 찾아올 거라고 했는데, 진짜 미친놈이었어."

"……미친놈이요?"

"너, 냉면 그릇에 소주 부어서 마신다며?"

"됐고요. 가격이나 말씀해 주시죠."

"2주는 걸려. 가격은 2천. 우리가 비싼 만큼 확실하니까, 돈 아까우면 그냥 가고."

"돈은 됐고요. 2주나 걸려요?"

"깡패라며? 쉬운 일은 아니야."

"3일 안에 끝내 주세요."

"아이고~ 고객님아, 우리가 바빠요. 그것만 파고 있을 수가 없어요."

"3천 드리죠."

"응? 3천?"

황강식이 능글맞게 웃으며 턱수염을 매만졌다.

"3천이면 욕심이 나는데……. 그래도 일주일. 더는 안 돼. 1억을 줘도 3일은 안 돼."

"좋습니다, 일주일."

정확히 일주일 뒤였다.

퇴근하던 진우는 황강식의 전화를 받았다.

–고객님이 부탁한 거, 메일로 보냈다.

진우는 곧바로 휴대폰을 통해 메일을 확인했다.

깡패들과 연관된 재건축 아파트는 진우의 집에서 멀지 않

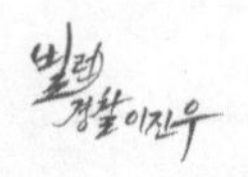

은 곳이었다.

문제는 그곳의 건설사로 녹영 건설이 선택됐다는 것.

녹영 건설은 돈만 된다면 수단과 방법을 가리지 않는 더러운 놈들이다.

그놈들은 당연하게도 이 동네 깡패와 손잡았다.

놈의 이름은 박종원, 나이는 58세.

재밌는 점은 그 깡패 새끼가 건실한 사업가인 척 행세하며 조합장으로 선출됐다는 거다.

'녹영 건설과 깡패 두목이라…….'

예상보다 더 독한 구린내가 난다.

이제 그 구린내를 찾아 움직이면 된다.

그리고 그 구린내가 있는 곳은 이미 황강식이 조사해 뒀다.

'조합 사무실이라…….'

멍청한 놈들은 자신들의 비리를 조합 사무실에 보관해 두고 있었다.

생각하던 진우가 휴대폰을 꺼내 양아치 손봉식의 전화번호를 찾았다.

"봉식아~ 부탁 하나만 하자."

그날 밤, 한 상가 건물의 앞.

그곳에 재건축 조합 사무실이 있었다.

그 건물의 건너편에 진우와 양아치 손봉식이 서 있었다.

손봉식이 걱정스러운 표정으로 진우를 향했다.

"형님…… 이건 진짜 아니라고 생각해서 말씀드리는데요. 다시 생각해 보시면 안 될까요?"

"어. 안 돼."

"형님 목숨이 100개는 되나요?"

"쓸데없는 말 하지 말고, 알아보라고 했던 것이나 말해 봐."

"형님, 경찰이잖아요. 그런데 지금 좀도둑질을 하겠다고요?!"

진우가 인상을 찌푸리며 손봉식을 바라봤다.

손봉식이 어쩔 수 없다는 표정으로 입을 열었다.

"네, 말씀드릴게요. 낡은 건물이라 CCTV는 엘리베이터에 하나 있고요. 계단을 이용해서 사무실까지 진입하는 것은 어렵지 않아요."

손봉식은 진우의 부탁을 받고 놈들의 조합 사무실로 진입할 수 있는 루트를 알아봤다.

"그런데 저기도 깡패 새끼들이 사무실로 이용하거든요. 밤에는 깡패가 득실거려요."

그렇게 손봉식의 설명이 이어질 때였다.

진우가 손가락으로 상가 3층을 가리켰다.

"불 꺼졌다."

사무실의 불이 꺼졌다.

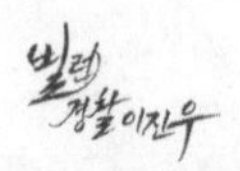

이제 퇴근하는 것 같다.

이윽고 상가 밖으로 거대한 덩치들이 나오는 게 보였다.

손봉식이 마지막으로 진우를 말렸다.

“형님, 재들 진짜 무서운 애들이에요. 그리고 재들도 머리가 있는데, 퇴근하면서 문을 잠그는 게 당연하잖아요. 그걸 어떻게 열고 들어가려고 하세요?”

“안 열 거야.”

“정말요? 그럼, 포기하시는 거예요?”

“아니. 창문이 열려 있잖아.”

“네?!”

“저기 상가 공용 화장실 창문하고 사무실의 창문, 가깝지 않아? 손만 뻗으면 닿을 것 같은데.”

손봉식이 눈을 깜빡였다.

“설마, 벽을 타겠다고요? 창문을 타고 간다는 거예요?!”

“어.”

3층이다.

떨어지면 죽을 수도 있다.

“……목숨이 천 개는 돼요?”

“망이나 잘 봐라.”

“형님?!”

진우는 담담하게 모자를 눌러쓴 뒤, 건물을 향해 걸음을 옮겼다.

뒤에서 손봉식의 목소리가 들려왔다.

"형님, 다치지 않게 조심하세요!"

진우는 피식 웃으며 계단을 통해 단번에 3층에 올랐다.

이어서 화장실로 들어가 널찍한 창문을 열어젖힌 뒤, 난간에 섰다.

비록 3층이지만, 바닥이 아찔하게 느껴졌다.

하지만 진우는 움직였다.

사무실의 창문을 향해 손을 뻗은 거다.

그렇게 손이 닿았고 창틀을 움켜쥐었다.

그 모습을 1층에서 손봉식이 초조하게 바라보고 있었다.

'진짜 미친놈이야. 제대로 미쳤어.'

하지만 손봉식의 걱정과 달리 진우는 익숙하게 행동하고 있었다.

적대적 M&A 전문 팀의 팀장으로 있을 때, 상대 회사의 자료를 훔쳐보기 위해 이런 짓을 서슴없이 했던 기억이 있다.

나이가 들어서는 꿈도 못 꿨는데, 확실히 젊음이 좋다.

'됐어.'

진우는 완벽히 사무실의 창가에 올라설 수 있었다.

이어서 짧은 숨을 내뱉은 뒤, 사무실에 진입했다.

그렇게 놈들의 비리가 담긴 장부를 찾으려 했는데…….

"너 뭐야?!"

모두가 퇴근했다고 생각했다.

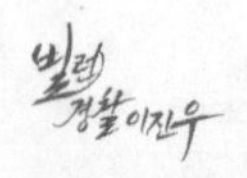

그런데, 아니었다.

숙식을 하는 놈인지 뭔지는 몰라도 인상이 험악한 깡패가 간이침대에 앉아 담배를 피우고 있었다.

그놈이 인상을 구기며 몸을 일으켰다.

온몸에는 문신이 가득했고 움직일 때마다 뱃살이 출렁였다.

"도둑이냐? 이거 운이라고는 더럽게 없는 새끼네. 여기가 어딘 줄 알고……."

놈이 야구방망이를 손에 쥐며 진우를 향해 다가섰다.

부아아악!

공기를 찢는 소리가 허공을 울렸다.

하지만 진우는 몸을 숙이며 야구방망이를 피했다.

그리고 엄청난 속도로 놈의 품을 향해 달렸다.

쉬익! 콰직! 퍽! 퍽! 퍽!

연이은 주먹질이 놈의 얼굴에 꽂혔다.

정신을 차리지 못한 놈이 비틀대며 물러섰다.

동시에 진우의 발이 놈의 안면에 적중했다.

콰지지지직!

놈은 그대로 땅바닥에 처박혔다.

"끄으으윽."

진우가 고통스러워하는 놈을 내려다보며 입을 열었다.

"오늘은 재수 없는 날이라고 생각해라."

진우가 놈을 향해 주먹을 휘둘렀다.

쩌어억!

깡패는 완벽히 정신을 잃었다.

진우는 천천히 사무실에 있는 장부를 꺼내 테이블에 펼쳤다.

황강식이 조사한 것처럼 모든 장부가 이곳에 있었다.

진우는 그 모든 것을 휴대폰에 담았다.

그리고 책상 서랍에 있던 만 원짜리 열댓 장을 주머니에 넣었다. 도둑이 든 것처럼 만들기 위해서다.

그리고 그것은 통했다.

"도둑이 들어?!"

다음 날, 조합장 박종원은 인상을 구기고 있었다.

사무실은 난장판이었다.

태풍이 지나간 것처럼 난리가 나 있었다.

"죄송합니다."

어제 진우에게 맞은 깡패는 민망한 표정을 감추지 못했다.

다른 깡패들이 그 깡패를 한심하게 바라봤다.

"건달이란 새끼가 좀도둑한테 처맞고 있냐?"

"그, 그게…… 그놈이 기습을 해서……."

깡패는 말끝을 흐리며 고개를 숙였다.

일방적으로 두들겨 맞은 만큼 입이 100개여도 할 말이 없었다.

그때 한 놈이 박종원의 옆에 섰다.

"경찰에 신고할까요?"

박종원이 황당한 표정으로 그놈을 노려봤다.

"이 미친 새끼야, 경찰을 부르자고?"

이곳에는 숨겨야 할 게 많다.

경찰을 부를 수는 없다.

그리고 도둑이 훔쳐 간 것은 15만 원이 전부였다.

박종원이 짜증을 내뱉었다.

"됐어. 정리나 해."

"네!"

깡패들이 조합 사무실을 정리하기 시작했다.

박종원의 시선이 창밖을 향해 틀어졌다.

"감히 이곳을 털어? 어떤 미친 새끼야?"

그 시각, 진우는 김재혁 경사와 함께 골목을 달리고 있었다.

앞에는 도주하는 어떤 남자가 보였다.

"서!"

조금 전, 진우와 김재혁 경사는 순찰을 돌고 있었다.

아침이었기에 별일 없을 거라 생각하며 느긋하게 운전하고 있었는데, 무시무시한 속도로 달려온 자동차가 횡단보도를 건너던 여성을 들이받은 거다.

그리고 차에서 내린 남자가 느닷없이 도망치기 시작했다.

그게 지금 저 남자를 쫓는 이유였다.

"서라고, 새끼야!"

남자는 필사적이었다.

게다가 꽤 빠르다.

김재혁 경사가 진우에게 손짓했다.

"넌 저 반대편 골목으로 뛰어!"

진우가 고개를 끄덕인 뒤, 가리킨 곳을 향해 달렸다.

남자가 향하는 곳을 예측해서 도주로를 차단하려는 거다.

그리고 김재혁 경사의 판단은 옳았다.

진우가 코너를 도는 동시에 남자와 정면으로 마주친 것이었다.

남자가 신경질적으로 입술을 씹었다.

"씨발! 비켜!"

진우가 호흡을 가다듬으며 남자를 향해 입을 열었다.

"피곤하게 하지 말고 얌전히 가자."

하지만 남자는 진우의 말을 듣지 않았다.

진우를 향해 주먹을 휘두르며 돌진했다.

"비키라고!"

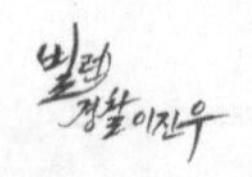

진우가 남자의 주먹을 가볍게 피하며 상대의 멱살을 콱, 잡았다.

그리고 업어 쳤다.

아스팔트에 처박힌 남자가 고통스러운 표정을 짓는 것과 동시에 진우는 수갑을 꺼내 손목을 제압했다.

"놔! 놔!"

남자의 입에서 역겨운 술 냄새가 강하게 풍겨졌다.

딱 봐도 방금까지 술을 마신 게 분명했다.

김재혁 경사가 다가오며 입을 열었다.

"주취자?"

"네."

"바로 경찰서로 넘기게 끌고 와."

남자는 끝까지 난동을 피웠지만, 결국 순찰차에 욱여넣어졌고 경찰서로 향해야만 했다.

진우와 김재혁 경사는 경찰서 교통과에 남자를 넘긴 후, 건물 밖으로 나왔다.

김재혁 경사가 진우를 바라봤다.

"아까 그 피해자는 크게 다치지 않았대."

남자가 뺑소니를 일으키는 것을 보자마자 두 사람은 119에 신고했다.

그래서 남자를 쫓는 것에 집중할 수 있었던 것이다.

"다행이네요."

"술만 적당히 마셨어도 이런 사건의 90%는 사라질 텐데."

그 말이 맞다.

지구대와 파출소는 경찰의 최일선이다.

그곳에 접수되는 신고의 대부분은 술을 마신 취객의 사고다.

밤만 되면 알코올의 무법 지대가 된다는 말은 거짓이 아니었다.

그렇게 진우와 김재혁 경사가 순찰차로 향할 때였다.

형사2과 1팀장 장홍성의 목소리가 들렸다.

"어이."

시선을 틀어 보니 흡연장에서 담배를 피우고 있는 장홍성이 보였다.

장홍성이 진우와 김재혁 경사에게 손짓했다.

"이리 와 봐."

진우와 김재혁 경사가 그 앞으로 다가섰다.

장홍성이 고압적인 눈빛으로 두 사람을 바라보며 물었다.

"또 어쩐 일이야?"

대답은 김재혁 경사가 했다.

"뺑소니 사고가 있어서요."

장홍성이 픽 웃었다.

"음주?"

"네."

"그래, 너희는 그런 거나 잡아. 괜히 깡패 뭐 이런 거에 신

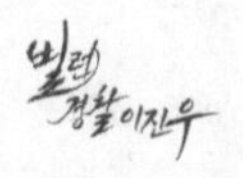

경 쓰지 말고."

장홍성의 시선이 진우에게로 틀어졌다.

"야, 이진우."

"네."

"네가 개같은 보고를 해서 우리 애들이 개처럼 힘들었던 거 알지?"

며칠 전, 진우가 도박장을 보고했을 때를 말하는 거다.

이 미친놈이 자기가 내통해서 빠져나가게 만들어 놓고 진우를 탓하고 있었다.

"앞으로는 제발 제 주제를 알고 살자. 너희는 너희의 할 일만 잘하면 되는 거야. 술 취한 새끼들한테 욕 처먹는 게 너희 일이야! 그러니까……."

그때 김재혁 경사가 장홍성의 말을 끊었다.

"가 보겠습니다."

"이 새끼가 선배가 말하는데……."

"바빠서요."

김재혁 경사의 시선이 진우에게로 향했다.

"가자."

진우가 김재혁 경사와 함께 몸을 틀었다.

뒤에서 장홍성의 목소리가 들려왔다.

"야, 김재혁! 건방 떨지 마. 너 같은 새끼는 언제든 조져 버릴 수 있으니까. 기억해라. 넌 파출소 경찰이고 난 경찰서 팀장이다."

김재혁 경사는 대답하지 않았다.

그저 묵묵히 순찰차로 향할 뿐이었다.

그렇게 두 사람은 순찰차에 올랐다.

진우가 시동을 걸며 김재혁 경사에게 물었다.

"저 인간은 왜 우리를 싫어해요?"

"우리가 아니라 나를 싫어하는 거야. 저 인간한테, 네가 배신자고 어쩌고는 상관없어. 그냥 내 파트너니까 너도 싫은 거야."

"네?"

"내가 강력팀에 있을 때 저 인간한테 엿을 많이 먹였거든."

"경사님이 엿을 먹였다고요?"

"실력도 없는 놈이 지랄하니까 꼴 보기 싫었던 거지."

김재혁 경사가 강력팀에 있을 적의 얘기는 다른 경찰들을 통해 귀에 피가 나도록 들었었다.

혼자서 마약 조직을 박살 냈다는 둥 격투기 선수 출신 연쇄살인범과 정면으로 붙어서도 압도적으로 이겼다는 둥…… 실제로 보지 않았다면 끝끝내 믿지 못했을 이야기.

하지만 진우는 얼마 전 외국인 깡패들과 싸울 때 김재혁 경사의 짐승 같은 모습을 봤다.

그런 에이스였다면, 장홍성에게 엿 먹이는 것은 얼마든지 가능했을 거다.

여기까지 생각하니까 또 이상한 점이 있었다.

그때는 가능했을 텐데, 지금은 왜 당하고 있을까.

"그런데 왜 파출소로 왔어요? 일부러 지원했다면서요?"

진우는 또 하나 들은 게 있었다.

김재혁 경사가 강력팀에 있을 때 친한 동생이 죽었다는 것.

하지만 그것만 들었다.

누구도 그에 대한 이야기를 자세히 꺼내지 않았기 때문이다.

그래서 물었다.

김재혁 경사의 과거가 궁금했던 것이다.

하지만 김재혁 경사는 정확한 대답을 해 주지 않았다.

"원래 파출소 경찰이 제일 뽀대나는 법이라 지원했다."

"뽀대난다고요?"

"됐고, 순찰하러 가자~."

진우가 액셀을 밟으며 핸들을 틀었다.

그리고 흡연장을 지나며 슬쩍 장홍성의 얼굴을 봤다.

"김재혁 경사님."

"왜?"

"저 인간, 곧 옷 벗기겠습니다."

"저 인간은 건들지 말라고 말했다."

"저도 말했는데요. 확실한 증거, 찾을 수 있을 것 같다고요."

"위험한 짓은 절대 하지 마. 우리가 경찰인 이유는 경찰이 아닌 범죄자를 잡고, 언젠가 연금을 받기 위함이야."

"네~."

진우가 경찰서를 빠져나가며 백미러를 통해 다시 장홍성의 얼굴을 봤다.

능글맞게 웃고 있는 놈.

저 미소는 곧 사라질 거다.

그날 밤.

퇴근한 진우는 한 건물 앞에 서 있었다.

앞에는 '장지훈 의원의 지역구 사무실'이라고 적힌 간판이 보였다.

진우는 휴대폰을 귀에 댔다.

통화 상대는 장지훈 의원의 보좌관 박우현이었다.

휴대폰 너머에서 박우현 보좌관의 떨리는 목소리가 들려왔다.

—이, 이진우 순경?!

장지훈 의원의 지역구 사무실.

박우현은 진우와 통화를 하고 있었다.

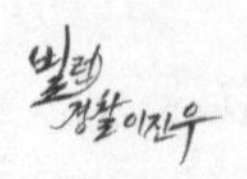

진우의 느긋한 음성이 들려왔다.

-보좌관님 덕에 요새는 뺑소니 테러도 없고 즐겁게 지내고 있습니다~.

그 말과 동시에 박우현의 얼굴이 일그러졌다.

하고 싶은 말이 목구멍까지 치솟았다.

'내가 널 테러하지 말자고 의원님을 얼마나 설득했는지 알아?!'

뺑소니 사건 당시 박우현은 진우에게 약점을 잡혔었다.

그 때문에 처음으로 장지훈 의원의 지시를 거절했다.

서안시에 강력범죄가 연이어 터지는 중이라 시기가 좋지 않다, 그런 핏덩이는 상관하지 말자 등등.

그렇게 겨우 설득해서 이제야 잠잠해진 참인데, 전화가 오다니.

"그런데, 어쩐 일이야? 이 밤에……."

-의원님, 지금 사무실에 계시죠?

"그, 그렇지……."

-찾아뵙겠습니다.

"지금?"

-네. 바로 앞이니까, 금방 도착할 겁니다.

전화가 뚝 끊겼다.

박우현의 얼굴이 덜컥거렸다.

진우가 갑자기 왜 온다고 하는지 이해할 수가 없어서다.

하지만 일단 장지훈 의원에게 보고는 해야 한다.

박우현이 서둘러 장지훈 의원의 방으로 들어갔다.

장지훈 의원이 박우현을 보며 고개를 갸웃거렸다.

“표정이 왜 그래? 무슨 일 있어?”

“그, 그게…….”

“빨리 말해. 바쁘니까.”

“이, 이진우 순경이 온다고 합니다.”

장지훈 의원이 멈칫거렸다.

“그 새끼가 왜?!”

그때 진우의 목소리가 들렸다.

“의원님, 오랜만에 뵙습니다.”

박우현 보좌관의 뒤로 진우가 나타난 거다.

진우의 얼굴을 본 장지훈 의원의 눈빛이 살벌하게 변했다.

하지만 진우는 태연히 그 앞으로 다가가며 입을 열었다.

“그렇게 경계하지 마세요. 의원님을 돕고 싶어서 온 거니까요.”

“……뭐?!”

“돈 드는 것도 아닌데, 얘기나 들어 보시죠.”

장지훈 의원이 눈을 가늘게 뜨고 진우를 바라봤다.

“어떤 수작을 부리려고…….”

진우가 그 말을 툭 끊으며 소파에 앉았다.

“재건축 비리가 있습니다.”

뜬금없는 말에 장지훈 의원의 눈에 의문이 스몄다.

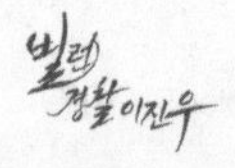

진우가 테이블에 서류를 내려 두며 말을 이었다.

"의원님의 성함은 없으니까 안심하고 보셔도 됩니다."

어제 진우는 조합 사무실에 들어가 놈들의 장부를 사진 찍었다.

그리고 그것을 출력해서 가지고 온 거다.

장지훈 의원이 미심쩍은 표정으로 서류를 바라봤다.

그런데, 서류를 보는 순간 장지훈 의원이 멈칫거렸다.

진우가 슬쩍 웃으며 입을 열었다.

"재건축 비리. 조합원의 재산을 훔치는 도둑입니다."

장지훈 의원은 국회에서 어떤 존재감도 없다.

그저 선거에서 빤짝했던 정치인, 그게 전부였다.

어쩌면 공천을 못 받을 수도 있다고 생각했다.

하지만 재건축 비리를 폭로하면, 상황은 달라질 거다.

진정 지역구를 생각하는 정치인.

그런 이미지가 만들어질 수도 있는 거다.

장지훈 의원의 시선이 진우를 향했다.

"이게, 사실인가?"

"제가 의원님 앞에서 거짓말을 하겠어요?"

"원하는 게 뭐지?"

"없습니다."

"없다?"

"굳이 있다면, 저한테 박힌 미운털이나 뽑아 주세요."

"미운털?"

"저도 눈이 있고 귀가 있어요. 서안시의 윗분들이 저를 싫어한다는 말을 간간이 들었습니다."

그런 거라면 어렵지 않다.

시장이나 서장을 만났을 때, 진우에 대한 칭찬을 몇 마디 하면 된다.

아니, 그런 짓을 하지 않아도 상관없다.

자기가 그런 말을 했는지 안 했는지 진우가 알 방법은 없기 때문이다.

장지훈 의원이 고개를 끄덕였다.

"마지막으로 하나 말하지. 난 폭로를 할 거야. 하지만, 녹영 건설까지 걸고넘어지진 않을 거야."

예상한 대로였다.

힘없는 정치인이 녹영 건설을 건들 수는 없다.

진우가 가볍게 고개를 끄덕였다.

"그렇게 하시죠. 저는 의원님을 돕기 위해 이 자료를 가져왔을 뿐이니까요."

장지훈 의원이 탐욕적으로 웃었다.

그리고 박우현을 향해 외쳤다.

"이거 가져가서 팩트 체크 해 봐! 어서!"

"네? 네!"

박우현은 서둘러 움직였다.

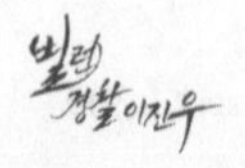

그사이 장지훈 의원이 진우에게 악수를 권했다.

진우가 그 손을 잡았다.

그러자 장지훈 의원이 말했다.

"난 자네가 마음에 들기 시작했어."

진우가 슬쩍 웃었다.

계획에 따라 모든 사람이 엮이고 있었다.

그 사람 중에 장지훈이라는 정치인도 생겨난 거다.

이제 한 걸음 더 나아갈 수 있게 됐다.

잠시 후, 의원 사무실에서 나온 진우는 흥신소 황강식과 통화하며 바쁘게 걷고 있었다.

–고객님, 말했던 거 메시지로 보냈어. 이건 돈 안 받고 서비스로 해 준 거니까, 앞으로도 우리 잘 이용해 줘.

진우는 통화를 종료하며 휴대폰을 바라봤다.

곧바로 황강식에게서 메시지가 도착했다.

거기에는 진우가 찾는 기자의 전화번호가 적혀 있었다.

진우는 곧장 통화 버튼을 눌렀다.

여성의 목소리가 들려왔다.

–여보세요?

"제보할 게 있습니다."

–네?

"지금 만나죠."

–지금?!

"네, 지금."

잠시 후, 강남의 한 커피숍.

앉아 있던 진우는 낯선 여성의 목소리를 들었다.

"제보한다는 분?"

진우가 시선을 틀었다.

커트 머리에 신경질적인 눈매를 가진 여성이 보였다.

꽤 매력적인 얼굴이다.

청바지에 가벼운 티셔츠를 입었는데, 커리어 우먼으로 보였다.

진우는 그녀를 알고 있었다.

이름은 이다경.

메이저 언론사의 기자.

이십대 후반 또는 삼십대 초반의 나이.

'오랜만이야.'

이다경 기자는 백동하와 인연이 있었다.

백동하의 비리를 집착에 가까울 정도로 파고들었던 사람

이다.

심지어.

“악마의 진실을 세상이 알아야 합니다.”

백동하의 앞에서 그런 당돌한 말을 했던 기자이기도 했다.

물론 그런 말을 하고도 멀쩡할 수는 없었다.

이다경 기자는 연예부로 쫓겨났다.

지금은 사회부 기자로 있다고 하는데, 조용히 지내는 것 같다.

뭐, 어쨌든.

‘확실히 오래 살고 볼 일이야.’

당시에는 이다경 기자가 꽤 귀찮았었다.

하지만 지금은 아니다.

그 용기와 집착이 필요했다.

그래서 연락한 거다.

이다경 기자가 진우의 앞에 마주 앉았다.

그런데, 어떤 말도 하지 않고 물끄러미 진우의 얼굴을 살피고 있었다.

“왜요? 제 얼굴에 뭐가 묻었나요?”

“아, 아뇨. 아니에요.”

이다경 기자가 수첩을 꺼내며 말을 이었다.

"기억상실이라 들었는데, 정말인가요?"

"……어떻게 알았죠?"

"아, 미안해요. 세상이 험하잖아요. 새벽에 전화해서 특종을 주겠다고 주장하는 이상한 제보자라, 살짝 뒷조사 좀 했어요."

"이렇게 짧은 시간에?"

"기자잖아요. 서안시에도 제 눈과 귀가 꽤 많거든요."

이다경 기자가 생긋 웃으며 계속 말했다.

"어쨌든, 궁금하네요. 경찰 아저씨가 어떤 제보를 할지."

진우가 이다경 기자의 앞으로 휴대폰을 내려 뒀다.

"뭐죠?"

"보면 알겠죠?"

이다경 기자가 진우의 휴대폰을 손에 들었다.

그리고 화면을 넘기기 시작했다.

동시에 눈동자가 흔들렸다.

"이건……."

조합장 박종원에 대한 자료다.

놈이 깡패 출신이었다는 것과 놈이 저질렀던 많은 비리.

사무실에서 찍어 온 장부였다.

진우가 이다경 기자를 향해 상체를 기울였다.

"아직 놀라기는 일러요."

"……?!"

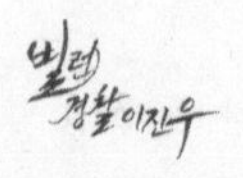

"이 깡패, 녹영 건설의 사람이에요."

이다경 기자의 눈에 힘이 들어갔다.

"……녹영 건설이요?!"

이다경 기자도 녹영이 양아치 건설사로 유명하다는 것을 알고 있다.

하지만 이다경은 일개 기자다.

녹영 건설을 신랄하게 까기는 어렵다.

게다가 진백에 덤볐다가 깨진 기억이 있다.

그리고 진우는 이다경 기자가 걱정하는 게 무엇인지 잘 알고 있었다.

"기자님, 녹영 건설을 직접 겨눌 필요는 없어요."

"네?"

"곧 장지훈 의원이 기자회견을 통해 조합의 비리를 폭로할 거예요. 장지훈 의원도 녹영을 건들지는 않겠죠."

"……!"

"하지만 기자님이 때에 맞춰 지원사격을 한다면, 녹영 건설도 서안시 재건축 사업에 부담을 느낄 겁니다."

이다경 기자가 커피를 손에 들었다.

"이런저런 얘기는 됐고요. 그러니까…… 나보고 정치인을 도와라?"

"정치인을 돕는 게 아니라 조합원을 돕는 거죠."

이다경 기자는 물끄러미 진우를 바라봤다.

그런데 그 눈빛이 어딘지 이상하다.

진우를 관찰하는 것 같다.

진우가 한숨을 내뱉으며 고개를 저었다.

"처음 만난 나를 신뢰 못 한다는 것은 알겠는데요."

"아뇨. 그게 아니라."

"그럼, 뭐요?"

"신기해서요."

"뭐가?"

"정말로 기억상실?"

"네."

"아무것도 기억 못하는?"

"그렇다고 하네요."

뚫어져라 진우를 보던 이다경 기자가 천천히 고개를 끄덕였다.

"뭐, 좋아요. 알았어요. 중요한 것은 장지훈 의원의 폭로와 동시에 기사를 내야 한다는 거죠?"

"네."

"그럼, 지금부터 기사를 써야겠네요?"

"그렇죠."

"오늘 밤은 새야겠네."

이다경 기자가 빙긋이 미소 지으며 가방을 손에 쥐고 몸을 일으켰다.

그리고 진우를 보며 입을 열었다.

"다음에 또 볼 수 있을까요?"

진우가 어깨를 으쓱거렸다.

"아마도."

"그럼, 또 봐요. 이제는 다치지 말고요."

"네?"

"그래야, 다시는 기억상실 같은 거 안 걸릴 거잖아요."

그렇게 이다경 기자가 떠났다.

떠나는 이다경 기자를 보며 진우가 고개를 갸웃거렸다.

진우가 이다경 기자에게 연락한 것은 약 1시간 전이었다.

그 짧은 시간에 교통사고로 인한 기억상실까지 찾아냈다니.

아무리 서안시에 눈과 귀가 있다고 해도 믿기 힘들었다.

"가능한 거야?"

다음 날.

김재혁 경사가 파출소 옥상에서 담배를 피우고 있을 때였다.

진우가 김재혁 경사의 앞으로 다가섰다.

김재혁 경사가 물끄러미 진우를 바라봤다.

"준비 끝났어? 순마는 깨끗이 닦았고?"

"네."

"그럼, 가자."

"순찰 나가기 전에 이것 좀 봐 주세요."

진우가 김재혁 경사에게 휴대폰을 건넸다.

화면에는 조합의 비리가 띄워져 있었는데, 그 안에 장홍성의 이름이 보였다.

김재혁 경사가 눈을 크게 뜨고 진우를 바라봤다.

"……이게 뭐야?"

"뭐긴요. 깡패와 경찰이 쎄쎄쎄 한 거죠. 돈도 받고 룸살롱도 가고 성매매도 하고. 그 대가로 단속 나가기 전에 알려 주고."

김재혁 경사의 손이 분노로 떨리기 시작했다.

"이 미친 새끼가……."

진우가 휴대폰을 품에 넣으며 입을 열었다.

"오성민 팀장님께 보고해야 할 것 같은데요. 이번 일, 경찰서는 패스하고 우리 파출소에서 움직여야 할 것 같다고요."

"……!"

"경찰서에 알리면, 장홍성 같은 인간이 또 전화를 쫙 돌리겠죠. 그럼 박종원은 또 튈 겁니다. 증거는 싹 빼돌릴 테고요."

김재혁 경사가 느릿하게 고개를 끄덕였다.

그러다가 다시 진우를 향했다.

"그런데 너, 이거 어떻게 얻었어?"

"불법으로요."

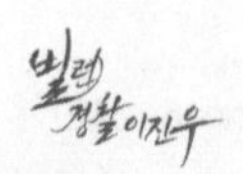

"……뭐?!"

불법으로 얻은 증거는 재판에서 사용할 수 없다.

하지만.

"합법으로 만들면 됩니다."

기습적으로 놈들의 사무실을 털고 거기에 있는 장부를 증거로 내밀면 끝이다.

물론, 남의 사무실을 뜬금없이 압수수색 하는 것은 법에 어긋난다.

하지만 놈들은 깡패다.

경찰에서 핑계로 댈 것은 많다.

김재혁 경사가 낄낄 웃었다.

"야, 이진우 이 새끼……. 완전 미친 새끼네."

"다 사수한테 배웠습니다."

"됐고, 사냥하러 가자~."

김재혁 경사가 담배를 비벼 끄며 몸을 틀었다.

김재혁 경사의 눈이 살벌하게 빛나고 있었다.

그 시각, 조합의 사무실이 있는 건물.

그 건물 밖에서 서열이 낮은 깡패들이 앉아 담배를 피우고 있었다.

"재건축 진행되면, 받을 돈이 얼마야?"

"30억은 되겠지?"

이들에게 재건축은 노다지다.

박종원이 벽지부터 인터폰 등 온갖 사업체를 선택하며, 리베이트를 받게 될 거다.

"사장님은 30억을 받고 우리는?"

"룸살롱이나 가겠지."

"비싼 술 사 주려나?"

놈들이 낄낄 웃으며 담배 연기를 내뿜을 때였다.

"……저게 뭐야?"

사무실 앞으로 순찰차와 경찰 승합차가 달려오고 있었다.

그 목적지는 확실하다.

바로 이곳이다.

"사, 사장님께 말씀드려! 어서!"

동시에 깡패 한 놈이 담배를 집어 던진 후, 다급히 계단을 뛰어올랐다.

그리고 쾅! 사무실의 문을 열었다.

난입한 깡패를 박종원이 반갑게 맞았다.

"마침, 잘 올라왔다. 저기 박스 들고……."

"그, 그게 아니고요!"

"그게 아니면, 뭐?"

"경찰입니다! 경찰이 왔어요!"

"……경찰? 경찰이 갑자기 왜?"

박종원이 고개를 갸웃거리며 창가로 걸어갔다.

그리고 밖을 내다봤다.

"……어?"

건물 앞으로 경찰차가 빠르게 멈춰 서고 있었다.

그 목적지는 확실해 보였다.

바로 이곳이다.

그제야 박종원은 현실을 이해했다.

"뭐야?!"

박종원의 눈빛이 초조하게 변했다.

지은 죄가 있기 때문이다.

살인 빼고는 다 해 본 것 같다.

폭력, 협박, 매춘, 불법 사채, 리베이트…….

하지만 생각을 이어 갈 시간은 없었다.

지금 해야 할 것은 생각이 아니라 행동이다.

"일단 문 잠가! 그리고 막아! 어떻게든 막으라고!"

박종원의 지시에 깡패들의 얼굴이 긴장으로 물들었다.

"경찰을 막으라고요?"

"개소리하지 말고 일단 막아!"

깡패들이 빠르게 사무실의 문을 걸어 잠갔다.

곧 쾅! 쾅! 문 두들기는 소리가 들려왔다.

"경찰입니다! 여기에 조직폭력배가 있다는 신고가 들어와서 찾아왔습니다! 문 여세요!"

모두의 표정이 긴장으로 물들고 있었다.

그사이 박종원은 휴대폰을 손에 들었다.

그리고 장홍성에게 연락을 할까 하다가 말았다.

경찰이 연락도 없이 이곳에 왔다는 것은 장홍성에게도 어떤 일이 생겼을 가능성이 높다는 거다.

'젠장.'

박종원은 녹영 건설의 부장에게 전화를 걸었다.

하지만 받지 않는다.

통화 연결음만 이어질 뿐이었다.

"이런 개새끼가! 전화를 왜 안 받……."

그때 한 깡패가 빠르게 입을 열었다.

"사, 사장님!"

"왜?!"

"이것 좀 보십시오!"

깡패가 박종원에게 자신의 휴대폰을 건넸다.

동영상이 보였다.

장지훈 의원이 재건축 조합에 깡패가 있다는 것을 폭로하고 있었다.

그리고 그 폭로에 맞춰 이다경 기자가 기사를 올렸다.

박종원이 휴대폰을 꽉 쥐며 욕을 내뱉었다.

"씨발!"

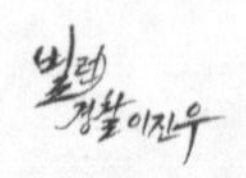

녹영 건설의 부장이 전화를 안 받는 이유를 알 것 같았다.
장지훈 의원 때문이다.

"내가 혼자서는 안 뒈져."

박종원이 녹영 부장에게 메시지를 적어 보냈다.

-압수수색이 왔습니다. 그런데, 내가 혼자 뒈질 것 같습니까? 녹영도 피곤해질걸요. 그러니까, 바쁜 척하지 말고 연락하세요. 당장!

박종원이 메시지를 보낸 후, 몸을 틀었다.

그리고 녹영 건설과의 유착관계가 담긴 장부를 찾기 시작했다.

그런데…….

"……어?"

장부가 없었다.

다른 것은 전부 있는데, 그 장부만 보이지 않는다.

"어, 어디 갔어!"

그때, 쾅! 쾅! 쾅! 문이 깨질 것 같은 소리가 들렸다.

박종원이 인상을 구기며 사무실에 있는 깡패들에게 외쳤다.

"저 새끼들, 들어오는 즉시 다 죽여!"

"……네?!"

"녹영이 우리 뒤를 봐줄 거야! 그러니까, 걱정하지 말고 죽여!"

말도 안 되는 소리라는 것을, 박종원도 알고 있었다.

하지만 계속해서 지시했다.

"다들 칼 들어!"

눈을 깜빡이던 깡패들이 칼을 챙겼다.

그들을 보며 박종원은 마른 입술을 핥았다.

'난 튄다.'

박종원은 경찰이 부하들과 싸우는 사이 도망칠 계획이었다.

국회의원까지 나선 이상 여기서 잡혀가면 끝이다.

하지만 도망쳐서 녹영 건설과 연락이 된다면, 살 수 있다.

그렇게 생각할 때였다.

콰아아앙!

문이 부서졌다.

그 앞으로 김재혁 경사 그리고 각목을 든 오성민 팀장이 나타났다.

김재혁 경사가 칼을 든 깡패들을 보며 빙긋이 미소를 그렸다.

"칼은 왜 들고 있어? 요리하려고? 카레?"

"이 개새끼들아!"

깡패들이 달려들었다.

꽈직! 꽈지직! 꽈지지직!

폭력적인 소리가 끔찍할 정도로 사무실을 울렸다.

달려들던 깡패들이 비명을 질렀다.

하지만 박종원은 문만 바라보며 도망칠 기회를 살폈다.

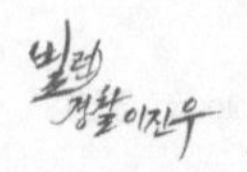

그리고.

'지금!'

오성민 팀장과 김재혁 경사가 깡패들을 박살 내는 중이었다.

박종원은 열린 문을 향해 달리기 시작했다.

그리고 문을 빠져나와 복도로 나가더니, 좌우를 빠르게 두리번거렸다.

상가에는 세 곳의 출입구가 있다.

지금 경찰의 숫자로 모든 곳을 통제하지는 못할 거다.

박종원은 오른쪽을 선택했고 그곳으로 내달렸다.

그리고 그 선택은 옳았다.

아무도 없었던 거다.

박종원이 빠르게 계단을 뛰어 내려갔다.

그런데, 그 앞에 한 순경이 서서 그를 쳐다보고 있었다.

진우였다.

진우가 조용히 미소를 그리며 박종원을 향해 말했다.

"왔냐?"

박종원이 눈을 깜빡였다.

웬 어린 놈의 순경 새끼가 저렇게 여유로울까.

혹시 다른 경찰들이 뒤에 있나 싶었다.

하지만 아무리 봐도 보이는 것은 진우 혼자였다.

박종원이 숨을 몰아쉬며 품에서 칼을 꺼냈다.

"서로 못 본 걸로 했으면 좋겠는데."

"봤는데, 어떻게 못 본 척해?"

"건방 떨지 마. 그러다가 그 예쁜 눈깔이 사라지면, 진짜로 앞을 못 볼 수도 있어."

박종원이 칼을 까딱까딱 흔들었다.

겁을 주려는 거다.

하지만 상대는 진우였다.

진우는 '경찰 앞에서 칼을 까딱이다니, 이 나라의 공권력이 무너졌구나.' 하고 생각하며 총을 꺼내 박종원에게 겨눴다.

박종원의 눈이 부릅떠졌다.

"……총?!"

"계속할까?"

"이 새끼가…… 치사하게!"

그때였다.

탕!

진우가 느닷없이 방아쇠를 당겼고 박종원이 움찔거렸다.

그 모습을 보던 진우가 피식 웃었다.

"쫄지 마. 첫 발은 공포탄이야. 그런데, 다음은 알지?"

박종원은 진우의 눈빛을 봤다.

허세가 아니다. 진짜로 쏠 것 같다.

"씨…… 씨바아알!"

박종원의 외침이 상가 전체를 울렸다.

경찰서였다.

장홍성은 초조한 표정으로 복도를 서성이고 있었다.

장지훈 의원이 박종원을 저격했고 어떤 기자가 박종원의 악행을 세상에 알렸다.

곧 박종원을 체포하라는 지시가 떨어질 거다.

그럼, 장홍성도 위험해질 수 있다.

장홍성은 박종원에게 뇌물을 받았다.

박종원이 그걸 물고 늘어지면, 결코 안전할 수 없다.

장홍성은 눈동자를 데굴데굴 굴리며 계속해서 생각했다.

어떻게 하면 이 위기를 빠져나갈 수 있을까.

박종원에게 어떤 약속을 해야 자신을 걸고넘어지지 않을까.

그리고 답을 내렸다.

증거인멸을 도우면 된다고.

어차피 지금 박종원에게 걸린 혐의는 조합의 돈을 빼돌린 것밖에 없다.

그놈이 지금까지 저지른 것은 아직 경찰의 네트워크에 걸리지 않은 상태다.

그것만 해결해 준다면, 안전을 보장받을 수 있다.

그렇게 생각할 때였다.

장홍성의 귓가에 차가운 목소리가 들렸다.

"장홍성 경위님?"

장홍성이 천천히 시선을 틀어 뒤를 돌아봤다.

진우와 김재혁 경사가 보였다.

장홍성이 귀찮은 표정으로 손을 휘저었다.

"지금 바쁘니까, 꺼져."

그런데 진우가 장홍성의 앞으로 저벅저벅 다가오며 입을 열었다.

"당신을 뇌물 수수 등의 혐의로 체포합니다."

"……뭐?!"

"변호사를 선임할 수 있……."

"뭐라고 씨불이는 거야?!"

"못 알아듣겠어요? 지금 널 체포한다는 거잖아요."

장홍성의 표정이 덜컥거리더니 안색이 점차 창백해졌다.

뭔가 어긋나고 있다는 것을 느낀 거다.

하지만 장홍성은 물러서지 않았다.

"날 체포해?! 무슨 지랄이야?!"

장홍성은 진우를 우습게 생각하고 있었다.

어차피 파출소 순경이다.

위협을 주면, 일단은 물러날 거다.

"헛소리 지껄이지 말고 꺼져!"

장홍성이 진우의 멱살을 콱 잡았다.

그 순간, 진우가 장홍성을 그대로 업어 쳤다.

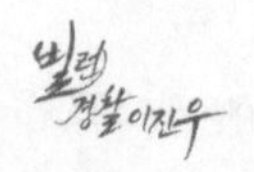

콰앙!

장홍성이 허리를 부여잡고 고통스러운 신음을 흘렸다.

"이, 이 미친 새끼가! 끄아아악!"

하지만 진우는 장홍성의 사정을 봐주지 않았다.

수갑을 꺼내 장홍성의 손목에 채웠다.

그 소란스러움에 경찰서의 경찰들이 복도로 우르르 나왔다.

그들이 황당한 표정으로 진우와 김재혁 경사를 번갈아 봤다.

"지금…… 뭐 하는 거야?"

"저거 장홍성 팀장님 아냐?"

그 안에는 윤혜림도 있었다.

윤혜림이 눈을 찌푸렸다.

순간, 형사2과 과장이 나타나 벼락같이 소리를 질렀다.

"지금 뭐 하는 짓이야?!"

진우를 지켜보던 김재혁 경사가 과장을 향해 천천히 몸을 틀었다.

그리고 그 앞으로 다가가 입을 열었다.

"장홍성 경위는 깡패와 결탁해서 경찰의 수사와 단속을 사전에 알렸고 그에 대한 대가로 뇌물을 받아 왔습니다. 그래서 잡았으니 지금 과장님께 넘기겠습니다."

"……?!"

"미리 보고드리지 못한 것은 죄송합니다. 경찰서에 깡패한테 딸랑거리는 인간이 많아서, 정보를 차단해야 했습니다."

과장의 눈동자는 혼란으로 가득했다.

무슨 말인지 이해하지 못한 거다.

"깡패? 딸랑? 뇌물?"

그때, 오성민 팀장과 파출소 경찰들이 그곳에 도착했다.

파출소 경찰들의 손에는 박스가 하나씩 들려 있었다.

경찰들이 박스를 복도에 내려 뒀고 오성민 팀장이 과장의 앞에 섰다.

"증거 가지고 왔습니다."

"……증거?"

"깡패 새끼들도 곧 올 거니까, 준비하시고요."

과장이 입술을 씹었다.

"야, 오성민! 지금 뭐 하는 거야?! 이해하기 쉽게 말해!"

"장지훈 의원의 기자회견 보셨죠? 그겁니다, 그거."

"그거?"

"거기에 장홍성, 저 인간도 포함되어 있었고요."

"……뭐?!"

오성민 팀장이 과장을 향해 빙긋이 미소를 그렸다.

오성민 팀장이 형사2과 과장과 대화하고 있을 때였다.

진우와 김재혁 경사는 건물 밖으로 나왔다.

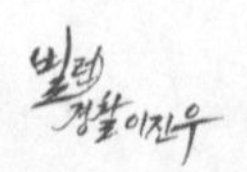

김재혁 경사가 흡연장으로 향하며 담배를 입에 물었다.

그리고 천천히 진우를 바라봤다.

"내가 왜 장홍성을 싫어하는지 아냐?"

"실력도 없는 놈이 나대서 싫다고 했잖아요."

"그것도 있고……. 내가 강력팀에 있을 때, 아끼던 동생이 있었거든. 뭐, 이런 저런 사고로 그 동생이 죽었는데, 그 장례식장에서 저 새끼가 웃고 있더라."

"……!"

"원래 사이는 안 좋았지만, 그래도 장례식장에서 그건 아니잖아? 그래서 싫어한다."

김재혁 경사가 흡연장에 앉아 씁쓸한 표정으로 담배 연기를 내뱉었다.

"저런 인간은 경찰에 있으면 안 돼."

그때, 윤혜림의 목소리가 들렸다.

"이렇게 해도 괜찮아요?"

진우와 김재혁 경사의 시선이 윤혜림에게로 틀어졌다.

윤혜림의 모습은 평소와 같았다.

허리에 낡은 공주 인형을 달고 있는 이상한 모습.

하지만 표정은 달랐다.

걱정 가득한 표정으로 말을 이었다.

"그냥 보고만 해도 됐잖아요. 다른 경찰들이 다 보고 있는데 이런 식으로 체포하면, 다들 어떻게 생각하겠어요?"

김재혁 경사가 고개를 갸웃거렸다.

"지금 우리를 걱정해 주는 겁니까?"

"그럼, 걱정이 안 되겠어요?!"

윤혜림은 그 말을 하며 힐끗 진우를 봤다.

눈을 마주친 진우가 피식 웃었다.

장홍성을 저렇게 다루면, 또다시 미운털이 박힐 것은 잘 알고 있었다.

진우는 파출소 경찰이다.

그런데 경찰서 안에서 장홍성을 잡았다.

그 과정은 과격했고 지켜보던 경찰들에게 치욕을 안겨 줬다.

특히 장홍성은 친한 경찰이 많았다.

그 과정을 지켜본 그들이 곡언 파출소를 좋게 볼 이유는 없었다.

진우가 입을 열었다.

"우리도 장홍성을 어떻게 할지 고민했는데요. 얌전히 보고하면, 우리를 예쁘게 봐준답니까?"

"……?!"

"경찰이 경찰을 잡았다면서 또 배신자 취급이나 하겠죠."

"……!"

"이왕 배신자 취급받을 거, 시원하게 받기로 했어요."

김재혁 경사가 낄낄 웃었다.

"그렇지. 우리가 악당이 되는 거지. 폼 나잖아, 악당."

윤혜림은 황당한 표정을 지었다.

진우도 그렇고 김재혁 경사도 그렇고 뒷일을 생각하지 않는다.

오직 앞만 보고 달려가고 있다.

윤혜림이 천천히 진우를 바라보며 조용히 말했다.

"기억상실이라 해도 예전이나 지금이나 그 성격은 안 변하네."

"……네?"

윤혜림은 더 말하지 않았다.

몸을 틀어 자리를 떠났다.

진우가 윤혜림의 뒷모습을 보며 눈을 가늘게 떴다.

방금 윤혜림의 말은 뭔가 이상했다.

원래의 이진우는 히키코모리로 고등학교 시절을 보냈고 경찰이 되어서는 깡패가 무서워서 도망쳤던 사람이었다.

그런데.

'예전이나 지금이나 그 성격은 변하지 않는다고?'

진우는 원래의 이진우가 어떤 사람이었는지 문뜩 궁금해졌다.

하지만 그 생각을 이어 갈 수는 없었다.

퇴근을 하고 있는데, 진우의 앞에 낯선 남자가 섰기 때문이다.

"어르신께서, 전해 주라고 말씀하셨습니다."

남자는 강진식이 보낸 사람이었다.

지난번, 진우가 강진식에게 약속받은 게 있었다.

그것은 진백그룹의 정보.

그것이 이제야 온 거다.

"그럼."

남자가 떠났고 진우는 근처의 한가한 커피숍으로 들어갔다. 조금이라도 빨리 보고 싶어서다.

아메리카노를 시킨 후, 자리에 앉아 서류를 펼쳤다.

'역시…….'

예상대로다.

진백그룹의 백윤성, 백철영, 백서연은 졸렬한 싸움을 벌이고 있다.

지금은 백윤성과 백철영이 손잡고 백서연을 공격하고 있는데, 그 양상은 언제 뒤바뀔지 모른다.

뭐, 그건 중요한 게 아니고.

진우는 그 세 놈의 자식들과 손잡은 원로들을 살폈다.

회장은 지분이 많다고 해서 되는 게 아니다.

원로의 신뢰를 얻어야 한다.

그래야 진백이 갖고 있는 정치권의 힘과 해외의 인맥을 가져올 수 있다.

그렇게 진우는 원로들이 누구와 손잡았는지 확인하며 진백과 싸울 계획을 세우기 시작했다.

그런데, 이상한 게 있었다.

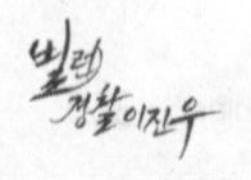

조학주가 움직이지 않는다.

간간이 정치인을 만나 술자리를 갖는 게 전부다.

'직책 역시 그대로 실장……?'

진우가 입술을 쓸었다.

처음에는 조학주가 회장에 오르려 한다고 생각했다.

'다른 꿍꿍이가 있나?'

진우는 더 생각하지 않고 서류를 덮었다.

조학주의 의도를 알기 위해 고민할 필요는 없다.

어차피 기다리면 드러날 거다.

확실하지 않은 것을 궁금해하며 상상을 이어 가는 것은 시간 낭비다.

지금은 백윤성, 백철영, 백서연의 졸렬한 싸움을 어떻게 이용할지에 대해 고민해야 한다.

그리고 그 답은 이미 진우의 손에 있다.

그것은 바로 박종원의 사무실에 들어갔을 때 챙겼던 것.

놈들이 녹영 건설과 연관되어 있다는 그 증거였다.

'그럼, 분란의 씨앗을 또 하나 던져 볼까?'

생각을 했으면 움직여야 한다.

그게 진우의 방식이었다.

진우가 휴대폰을 귀에 댔다.

전화가 향하는 곳은 백서연의 비서 김지원이었다.

"대표님을 뵙고 싶은데요."

-대표님을요?

"지금."

그 시각, 백서연은 항상 가는 바에 앉아 위스키를 마시고 있었다.

백서연의 옆으로 김지원이 섰다.

"대표님? 이진우 순경이 왔습니다."

백서연이 고개를 끄덕였다.

그러자 맞은편으로 진우가 앉았다.

백서연이 다리를 외로 꼬며 진우를 바라봤다.

"어쩐 일이죠?"

"우리 동네에 재건축 아파트가 하나 있습니다."

백서연은 미간을 찌푸렸다.

진우의 화법은 항상 이랬다.

이런저런 인사말 없이 언제나 본론.

어떻게 보면 정이 없게 느껴졌다.

하지만 언제나 이득을 가져왔기에 그에 대한 불만을 내뱉지는 않았다.

"알아요. 오늘 조합장이 잡힌 곳이죠? 그런데, 거기는 왜요?"

"진백 건설에서 그 아파트의 재건축 시공을 맡았으면 좋겠

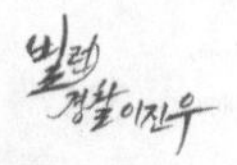

습니다."

"시공을? 진백 건설에서?"

"네."

백서연은 엔터의 대표였지만 오너 집안의 딸이다.

진백 건설에 입김 정도는 넣을 수 있다.

하지만 백서연은 고개를 저었다.

"어려워요. 그곳은 이미 녹영 건설에서 손대고 있어요."

녹영 건설은 양아치다.

진흙탕 싸움에 능숙하다.

그래서 어렵다.

백서연은 회장을 노리고 있었고, 분란을 내면 안 된다고 생각했다.

작은 흠집만으로 회장의 꿈이 멀어질 수도 있어서다.

하지만 진우는 그렇게 생각하지 않았다.

"대표님이 나선다면, 녹영은 빠질 겁니다. 걱정하시는 어떤 분란도 없겠죠. 조용히 사라질 겁니다."

"녹영 건설이 순순히 빠진다고요? 그건 말도 안 되는……."

순간, 진우가 백서연의 앞에 서류를 내려 뒀다.

백서연의 시선이 서류로 향했다.

진우가 서류를 펼치며 입을 열었다.

"녹영이 깡패와 연루되었다는 증거입니다. 그 외에도 이번 재건축과 관련된 비리로 가득하죠."

"……네?!"

"이걸로 녹영을 압박하세요. 알아서 물러날 거니까요."

백서연이 서둘러 서류를 손에 들고 빠르게 읽었다.

진우의 말이 맞다.

서류에는 녹영 건설과 조합장의 쓰레기 냄새가 진동하고 있었다.

그리고 이번 재건축 사업은 수천억의 이익이 걸려 있다.

그 이득을 건설의 품에 안겨 준다면…….

진우가 백서연을 향해 상체를 기울이며 입을 열었다.

"진백 건설에 계신 원로 분들이 대표님께 상당히 고마워하겠네요."

진백 건설의 원로들은 백윤성이나 백철영, 백서연 등 누구와도 손잡지 않았다.

철저히 중립에 선 상태였다.

하지만 백서연이 그들에게 도움을 주면, 그들은 백서연의 옆에 설 수도 있다.

백서연이 더듬더듬 입을 열었다.

"고, 고마워요."

"별말씀을."

진우는 일부러 백서연을 돕고 있었다.

그룹에서 세력이 가장 약했던 백서연이 강해진다면, 그룹의 세력 관계에 균열이 생길 거다.

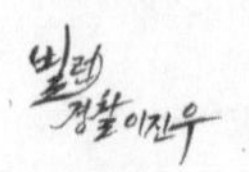

그래서 진우는 바라고 있었다.

'싸워라.'

뼈가 부러지고 피가 튀는 싸움.

진우는 그 더러운 전쟁을 기다리고 있었다.

"하……."

김재혁 경사가 깊은 한숨을 내뱉고 있었다.

김재혁 경사는 힐끗 진우를 보며 물었다.

"넌 샀지?"

"뭘요?"

"소버AI에 주식 샀지?"

"네? 뭐, 좀 샀죠."

"하…… 네가 사라고 할 때 살걸."

지난번, 진우는 김재혁 경사에게 소버AI 주식을 사라고 말했었다.

하지만 김재혁 경사는 그 말을 비웃었는데, 진백 엔터가 소버AI를 인수한다는 소식이 드디어 알려진 거다.

소버AI의 주가는 연이어 폭등하고 있었다.

상승. 상승. 상승.

"우린 부자야!"

오명훈과 언제나 만나는 그 족발집이었다.

오명훈이 기분 좋게 웃으며 소주를 입에 댔다.

"부자라고! 푸핫핫!"

오명훈이 들떠 있는 것은 당연했다.

강진식에게 받은 100억 역시 소버AI에 모두 몰빵했었고 그 덕에 자산은 300억에 가까울 정도로 치솟았다.

오명훈이 소주를 단번에 마신 뒤, 진우를 바라봤다.

"그런데 넌 안 기뻐?"

"뭐, 기뻐요."

"이거 진짜 이상한 놈이야. 이런 큰돈이 있으면 좋아해야 하는데, 왜 이렇게 심드렁해? 네가 대한민국 순경 중에 가장 돈이 많을 수도 있어."

300억은 큰돈이다. 평범한 사람이었다면 일확천금을 벌었다며 기뻐해야 한다.

하지만 진우에게는 부족했다.

진백과 싸우려면 아직 멀었다.

진우가 오명훈의 잔을 채우며 입을 열었다.

"그건 그렇고 다음 투자처를 말씀드릴게요."

"또 있어?"

"진백 건설이요."

"진백 건설?"

"진백 건설에서 서안시의 재건축 아파트 시공을 맡게 될 거예요.”

“재건축 아파트?”

“5천 세대가 넘는 곳이니까, 떨어지는 것이 꽤 되겠죠?”

“오케이~ 접수.”

오명훈이 수첩을 꺼내 ‘진백 건설’이라고 적었다.

그리고 진우를 보며 말을 이었다.

“자…… 그런데, 문제가 있어.”

“문제요?”

“지금까지는 내 통장, 네 통장, 다른 사람 통장…… 다 구해서 투자를 했거든?”

진우는 경찰이다.

아직은 순경이라 상관없지만, 앞으로 진급하고 자산이 커지면 문제가 될 수도 있다.

그래서 오명훈은 자신이 갖고 있는 모든 통장을 동원해서 자산을 쪼개 뒀었다.

그런데, 돈의 액수가 커지면서 그 한계가 찾아왔다.

“슬슬 다른 루트를 찾아봐야 해.”

진우가 천천히 고개를 끄덕였다.

“고민해 볼게요.”

“빨리 생각해야 해. 시간이 없어.”

“네. 그리고 하나 부탁할 게 있어요.”

“어떤?”

"돈 좀 쓸게요."

오명훈이 낄낄 웃었다.

"뭘 그런 것을 부탁하고 있어? 네 돈이잖아? 난 수수료만 먹는 거고."

"제 돈이 아니라 우리 돈이죠. 진백과 싸울 때 필요한 무기고요."

"……우리 돈?"

투자는 진우의 돈으로 시작했다.

강진식에게 돈을 받아 온 것도 진우다.

그런데 우리 돈이라니……. 오명훈은 괜히 인정받은 것 같은 느낌에 기분이 좋았다.

"오늘 술값은 내가 낼게. 흐흐흐."

진우와 오명훈이 주거니 받거니 술을 마셨다.

그러다가 오명훈이 문뜩 물었다.

"그런데, 얼마나 쓸 건데?"

"글쎄요."

며칠 후, 수능 날이었다.

찬 바람이 불고 있는 날.

현지는 담담한 표정으로 아침을 먹고 있었다.

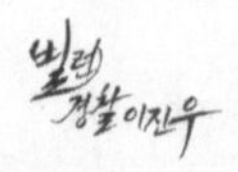

진우가 물끄러미 현지를 보며 물었다.

"긴장 안 돼?"

"긴장을 왜 해? 평소 실력대로 보는 거지."

현지가 묘한 표정으로 진우를 바라봤다.

"그런데 오빠…… 없어?"

"뭐가?"

"동생이 수능 보러 가면, 엿이나 그런 거 사 주는 거 아니야?"

진우가 씩 웃었다.

"진짜 좋은 오빠는 엿이 아니라 용돈을 주는 거라고 배웠는데, 내가 잘못 알았나?"

"아니, 잘 배웠어. 역시 대한민국 경찰이네. 맞아. 엿보다는 오고 가는 현금 속에서 싹트는 게 우애야."

진우가 현지에게 봉투를 내밀었다.

"끝나고 친구들이랑 맛있는 거 사 먹어."

현지가 봉투를 열어 액수를 확인했다.

현지의 눈이 동그랗게 커졌다.

"20만 원?!"

"20만 원은 줘야 우애가 쌓이는 거라고 들었는데?"

"오빠 최고!"

현지가 진우를 향해 엄지손가락을 척 내밀었다.

그렇게 현지가 집을 나섰다.

주방을 정리하던 어머니가 진우를 바라봤다.

"용돈 많이 주고 그러면 안 돼. 그럴 돈 있으면 적금을 넣어야지."

진우가 어깨를 으쓱거렸다.

"저도 오늘 비번이라 스케줄이 없는데, 어머니도 오늘 쉬는 거 맞죠?"

어머니는 식당에서 일을 한다.

오늘은 현지가 수능을 보는 날이라 하루 휴무를 냈다.

어머니가 고무장갑을 끼며 진우를 바라봤다.

"집 청소 좀 하려고 했는데, 왜?"

"저랑 데이트 한번 해요."

"데이트?"

진우가 씩 웃었다.

아주 깜짝 놀랄 데이트가 될 거다.

어머니와 함께 간 곳은 집에서 멀지 않은 프렌치 레스토랑이었다.

메뉴판을 보던 어머니가 걱정스러운 눈으로 진우를 향했다.

"비싸지 않아? 아침에 현지한테 용돈도 줬잖아. 돈 너무 막 쓰는 거 아냐?"

"밥 사 드린 적이 없잖아요."

"그래도 너무 비싼데……."

진우가 슬쩍 웃었다.

처음에는 백서연이 가는 호텔의 VIP룸을 예약하려고 했었다. 그런데 지금 어머니의 반응을 보면, 안 하기를 잘한 것 같다.

"한 번씩은 이런 호사도 부려 봐야죠."

진우는 직원을 호출해서 메뉴를 주문했다.

그리고 다시 어머니를 바라봤다.

"오늘은 돈 걱정하지 마시고 맛있게 드세요. 제가 쏠게요."

"현지는 시험 보는데, 우리끼리 맛있는 거 먹으려니까 괜히 미안하네."

"현지는 나중에 사 줄게요."

어머니와 도란도란 대화를 하며 함께하는 식사는 정말 즐거웠다.

그렇게 식사를 마친 뒤였다.

"배도 부른데, 산책이나 할까? 커피는 엄마가 살게."

"잠깐만요. 드릴 게 있어요."

진우가 가방에서 서류 봉투를 꺼냈다.

그리고 어머니의 앞에 내려 뒀다.

어머니는 선물 같은 것을 기대했나 보다.

그런데 서류 봉투라니.

어머니가 고개를 갸웃거리며 서류를 꺼냈다.

"……어?"

부동산계약서다.

어머니의 눈동자가 흔들릴 때다.

진우가 빙긋이 미소를 그렸다.

“34평 아파트 전세 계약했어요. 어머니 가게에서 10분 거리고요. 현지도 대학에 다니려면 전철을 타야 하잖아요. 그래서 역세권으로 찾았어요.”

어머니는 한동안 어떤 말도 하지 않았다.

그러다가 의심 가득한 눈으로 진우를 바라봤다.

“네가 돈이 어디 있어서?”

“공무원이잖아요. 적금도 넣었고 주식 투자도 하면서 돈을 모았어요. 대출도 조금 받았고요.”

“대출?”

“아이고~ 걱정할 일 하나도 없으니까, 마음 놓으셔도 돼요. 이미 계약했고 잔금도 다 치렀으니까, 일단 집부터 보러 가시죠.”

어머니는 멍한 눈으로 진우를 좇아 아파트로 향했다.

깨끗한 새 아파트.

지금 사는 집에 비하면 궁궐과 같았다.

그리고 이미 가구도 다 들여놓은 상태였다.

“집에 있는 것은 다 버리고 오면 되고요. 그릇 같은 것만 가지고 오면 되겠네요.”

“…….”

“거실 커튼은 어때요? 집이 화이트톤이라 조금 어두운 색으로 골랐거든요. 그리고 이쪽이 어머니 방이고요. 여기가 화장대. 침대는 조금 모던한 분위기로 골랐는데, 괜찮나요?”

“…… .”

“그리고 저기가 현지 방이에요. 지난번에 현지가 공주 침대를 갖고 싶다고 해서 그런 느낌으로 사 봤는데, 좋아하겠죠?”

지금 진우와 현지 그리고 어머니의 방에는 침대가 없다.

좁은 집이라 침대를 둘 곳이 없었기 때문이다.

하지만 이제 침대도 있고 화장실도 2개다.

어머니는 아무 말도 하지 않았다.

주방에 서서 아일랜드식탁을 쓸어 만지고 있었다.

그리고 한참 후, 어머니가 진우를 바라봤다.

“미안해…… .”

어머니는 미안해하고 있었다.

진우가 노력해서 번 돈을 모두 이곳에 썼다고 생각하는 거다.

진우가 조용히 미소를 지었다.

“우리…… 여기서 행복하게 살아요.”

“미안해…… .”

어머니는 말을 잇지 못했다.

고개를 숙인 채, 어깨를 가늘게 떨고 있었다.

눈물을 흘리는 거다.

진우가 가볍게 한숨을 내뱉으며 시선을 거실 창으로 틀었다.

마음 같아서는 집을 사 버릴까 생각도 했었다.

어머니에게 식당 일을 그만두라고 말하고도 싶었다.
하지만 그럴 수 없었다.
의심을 받을 수도 있어서다.
돈이 어디서 났냐, 이건 또 뭐냐…….
그 모든 질문에 '적금'과 '대출'로 설명하기에는 한계가 있었다.
지금은 가난한 집에서 순경이 된 이진우의 수준에 맞춰야 한다.
'2년 후에는…… 더 좋은 집으로 이사시켜 드릴게요.'
진우는 전세 계약이 끝나는 2년 후를 기다리고 있었다.
그때는 어머니의 명의로 집을 살 생각이었다.

이사 전날이었다.
진우는 간소하게 짐을 챙기며 오명훈과 통화하고 있었다.
−350억 찍었고 이제 주식을 빼고 있어. 그런데, 그때 말했던 것처럼 우리 통장만으로 움직이기에는 한계가 있어.
이 돈은 무기다.
사치품을 사려는 용도가 아니다.
금융 당국의 시선을 피하며 은밀하게 움직일 수 있어야 한다.
−강진식한테 부탁해 볼까? 그 인간은 돈세탁의 전문가잖

아? 350억 정도면 가볍게 숨겨 줄 수 있을 것 같은데…….

오명훈의 말이 맞다.

강진식에게 말하면 편할 거다.

하지만 강진식에게 알려지는 것은 금융 당국에 걸리는 것보다 더 위험하다.

강진식은 조학주 그리고 진백의 사람들과 가까이 지낸다.

훗날 진백과 제대로 붙었을 때, 진우의 전력을 그쪽에 알릴 수도 있다.

"생각 좀 해 볼게요."

―나도 생각은 하고 있는데, 빨리 결정해야 해. 시간이 없어.

"네."

진우는 통화를 종료한 후, 계속해서 짐을 챙겼다.

지금 정리하는 것은 원래의 이진우가 사용했던 노트다.

진우는 그 노트를 하나하나 펼치며 확인했다.

경찰 시험공부를 하며 요점을 정리했던 것은 버리면 안 된다. 진우가 간간이 보며 도움을 받을 수 있어서다.

그리고 진우는 또 하나의 노트를 펼치며 피식 웃었다.

노트에는 각 사이트의 아이디와 비밀번호가 빼곡히 적혀 있었다.

보통 사람은 아이디와 비밀번호를 통일시켜 놓는데, 이놈은 무슨 생각인지 몰라도 그 모든 게 달랐다.

게임 아이디도 게임마다 전부 다른 것을 사용하고 있었다.

'에이…… 한심한 놈.'

진우가 노트를 덮으며 옆으로 툭 치워 뒀다.

그런데 그 순간, 진우가 멈칫거렸다.

천천히 시선을 틀어 다시 노트를 바라봤다.

그리고 고개를 갸웃.

다시 노트를 손에 쥐었다.

빠르게 노트를 넘겨서 구석에 적힌 것에 집중했다.

그리고 자신도 모르게 욕설을 내뱉었다.

"이진우, 이 미친 새끼!"

그것은 조세피난처에 있는 페이퍼컴퍼니의 계좌와 비밀번호였다.

처음 봤을 때는 평범한 사람이 할 짓이 아니라고 생각해서 스치듯 넘어갔었다.

하지만 자세히 보면 알 수 있다.

이건 진짜다.

그것도 히키코모리로 살던 고등학교 때 만들어 뒀다.

고등학생이 페이퍼컴퍼니를 만들었던 거다.

진우의 머릿속이 복잡해졌다.

얼마 전, 윤혜림이 했던 말이 떠올랐다.

"기억상실이라 해도 예전이나 지금이나 그 성격은 안 변하네."

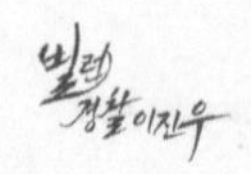

그리고 외국인 조직폭력배의 두목이 했던 말이 스쳤다.

"앞으로는 사람 봐 가면서 덤비세요. 그러다가 진짜 죽어."

원래의 이진우는 겁이 많은 놈이 아니었다.
그 깡패에게 먼저 덤비기까지 했었다.
그런데, 왜 도망치다가 교통사고가 났을까.
진우의 시선이 다시 노트로 향했다.
'이진우……. 넌 도대체 뭐 하던 놈이었냐?'

다음 권으로 이어집니다